두 번째 아이

우리가 몰랐던 또 한 명의 '해리 포터' 이야기

두 번째 아이
NUMÉRO DEUX

다비드 포앙키노스 지음 | **김희진** 옮김

문학수첩

1999년에 해리 포터 역을 맡아 세계적으로 유명해질 소년을 찾는 캐스팅이 시작됐다. 배우 수백 명이 오디션을 보았고, 단 두 명만이 최종 후보로 남았다. 이 소설은 선택받지 못한 아이에 관한 이야기다.

NUMÉRO

1부

DEUX

1

마틴 힐의 트라우마가 얼마나 깊은지 이해하려면 비극의 근원으로 거슬러 올라가야 한다. 1999년에 마틴은 막 열 살이 됐고, 아버지와 함께 런던에서 살고 있었다. 마틴이 기억하는 그 시절은 행복했다. 어느 사진 속에서 그는 미래를 약속하는 듯한 환한 미소를 짓고 있었다. 하지만 최근 몇 달은 마틴이 견디기에 좀 힘든 시간이었다. 부모님이 헤어지고 어머니가 파리로 돌아가 버렸기 때문이었다. 아이의 친구 관계를 끊으면서 이별에 또 다른 이별을 더하지 않기 위해, 부모는 어린 마틴을 아버지 곁에 남기기로 합의했다. 마틴은 매주 주말 그리고 방학 때에만 어머니를 만나러 가기로 했다. 유로스타(Eurostar)는 프랑스와 유럽을 가깝게 해주었다고 자랑이 자자한데, 그에 못지않게 단절된 관계끼리 왕래하는 데도 크게 이바지했다. 솔직히 말해 마틴은 이런 변화가 딱히 속상하지는 않았다. 말다툼을 보며 살아온 아이들이 다 그렇듯, 비난이 끝없이 오가는 광경을 더는 참기 힘들었기 때문이다. 마틴의 어머니 잔은 결국 이전에 남편 존에게서 사랑했던 점들을 모조리 싫어하게 됐다. 존의 예술적이고 몽상가적인 면을 그토록 사랑했건만, 이제는 완전히 돌아버린 게으름뱅이로밖에 보이지 않았다.

둘은 더 큐어의 콘서트장에서 만났다. 1984년, 존은 리드싱어와 똑같은, 머리 위에 바오바브나무가 자란 듯한 머리모양을 하고 있었다. 잔은 부유하고 엄격한 젊은 영국인 부부 집에서 오 페어(au pair, 외국 가정에 머무르며 아이 보기나 가사 등을 돕고 급여를 받는 직업. 문화 교류와 언어 습득이 주목적인 경우가 많음―옮긴이)로 일했고, 깔끔한 단발머리였다. 만약 심장이 머리 스타일과 똑같이 생겼다면 둘은 절대 서로 통하지 않았을 것이다. 게다가 잔이 콘서트에 가게 된 계기는 다소 우연이었는데 하이드 공원에서 만난, 자신과 마찬가지로 프랑스에서 온 아가씨 카미유에게 붙들려서였다. 둘 다 공연장 한복판에서 완전히 맛이 간 듯 날뛰는 남자에게 눈길이 갔고, 한바탕 이후 존은 밴드가 곡을 연달아 부르듯 맥주를 연달아 들이켰다. 어느 순간 그의 무릎이 휘청거렸고, 두 아가씨는 다가가서 존을 일으켜 세웠다. 그는 고맙다고 말하려 했지만 혀가 풀려 제대로 된 소리는 한 마디도 나오지 않았다. 잔과 카미유는 존이 바람을 쐬도록 출구로 데리고 나갔다. 존은 자기가 완전히 한심한 꼴이라는 걸 알 정도는 정신이 있었다. 더 큐어의 광팬인 카미유는 공연장으로 돌아갔지만, 잔은 해롱해롱한 이 젊은이 곁에 남았다. 한참 후 잔은 이런 의문을 느꼈다.

'그때 달아났어야 했을까? 우리가 만났던 순간 그는 넘어지고 있었어, 불길한 징조야.'

"첫인상을 경계해야 한다, 옳을 때가 많으니까."

몽테를랑은 그렇게 썼다. 잔이 생각하기엔 그의 책, 아마 《젊은 처녀들》에 나오는 말 같았다. 당시 친구들이 전부 정신없이 읽던 책이었다. 몇 년 후 잔은 그 인용문이 탈레랑의 것이었음을 알게 됐다. 어찌 됐든, 잔은 이 젊은이의 별난 점에 빠졌다. 그에겐 확실히 어느 정도 유머가 있었다. 흔히 '영국식 유머'라고 부르는 것 말이다. 정신이 들자 존은 더듬대며 말했다.

"전 항상 록 콘서트에서 공연장 한가운데 서서 맥주를 연달아 마셔보는 게 꿈이었어요. 늘 그런 쿨한 남자가 되고 싶었거든요. 그런데 별수 없네요. 전 슈웹스와 슈베르트를 좋아하는 애송이인걸요."

잔은 그래서 〈어 포레스트〉를 부른 환상적인 공연 8분을 놓쳤다. 로버트 스미스는 영국 차트에 처음 오른 이 몽환적인 곡을 길게 늘이길 좋아했다. 비가 억수로 내리기 시작하자 두 젊은이는 택시를 잡았고, 택시는 런던 중심부로 향했다. 그곳에서 존은 할머니에게 물려받은 작은 집에 살았다. 돌아가시기 전 할머니는 손주에게 말했다.

"일주일에 한 번, 내 무덤에 놓인 꽃에 물을 주러 온다는 약속을 지키면 집을 물려주마."

죽은 자와 산 자가 맺은 무기한 계약이 지켜지는 일은 드물다. 어쩌면 이것도 영국식 유머에 속할지 모른다. 그렇게 계약은 성립됐고 손자는 한 번도 약속을 어기지 않았다. 어쨌거나 다시 산 자들 얘기로 돌아가자. 언제나 조심성 있게 행동하던 잔은 그날만은 존의 집에 들어가기로 했다. 젖은 옷을 그대로 입고 있으니 벗는 게 나을 것 같았다. 일단 옷을 벗고 서로를 마주하자, 다음 순서로 자연스레 사랑을 나누게 됐다.

아침 일찍 존은 묘지에 가자고 말했다. 마음의 집세를 치러야 했다. 잔은 더할 나위 없이 멋진 첫 산책이라 여겼고, 둘은 몇 시간이나 함께 거닐었다. 연애 초기의 꿈결 같은 환상에 빠져, 15년 후 요란하게 싸우고 이혼하리라고는 상상조차 못 한 채.

2

그들은 자신들의 이름이 존과 잔이라는 사실이 좋았다. 둘은 만나면 해가 뜨는 것도, 지는 것도 잊은 채 제 삶의 모든 페이지를 상대방에게 읊어줬다. 사랑이 시작될 때, 사랑받는 존재들은 마치 러시아 소설 같다. 길고 장엄하며, 농밀하고 미쳐있다. 둘은 수많은 공통점을 발견했다. 가령 문학이 그랬는데, 둘 다 나보코프를 좋아했고 언젠가 나보코프처럼 나비를 잡으러 가자고 약속했다. 마거릿 대처가 파업 중인 광부들의 요구 사항과 희망을 무자비하게 억누르던 시절이었다. 둘은 그런 일 따위는 안중에도 없었다. 행복은 노동자들의 환경을 걱정하지 않는다. 행복은 언제나 조금 부르주아적인 법이다.

존의 전공은 조형예술이었지만, 진정으로 열정을 지닌 건 발명이었다. 그가 가장 최근에 발명한 제품은 '넥타이 우산'이었다. 존은 이 발명품이 영국인 누구에게나 없어선 안 될 필수품이 되리라고 확신했다. 아이디어는 기발했지만, 존의 발명품은 대체로 무관심의 벽에 부닥쳤다. 넥타이 우산보다는 '펜 겸 자명종'이 유행했다. 잔은 위대한 천재는 모두 처음에는 배척당했다고 거듭 말했다. 세상에 자신의 재능을 받아들일 시간을 줘야 한다고, 그녀는 사랑에 빠진 사람다운 상투적인 위로를 했다. 한편 잔은 애정을 전혀 베풀 줄 모르는 부모님에게서 달아나려고 런던에 왔다. 잔의 영어는 이미 완벽했으며, 그녀의 꿈은 정치부 기자가 되는 것이었다. 그녀는 국가 수장들을 인터뷰하고 싶었는데, 그런 집념이 어디서 왔는지는 본인도 잘 몰랐다. 시간이 지나 8년 후, 잔은 파리에서 열린 기자회견에서 프랑수아 미테랑에게 질문하게 된다. 그녀는 그 일을 자신이 인정받았다는 증거로 여겼다. 어쨌든 기자를 꿈꾸던 잔은 당시 하던 보모 일을 그만두고 칠리를 맛있게 하는 식당에서 일을 시작했다. 이내 그녀는 말투에 프랑스어 억양이 강하게 묻어나면 팁을 더 많이 받는다는 점을 깨달았다. 날이 갈수록 서툰 영어를 구사하는 기술이 늘어갔다. 그녀는 존이 자신의 근무가 끝나길 기다리며 거리에서 자기를 바라보고 있는 게 좋았다. 마침내 일이 끝나면 둘은 밤길을 걸었고, 그녀는 몇몇 손님이 저질렀던 무례한 행동들을 얘기했다. 한편 존은 열의에 차서 새로운 아이디어를 얘기했다. 거기엔 꿈과 현실의 조화로운 결합이 있었다.

몇 달간 팁이 모이자, 잔은 충분히 저축했으니 일을 그만둬도 되겠다고 결심했다. 그녀는 누구나 감탄할 만한 지원서를 써서 명망 높은 일간지 《가디언》의 인턴십 자리를 따냈다. 잔이 프랑스인이었으므로 신문사에서는 파리 특파원의 보조 역할을 맡겼다. 이는 그녀에게 찬물을 뒤집어씌우는 거나 마찬가지였다. 잔은 여기저기로 떠나 현장을 보도하는 분주한 삶을 바랐는데, 맡겨진 일은 약속 일정을 조율하거나 기차표를 예매하는 게 고작이었다. 업무 자체도 크게 실망스러웠지만, 식당 직원으로 일했을 때가 지적 자극이 더 컸던 것 같았다.

다행히 상황은 천천히 나아졌다. 끈기 있게 노력한 끝에 그녀는 자기 능력을 보여주었고 결국 더 중요한 일들을 맡게 됐다. 나아가 첫 기사를 발표하기까지 했다. 프랑스에서 '마음의 식당'(Les Restos du Cœur, 1985년 프랑스의 배우이자 희극인 콜뤼슈가 설립한 자선단체로 노숙인이나 극빈자 등에게 따뜻한 식사와 식품을 제공함―옮긴이)이 설립된 사실을 다룬 몇 줄짜리 기사였다. 존은 신성한 경전이나 되는 것처럼 그 몇 줄을 읽고 또 읽었다. 사랑하는 여자의 이름을 신문에서 보다니 정말 굉장한 기분이었다. 정확히 말하면 'J. G.'라는 머리글자뿐이었지만 말이다. 그녀의 성은 고다르였지만 스위스인 영화감독 고다르와는 아무 혈연관계도 아니었다.

며칠 후, 사무실에 출근한 잔은 세 줄 광고 난에서 프랑스어로 쓰인 이런 말을 발견했다.

영감 없는 발명가가

겨우 빛을 찾았습니다.

나와 결혼해 줄래, J. G.?

얼마 동안 잔은 충격에 빠져 꼼짝하지 않고 자리에 있었다. 너무나 행복해서 무서울 지경이었다. 언젠가 이 모든 것에 대가를 치러야 하리라는 생각이 잠시 스쳤지만, 이내 인생과 나란히 가꿔가는 꿈같은 연애로 되돌아왔다. 그녀는 한동안 독창적인 대답을, 그를 깜짝 놀라게 할 승낙의 말을, 그의 청혼에 잘 어울리는 연출법을 궁리했다. 그러다 고민을 멈췄고 전화기를 집어 들어 존의 집 전화번호를 누른 후, 그가 받자 이렇게만 말했다.

"좋아."

존과 잔의 결혼식은 조촐했고, 비가 내렸다. 예비 신랑 신부가 도착하는 순간 시청에서는 더 큐어의 곡이 나왔다. 초대받은 친구 몇 명은 박수갈채로 환호했고, 커플은 전통에 따라 결혼반지를 주고받은 후 열정적으로 키스했다. 유감스럽게도 그리고 상당히 놀라운 일이지만, 누구도 카메라를 준비할 생각을 못 했다. 어쩌면 차라리 잘된 일일 수도 있다. 행복의 물질적 증거가 없으면 훗날 향수에 잠길 위험이 줄어드니까.

그리고 나서 존과 잔은 잉글랜드의 깊숙한 시골에 있는 작은 농장에서 며칠을 보내러 떠났다. 소젖 짜는 법 배우기가 신혼여행 동안의 메인이벤트였다. 둘은 그곳에서 돌아오자 더 넓은, 그러니까 방 두 개짜리 아파트로 이사했다. 그들은 웃으며 "혹시 싸우기라도 하면 각자 공간에서 화를 풀 수 있겠지" 하고 말했다. 혈관에 유머가 흐르는, 축복받은 사랑의 한때였다. 무엇이든 쉽게 웃어넘길 수 있었다.

하지만 이런 와중에도 잔은 야심 찬 미래에 관한 생각을 멈추지 않았다. 남편을 비범하다고 여기긴 했지만, 그렇다고 해서 부부로서의 생활 전부를 자기가 짊어질 생각은 아니었다. 그도 철이 들어야 하고, 일을 해야 했다. 존은 '왜 끊임없이 인생의 실제적인 차원에 굴복해야 하는 걸까?'라고 생각했다.

다행히 일이 쉽게 풀렸는데, 영화 미술감독으로 있던 미술학교 선배 스튜어트가 그에게 자기 팀에 들어오라고 제안한 것이다. 그리하여 존은 제임스 본드의 모험을 다룬 신작 〈007 뷰 투 어 킬〉의 촬영장에 발을 들였다. 그의 손이 닿은 작품 하나는 로저 무어가 여는 문손잡이의 초록색 페인트였다. 몇 년 동안 존은 영화가 방영될 때마다 "저거 내가 만든 손잡이야!"라고 외쳤다. 마치 007 시리즈의 성공 전체가 그 소품 덕분이라는 듯 말이다. 그는 촬영장 뒤편에서 분주히 활약하는, 조용한 군대의 일원이 된 데서 즐거움을 느꼈다. 영화 촬영과 뭔가 혁명적인 걸 발명해 내려는 헛된 시도가 번갈아 이어지는 가운데, 그렇게 세월이 흘렀다.

1988년에서 1989년으로 넘어가는 송년 파티에서 잔은 메스꺼움을 느꼈다. 하지만 술이라곤 입에도 대지 않았다. 그녀는 번뜩 자신이 임신했음을 깨달았다. 12시 정각, 파티가 한창이고 다들 입맞

춤을 나눌 때, 그녀는 "새해 복 많이 받아, 내 사랑"이라는 말 대신 속삭였다.

"새해 복 많이 받아, 아빠."

존은 몇 초 지나고서야 이 말을 이해했고, 하마터면 기절할 뻔했다. 그에겐 유치한 비극 같았다. 하지만 이해 못 할 일도 아니다. 영감을 얻을 수 없어 고심하던 그가 인간이라는 존재를 창조하게 되다니.

그리하여 마틴이 태어났다. 1989년 6월 23일, 유럽의 유서 깊은 산부인과 퀸샬럿-첼시 병원에서였다. 젊은 부모가 아이에게 마틴이라는 이름을 지은 이유는 영국에서도 프랑스에서도 잘 통하는 이름이기 때문이었다. 한편 여기서 밝혀두자면, 장차 '해리 포터' 역할을 맡게 되는 대니얼 래드클리프 역시 이 병원에서, 한 달 후 같은 날짜에 태어난다.

3

마틴이 태어나면서 당연히 일상은 달라졌다. 신혼 초의 경쾌함은 지나갔다. 이제부터는 계산하고, 앞을 내다보고, 대비해야 했다. 어느 것 하나 존의 기질과는 잘 맞지 않았다. 그는 영화 일을 계속했지만, 그것만으로는 부족했다. 그와 다시는 함께 일하고 싶지 않다는 미술감독이 많았는데, 예술적 선택을 두고 의견이 대립하면 그가 너무 격하게 흥분했기 때문이다. 잔은 그에게 외교적 술책을, 아니면 적어도 말을 부드럽게 하는 법을 가르치려 애썼으나, 그에겐 확실히 권위와 관련한 문제가 있었다. 대체로 그는 권력자들을 비판하느라 시간을 보냈다. 격분하면서 아내가 일하는 신문사를 권력의 허수아비라며 비난한 적도 있었다.[1] 《가디언》은 정부 친화적이라는 평판과는 거리가 멀었다. 그럴 때면 잔은 그가 노상 불평만 늘어놓는 모습을, 마음속 앙금을 내비치는 이러한 태도를 참아주기 힘들었다. 그 때문에 무척이나 짜증이 났지만 당시에는 그래도 애정이 곧 되살아났다.

존은 어설픈 천재였다. 영감의 가호가 내리지 않았다고 해서 원통해야 하나? 피아노로 형편없는 음밖에 내지 못하는데 자기가 모차르트가 아니라고 괴로워할 수 있을까? 그는 이해받지 못하는 예술가의 자세를 취하는 걸로 만족했다. 그는 록을 질색하면서도 록 콘서트장에서 망가지고 싶어 하는 그런 유의 사람이었다. 어떻게 보면 그의 심리 상태 전부가 애초의 그 모순으로 요약됐다. 존은 발명가이길 꿈꿨지만, 정말로 내놓은 것은 아무것도 없었다. 마음 깊은 곳에서 느껴지는 꽃피지 못한 창조력 때문에 괴로워했다. 다행히도 아버지가 되면서 그 창조력에 자양분이 생겼다. 그는 온갖 독창적인 놀이를 공들여 만들어 내는 걸 좋아했다. 마틴은 그런 아빠가 있어 무지무지 자랑스러웠다. 존과 마틴의 일상에는 예측할 수 없는 일이 늘 함께했고, 그들은 매일같이 새로운 일을 찾았다. 존

---

1 몇 년 후, 잔은 서점을 거닐다가 필립 로스의 신작 소설을 안 사고는 배기지 못했다. 제목은 《나는 공산주의자와 결혼했다》였다.

은 아들의 눈 속에서 빛났다. 그는 자신을 바라보는 그런 눈빛에서 마음을 달래고, 점차 좌절감을 떨쳐나갔다.

직업적으로도 일이 잘 풀리기 시작했다. 어느 날 존은 촬영장에서 몸이 아픈 소품 담당자의 대타로 일해야 했다. 그 일은 계시와도 같았다. 대단한 순발력을 발휘해야 하는, 각종 실질적인 문제들을 해결하는 복잡한 일이었다. 이를테면 갑자기 덜컹거리는 의자의 수평을 맞추고, 더 다루기 쉬운 와인 병따개를 구하고, 차 티백 색깔을 바꾸는 등의 일이었다. 기분 좋은 두근거림 속에서 존은 훨씬 더 자율적이었다. 발명의 창조력과 장식이 혼합된 천직을 찾은 셈이었다(그러니까 어딘가에는 우리를 기다리는 직업이 반드시 있다). 본인의 말을 빌리자면, 그는 '마지막 순간의 예술가'가 됐다.

4

잔은 그런 고뇌를 겪지 않았다. 그녀는 직업적으로 승승장구를 거듭했다. 정치부에 들어가는 데 성공했고(이는 그녀의 꿈이었다) 가끔은 현장도 보도하러 떠났다. 출장 중에 그녀가 아들에게 전화를 걸면, 아이는 지도에 엄마가 있는 위치를 색칠했다. 어느새 엄마의 흔적은 유럽 대부분을 뒤덮었다. 스스로 깨닫지 못하는 가운데 잔은 가정에서 멀어지고 있었다. 한편 존의 감정은 어른이 된다는 걸 잘 받아들이지 못하는 젊은 시절의 사랑 같았다. 확실히 둘은 각자 다른 영역으로 나아갔다. 그러나 서로 맞지 않아도 잘 지내는 부부는 많다. 상대를 여전히 사랑할 이유는 얼마든지 있었다. 둘의 아들, 둘의 과거, 그걸 자명하게 보여주는 잉걸불들. 잔은 존에게 애정을 느꼈지만, 그게 아직도 사랑이라 말할 수 있을까? 그녀는 두 사람의 이야기를 지키고 싶었지만, 시간은 흘렀고 자기가 지금 중요한 걸 놓치고 있다는 생각이 들었다. 그녀의 심장은 너무나 이성적으로 뛰었다. 이따금 그녀는 집안일로 싸우는 게 지긋지긋했다. "이걸 정리 안 했잖아", "그건 왜 잊어버렸어?" 같은 집안 살림과 관련한 모욕들은 신경에 거슬렸고, 그녀의 일상엔 그보다 한층 높은 야심이 있었다. 그러나 그런 말들은 사실 잔을 탓한다기보다 존 내면의 좌절감이 비난이라는 형태로 표현된 것이었다.

시작조차 하기 전에 다 끝나버리는 이야기가 있다. 신문사 스포츠부의 동료 한 명이 잔의 눈에 들었다. 유혹이 도사리고 있다는 걸 감추는, 거짓으로 치장한 순수한 분위기 속에서 그들은 몇 차례 점심을 함께 들었다. 그러다 동료가 잔에게 "언제 저녁에 같이 한잔할까?"라며 제안했고, 그녀는 선뜻 좋다고 말했다. 이상한 건 남편에게 진실을 말하지 않았단 거였다. 잔은 존에게 마감 때문에 늦게까지 일했다고 핑계를 댔다. 그녀의 속내를 드러내는 그 거짓말 속에 이미 모든 답이 있었다. 술 한잔 다음에는 저녁을 함께 먹자는 제안이 있었다. 잔의 입에선 또 다른 거짓말이 이어졌고, 두 번째 저녁 식사를 함께한 후에는 입맞춤이 있었다. 그다음에는 호텔에 가자는 얘기가 나왔다. 잔은 놀란 표정을 지었으나 이런 반응은 흥분을 감추는 빈약한 눈가림에 불과했다. 그녀는 이 남자에게 욕망

을 느꼈고, 줄곧 그를, 남자의 눈길과 육체를 생각했다. 그녀 인생
의 뒤편으로 물러나 있던 관능이 되돌아왔다. 동료 역시 잔과 같은
감정이었다. 그때까지 그는 한 번도 아내를 두고 바람을 피운 적이
없었다. 그러나 실은 대담한 태도 아래 욕망의 격렬함을 감추고 있
던 것이다. 수치스러워하는 동시에 놀라워하며, 둘은 이 관계가 잠
깐 스쳐 지나가고 말리라 서로에게 다짐했다. 그들은 일상에서 조
금만 미친 척해보는 거였고, 죄책감에 짓눌리지 않으며 그렇게 만
나보려 했다. 인생은 올바르게만 살기엔 너무 짧으니까.

　배반당한 아내가 우연히 문자 메시지를 발견하면서 이 괄호 안에
침입해 들어왔다. 그녀는 남편 곁을 떠날 수도 있었지만, 그렇게
하지 않았다. 동료 기자의 아내는 불륜 관계를 당장 끝내라고 명령
했고, 남자는 즉시 그 말을 따랐다. 제 손으로 일군 가정도, 세 자
녀와 함께하는 일상도 포기하고 싶지 않았다. 그는 신문사를 그만
두고 맨체스터의 어느 지역방송 채널에 일자리를 얻어 그리로 이사
했다. 이후 잔은 다시는 남자를 만날 수 없었다. 행복이 얼마나 빨
리 날아가 버렸는지 목도하고 오싹해져, 잔은 몇 주 동안 멍한 상태
였다. 출근은 고통이 됐다. 그녀는 스스로 가볍다고 믿었던 이 연
애 사건이 자신을 뒤흔들어 놓았음을 깨달았다. 아이러니하게도 존
은 이 기간 내내 유난히 애정이 넘쳤다. 잔이 멀어진다고 여겨질수
록 더더욱 그는 그녀 곁에 다가가려 했다. 하지만 존은 잔에게 방해
만 됐다. 그녀는 고독이 필요했고, 더 이상 그를 사랑하지 않았다.
둘은 별것 아닌 일들로 다퉜고 싸움을 시작하는 쪽은 잔이었다. 존

은 그녀에게 무심하게 굴 수밖에 없었다.

돌연 잔은 영국을, 좌절된 열정의 잔해가 눈에 밟히는 땅을 더 이상 견딜 수 없었다. 하지만 어떻게 한다? 마틴은 아홉 살이었고, 그녀는 어떻게도 할 수 없었다. 아이를 지금껏 살아온 환경에서 뿌리 뽑아 프랑스로 데리고 돌아갈 수는 없었다. 제 아버지에게서 빼앗는다는 건 더더욱 못 할 짓이었다. 그때 운명이 그녀 대신 결정을 내렸다.

잔에게 주간지 《목요일의사건》에서 정치부 기자로 일하지 않겠냐는 제안이 들어왔다. 조르주-마르크 베나무가 다시 편집장 자리에 돌아왔고 편집부에 젊음과 활기를 불어넣을 작정이었다. 그녀는 토니 블레어가 총리로 선출됐을 때 런던에서 그를 만난 적 있었다. 확실히 마음이 잘 맞긴 했지만, 그가 자기를 부를 줄은 상상조차 하지 못했다. 잔은 이 기회가 틀림없이 자신을 미래로 이끌어 줄 구원의 손길이라 여겼다. 잠들기 직전, 침실의 어둠 속에서 그녀는 남편에게 부드럽게 말했다.

"난 떠날 거야."

존은 불을 켜고, 이 늦은 시간에 어딜 가려는 거냐고 물었다.

잔은 둘의 지난 몇 년이 어땠는지 존에게 설명했다. 갑작스러운 고백 의지에 이끌려 그녀는 자신이 바람피웠던 걸 털어놓을까 망설였지만 마음을 바꿨다. 이미 끝난 일을 말해 상황을 더한 수렁에 빠뜨려 봐야 아무 소용 없었다. 그녀는 지쳤다는 얘기를, 흐르는 시간을 이야기했다. 무슨 뜻이든 될 수 있으면서 동시에 아무 의미 없는, 판에 박힌 일반적인 말 몇 마디를 뇌까렸다. 그런 다음 잔은 직업적으로 좋은 기회를 제안받았다고 말했다. 존은 세 차례나 한숨을 쉬었다.

"이럴 수는 없어, 이럴 수는 없어, 이럴 수는 없어…."

그리고 말을 이었다.

"그렇게 중요한 일이라면 자기는 파리에 가도 돼. 내가 다 알아서 할게. 우린 주말마다 만나면 되잖아…."

"내가 바라는 건 그런 게 아냐. 난 앞으로 나아가고 싶어."

"…."

"우리 이야기는 끝났어."

"…."

"정말 미안해."

"…."

"마틴은 당신 곁에 있을 거야. 여기서의 삶에서, 친구들 곁에서 개를 떼어놓고 싶지 않아. 주말이랑 방학 때만 나한테 오면 돼. 뭐, 당신이 동의한다면 말이지만…."

존은 묵묵부답이었다. 이건 의논이 아니라 선고였다. 이미 집에는 자기 혼자 남겨져 있고, 아들은 바다 저편에 있는 기분이었다. 머지않아 그녀는 양육권을 요구하겠지. 그는 확신했다. 우선 듣기 좋은 소리로 달래다가, 일을 착착 진행해 자신을 파멸시킬 거라고. 앞으로 난 어떻게 되나? 그녀 없이 어떻게 사나? 존의 생각은 자기 앞날의 가장 암울한 버전으로 흘러갔다.

새로운 삶이 시작됐다. 존은 자신의 고통을 드러내지 않으려 애썼다. 그는 이별이라는 서커스의 광대였다. 금요일 저녁 마틴을 역까지 데려다줄 때면, 그는 환한 미소를 지으며 말했다.

"나 대신 에펠탑을 껴안아 주렴!"

어떤 아이라도 이러한 밝은 모습 뒤에 슬픔이 감춰져 있음을 눈치챘을 것이다. 매번 여행 때마다 그는 마요네즈를 넣은 참치 샌드위치를 만들고 꼼꼼하게 은박지로 포장했다. 이 의식과 같은 행동은 순수한 사랑의 표현이었다. 그런 후 존은 고독이 요란하게 울리는 집으로 돌아왔다. 그는 주말 대부분을 아들이 잔과 산책하는 모습을 상상하며 보냈다. 어디를 갈까? 무엇을 할까? 그러면서도, 일요일 저녁 마틴을 데려올 때면 아무것도 묻지 않았다. 존에겐 자신이 없는 그녀의 삶을 들을만한 용기가 없었다. 그저 이렇게 물을 뿐이었다.

"어때, 샌드위치는 맛있었니?"

1999년이었다. 마틴은 여느 아이들과 다를 바 없는 영국 소년이었다. 축구를 열광적으로 좋아하고, 아스널 팬인 마틴은 응원하는 팀에 니콜라 아넬카가 들어오자 기뻐 날뛰었다. 그가 골을 넣으면 어머니가 프랑스인이라는 사실이 자랑스러웠다. 또 무슨 얘기를 할까? 마틴이 가장 좋아하는 가수는 마이클 잭슨이었고, 방에는 다이

애나비의 포스터를 붙여놓았으며, 언젠가 개를 키워 잭이라는 이름을 붙이는 게 꿈이었다. 마틴의 사랑 베티도 **빼놓을** 수 없다. 빨강 머리 여자아이인 베티는 마틴보다 그의 친구, 매슈를 더 좋아했다. 하지만 마틴은 자신이 베티를 정말 사랑하는 건지 확실하지 않을 때도 있었다. 그 애가 너무 큰 소리로 말하는 행동은 참을 수 없었다. 어쩌면 베티가 가장 좋아하는 사람이 자기가 아니라는 사실로 덜 괴로워하려고 결점을 찾는 것일 수도 있다. 열 살의 나이에 마틴은 이미 행복해지는 다양한 방법 중 하나는 현실을 수정하는 것임을 알아차렸다. 상상력이나 책에서 솟아나는 이미지를 통해서 현실에서 도피할 수 있다. 마틴의 주위에선 《해리 포터》라는 제목의 소설 이야기가 점점 자주 들렸다. 친구 루시는 이제 맹세할 때면 그 마법사 이야기를 걸고 맹세했다. 하지만 마틴은 딱히 유행을 따르고 싶진 않았다. 학교에서 의무적으로 읽어야 하는 책만으로도 충분했다. 전반적으로 그에겐 예술적인 성향이 전혀 없었다. 악기 연주는 배우기 싫었고 연말 공연 때면 기분이 편치 않았다. 아주 가끔 아버지가 자신을 촬영장에 데려가기라도 할 때면 너무나 지루했다. 하기야 제임스 아이보리 감독의 영화 촬영장에 어린애라니, 정육점에 간 채식주의자나 마찬가지긴 하다.

마틴의 인생은 그렇게 계속될 수 있었다. 이후에 일어날 일들은 무엇 하나 그에게 운명 지어지지 않았다. 따라서 〈해리 포터〉 캐스팅까지 가려면, 경로가 바뀌어야만 했다. 그런데 바로 그런 일이 벌어졌다. 그것도 두 번이나.

＊

우리는 늘 우연을 경이로운 순간으로 밀어주는 긍정적인 힘과 연관 짓는다. 놀랍게도 우연이 부정적으로 작용한 사례는 거의 들리지 않는데, 마치 우연이 마케팅 천재에게 제 이미지 관리를 맡기기라도 한 것 같다. 그 증거로 우리는 흔히 "우연 덕분에 일이 잘 풀렸어"라고 말하는데, 마찬가지로 우연 때문에 일을 망쳤다는 대답은 잘 보이지 않는다.

＊

첫 번째로 1999년 봄에 영국 운송업자들의 장기간 파업이 있었다. 그들은 노동조건을 개선하기 위해 싸웠다. 런던은 몇 주간 다른 지역과 단절돼, 보급이 끊기고 필수품마저 부족한 상황이었다. 하지만 이 점이 고려 대상이 되는 건 조금 뒤의 일이다. 일단 지금 마틴은 학교에 있다. 학생들은 매년 신체검사를 받아 건강상태를 평가받는다. 아이들은 늘 수업을 한 시간 빼먹을 수 있는 이 기회에 환호한다. 화재 대피 훈련 때 지루한 물리화학 수업 대신 밖으로 돌아다닐 수 있어 신나는 것과 비슷하다. 아이들에겐 소변 검사용 통에 오줌을 누는 게 수업보다 재밌는 일이다. 운동을 그리 좋아하지 않는 마틴은 말라깽이인 편이었지만, 자세는 곧고 행동거지는 활기찼다.

간호사가 청진을 하며 혈압을 재고, 심호흡과 기침을 시키고, 이상하게 생긴 망치로 무릎을 두드려 반사 신경을 평가하고, 마지막으로 똑바로 서서 발가락에 닿게 손을 뻗어보라고 했다. 그런 다음 가정환경과 식습관에 대해 몇 가지를 질문했다. 일종의 즉석 정신분석이었는데, 마틴은 어머니가 프랑스로 돌아갔다고 말했고 브로콜리는 절대 먹지 않는다고 고백했다.

마지막으로 안과 검진 차례였는데, 이는 어른에게도 놀이 같은 검사다. 작디작은 문자와 누가 더 오래 버티는지 대결할 때면 언제나 승부욕이 솟기 마련이다. 문자가 'M'인지 'H'인지 보려고 눈을 우스꽝스럽게 뜨고 얼굴도 심하게 찡그리게 된다. 마틴은 여기서 결정적인 판결을 받는다.

"작년보다 시력이 나빠졌구나. 안경을 껴야겠어."

간호사의 말은 비극적으로 느껴질 수 있지만, 열 살짜리에게 그건 꽤나 즐거운 발표다. 안 끼고는 밖에 나갈 수 없는, 둥근 유리 두 짝을 찾으러 몇 시간씩 집 안을 뒤져야 한다는 걸 아직 모르니까. 매우 중요한 약속을 앞두고 안경을 깨뜨려 완전히 뿌연 풍경을 알아서 헤쳐 나가야 한다는 사실도 아직 모를 나이다. 언젠가 마스크를 착용해야 하는 날이 오면, 입김에 뒤덮인 세상 속을 나아가야 한다는 점도 알 도리가 없다. 지금으로서 마틴은 안경을 끼면 근엄해 보이거나, 적어도 총명해 보일 테고 그러면 분명 베티의 마음에 들리라고 생각했다.

그날 밤 마틴은 아버지에게 간호사의 말을 전했고, 그는 이렇게 된 현실이 이혼의 결과라는 생각을 안 할 수 없었다.

'저 애의 시력이 저하된 건 제 인생의 새로운 현실을 보고 싶지 않

아서야….'

흥미로운 이론이지만 그런다고 상황이 바뀔 리는 없었다. 아들이 왼쪽 눈 시력이 조금 나빠졌다고 잔이 서둘러 런던으로 돌아오지는 않을 거였다.

다음 날 둘은 안경점에 갔지만, 이상하게도 진열대엔 안경이 하나도 없었다. 안경사는 "새 제품을 들여놓으려면 파업이 끝날 때까지 기다려야 해요. 재고가 없네요"라고 설명했다.

"그럼 어떻게 하죠?"

"그야 운송업자들에게 물어보셔야죠. 카탈로그를 보여드릴 테니 아드님에게 마음에 드는 모델을 고르게 하시죠. 가능한 한 빨리 주문할게요."

"…."

"정 그러시다면, 혹시 이런 건 어떨까요….'

안경사는 서랍을 열어 검은 테의 동그란 안경을 꺼냈다. 마틴은 완전히 골이 나서 그걸 쳐다보았다. 안경을 써보자 자기 얼굴이 좀 이상하게 보이는 것 같았다. 안경사는 당일에 렌즈는 맞춰줄 수 있다고 덧붙였다. 아버지는 탄성을 질렀다.

"정말 잘 어울리는구나! 카탈로그는 볼 필요도 없어. 정말이야, 완벽해!"

아이는 아버지의 열광적인 호들갑은 가식이고 목적은 단 하나, 다시는 이 가게에 오지 않는 것임을 바로 알아차렸다.

그리하여 마틴은 동그란 안경을 끼기 시작했다.

7

운명이 내놓은 두 번째 수는 로즈 햄프턴이라는 이름이었다. 로즈는 아버지가 영화를 촬영하러 갔을 때 마틴을 돌봐주는 스물두 살 아가씨였다. 마틴은 로즈의 변화무쌍한 머리색에 홀딱 빠졌다. 로즈는 늘 머리색을 바꿨다. 몇 년 후 영화 〈이터널 선샤인〉에서 케이트 윈슬릿이 연기한 인물을 보고, 마틴은 로즈를 떠올리지 않을 수 없었다. 카리스마도, 자유분방함도 판박이였다. 웃음거리가 될까 봐 차마 털어놓진 못했지만, 어린 마틴은 로즈를 좋아했다. 가끔 아이의 몸속에는 남자의 심장이 뛴다. 유감스럽게도 로즈는 크리켓 선수인 어떤 멍청이와 사귀는 사이였다. 하지만 이게 중요한 게 아니다. 중요한 건, 계단 낙상 사고다.

마거릿은 계단에서 발을 헛디뎌 심하게 굴러떨어졌다. 즉사였다. 마거릿은 로즈의 할머니이자 그녀가 너무나 좋아하는 할머니였다. 충격에 휩싸인 로즈는 장례식을 준비하러 급히 브라이턴으로 떠났고, 장례식 내내 헤아릴 수 없는 슬픔에 잠겼다. 며칠 동안 바닷가를 정처 없이 거닐며 어린 시절의 행복했던 추억들로 괴로워했다. 아직 그렇게 늙으신 것 같지도 않은데 이렇게 갑작스레 돌아가시다니, 부조리했다. 발을 잘못 기울였을 뿐인데, 어쩌면 천 분의 일 정도 어긋났을 뿐인데 사소한 발단이 목숨을 앗아가는 결과가 됐다. 사람을 죽음으로 떠다미는 극히 작은 잘못. 그리고 마틴의 운명을 송두리째 뒤바꾸게 될 계기 역시 마찬가지로 무한히 사소한, 하잘

것없는 먼지 같은 잘못이다. 로즈의 할머니가 실족한 사건이 마틴의 비극에는 결정적인 원인이 된다.

로즈는 계절 따위는 제대로 생각조차 않고 여행 가방에 옷가지를 쑤셔 넣은 뒤 런던-빅토리아역으로 뛰어갔다. 그리고 기차를 타기 직전에야 잠시 제정신이 돌아왔다. 아무 연락도 없이 사라질 수는 없었다. 로즈는 먼저 약혼자에게, 다음에는 가장 친한 친구에게 전화를 걸고, 마지막으로 어떤 번호를 눌렀다. 전화는 자동 응답기로 연결됐고, 로즈는 응답기에 대고 내일부터 당분간 마틴을 돌봐줄 수 없다고 웅얼거렸다. 그날 밤, 존은 메시지를 듣고는 당황했다. 무슨 일이 있었기에 이 아가씨가 이렇게 갑자기 사라졌는지(자세한 설명은 한 마디도 없었다) 의아해하다가 바로 다른 문제가 떠올랐다.
'이제 누가 마틴을 봐준다?'

존은 벌써 성공이 예상되는 영화, 〈노팅 힐〉에서 '소품 담당 지원' 직을 수락한 참이었다. 휴 그랜트와 줄리아 로버츠의 캐스팅에 모든 이가 열광했다. 존은 특히 포토벨로 거리에서 촬영하는 야외 장면들에 참여했는데, 노점들의 진정성을 아주 정확히 살려내야만 하는 일이었다. 미술감독인 스튜어트 크레이그의 작업은 굉장했다. 시대극 영화의 전문가인 그는 로맨틱한 마술을 창조하고자 사실감이 필수적인 작품을 맡게 돼 흥분했다. 로즈를 대신할 사람을 찾을 수 없었기에 존은 아들을 촬영장에 데려갈 수밖에 없었다. 마틴은 촬영 현장에 익숙했고, 얌전히 한구석에 있는 데도 익숙했다. 그래도 혹시 몰라 존은 감독에게 다음 날 아들을 데려가겠다고 미리 알렸다. 감독은 엑스트라를 맡길 수 있겠다며, 마침 잘됐다고 대답했다.

이제 모든 게 시작될 준비가 갖춰졌다.

8

이야기를 계속하기 전, 오늘날 세계적으로 유명한 한 작가의 발자취를 따라가 봐야 한다.

사람들은 종종 조앤 롤링, 그러니까 J. K. 롤링이 살아온 인생이 '동화' 같다고들 한다. 홀몸으로 아이를 키우며 불안정한 생활을 하던 젊은 여성이, 별안간 영국에서 최고로 주목받는 주인공이 됐음을 상상해 보라. 그야말로 유머 감각이 탁월한 시나리오 작가의 두뇌에서 나왔을 법한 운명이다. 이야기는 1965년 7월 31일, 잉글랜드 한복판의 예이츠라는 곳에서 시작한다. 조앤은 일찍부터 어머니를 닮아 책을 좋아했는데, 여섯 살에 자신만의 첫 이야기를 썼던 걸 기억할 정도다. 그래도 그녀를 두고 나오는 이야기 중 많은 부분이 한 번쯤 의심해 볼법한 말인 건 확실하다. 유명하면 유명할수록 사람들은 그의 과거에 대해 한마디씩 하는 법이니까. 다들 새로운 증거, 충격적인 폭로나 미담을 들고 나온다. 식전에 감자칩 한 봉지를 건네본 게 다인, 스쳐 지나간 인연 중 한 명이 당신에 관한 논문을 쓰려고 망설이고 있을지도 모른다.

어쨌거나 조앤이 어린 시절부터 상상력이 놀랍도록 풍부했다는데는 다들 동의한다. 하지만 글 쓰는 재능이 행복이라는 면에서 도움이 된 적은 단 한 번도 없다는 건 잘 알려진 사실이다. 내성적인성격이었던 조앤이 묘사하는 사춘기의 자기 모습은 '조용하고 주근깨투성이에 근시'였다. 한 마디로 예술가의 운명이 이뤄지는 데 필요한 약점은 모두 들어있었다. 그 무렵 소녀 조앤은 어머니가 다발경화증에 걸렸음을 알게 된다. 몸 여러 군데 기능이 점점 퇴행하는질병으로, 죽음을 향한 무시무시한 카운트다운이다. 조앤에게는어마어마한 충격이었고 어떤 상징처럼, 그때 어머니와 같은 직업을택하기로 결심한다. 바로 가르치는 일이었다. 파리에서 몇 달간 유학하며, 이제는 없어진 한 서점 근처로 이사를 간다. 결국 그녀는국제사면위원회 비서직을 얻어 번역을 담당한다. 거기서 비참한 상황들을 목격하고 그런 참상은 조앤의 머릿속을 떠나지 않는다. 한참 후 그녀는 말하게 된다.

"내가 본 어떤 것들 때문에 나는 악몽을 꾸기 시작했다⋯."

여기저기, 전기적인 단편 속에서 우리는 하나의 세계가 태어나는예비 과정을 짐작할 수 있다.

이후 그녀는 맨체스터의 상공회의소에서 일하게 된다. 그보다 더따분한 생활은 상상하기 어려울 정도지만, 권태야말로 최고의 글쓰기 교육이다. 조앤은 상상의 세계(몽상의 문학적 버전) 속으로 도피하는 일이 점점 잦아졌고, 그러던 1990년의 어느 날 맨체스터와 런던을 오가는 기차 안에서[2] 번개 같은 영감을 얻는다. 유리창에 이마를 대고, 아이디어를 적어둘 종이도 연필도 없이, 《해리 포터》이야기는 그렇게 머릿속에 그려진다. 훗날 그녀는 일곱 권의 전반적인 줄거리 전부가 단번에 떠올랐다고 밝힌다. 이 벼락같은 섬광의 이면인 양, 6개월 후 조앤의 어머니는 사망한다.

　이후 마침내 그녀 앞에 새로운 지평이 열린다. 《가디언》에 나온 공고를 보고, 그녀는 포르투갈에서 영어 교사 자리를 얻는다. 거기서 기자 조르지를 만나고, 딸 제시카를 낳는다. 그러나 둘의 관계는 순탄치 않다. 결국 남자는 한밤중에 포르투의 거리에서 아내를 쫓아가며 때리는 짓까지 한다. 최근 인터뷰에서 그는 뺨을 때렸던 사실은 인정했지만 학대한 것은 아니라고 부인했다. 정말 이해하기 어려운 역설이다. 그리하여 조앤은 딸을 데리고, 직업 면에서도 사생활에서도 아무런 전망 없이 잉글랜드로 돌아온다. 처음에는 에든버러의 여동생 집에서 신세를 지다가 결국 작은 집을 구해 생활 보조금으로 살아간다. 조앤의 동화 같은 삶은 가장 힘겨운 대목을 맞는 중이다. 그녀는 자기 인생이 파탄 났다고 여긴 채 우울증에 빠진다. 훗날 그녀는 이런 암울한 시간이 '디멘터'를 만들어 내는 데 영감이 됐다고 설명한다. 아름다웠던 추억과 기쁨을 빨아들이는, 얼굴 없는 사악한 창조물들 말이다. 그 시간을 지나 마침내 조앤은 직장을 구해 다시 교사 일을 시작한다. 시간표에서 한 시간이라도 짬

2　영감이 부족한 작가들이 자기에게도 기적이 찾아올까 하는 소망을 안고 같은 기차를 탄다고들 한다.

을 낼 수 있으면, 그녀는 우리가 '절망의 에너지'라고 부르는 그런 격정적인 기세로 글을 쓴다. 차차 페이지가 쌓이고 이야기가 모양새를 갖춘다.

1995년, 원고가 완성되자 그녀는 에든버러의 어느 서점에서 문학 에이전시 목록을 찾아낸다. 크리스토퍼 리틀이라는 이름에 마음이 끌리고 그래서 런던의 풀럼 구역에 있는 그의 에이전시 주소로 원고 꾸러미를 보내기로 한다. 크리스토퍼의 조수 브라이어니 에번스는 작품의 매력에 빠져 상사에게 읽어보라고 권한다. 상사는 앞의 장(章)을 읽는 것만으로도 넘어갔고, 저자에게 연락한다. 조앤은 믿을 수 없을 정도로 놀라고, 기뻐 소리치고 싶지만 담당자의 말을 잊지 않는다.

"아직 아무것도 정해진 건 없습니다."

다음 몇 달은 확실히 그 말대로였다. 처음 목표했던 열두 군데 출판사는 원고를 거절한다. 단호하고 냉랭했다. 일 년이 지나고, 크리스토퍼는 블룸즈버리 출판사에서 아동서 분야를 창설한다는 소식을 접한다. 그는 배리 커닝엄에게 원고를 보내보기로 하고, 배리는 첫머리를 읽고선 홀딱 반한다. 그러나 조앤의 운명을 결정적으로 가른 인물은 여덟 살 난 한 소녀, 앨리스 뉴턴이다. 앨리스는 블룸즈버리 출판사 사장의 딸로, 사장이 어린이의 의견을 듣고자 《해리 포터》의 첫 장을 읽힌 것이다. 책을 읽은 앨리스는 굉장히 흥분하며 다음 내용을 알고 싶어 안달한다. 그리고 이 열광적인 반응이야말로 전 세계적으로 유례없는 대규모 출판 열풍의 시작이 된다.

계약이 체결되고, 출판사에서는 조앤에게 이름을 바꾸라고 조언한다. 여성 작가가 쓴 책이라 '여자애들이나 읽는 책'으로 여겨지지 않을까 하는 우려에서다. 그리하여 1997년 6월 26일 출판된 《해리 포터》의 1권 표지에 적힌 그녀의 이름은 'J. K.'다. 'K'는 할머니의 이름인 캐슬린에서 따왔다. 초판 부수는 이천오백 부라는 조심스러운 숫자였지만 금세 몇 차례나 재판을 거듭해야 한다. 몇 주가 지나자 소설은 당당히 판매 1위를 차지하고, 벌써 곳곳에서 '현상'이라는 말이 나온다. 조앤이 다음 편을 쓰는 동안 폭발적인 인기는 계속된다. 책은 치열한 입찰 경쟁을 거쳐 전 세계로 번역되는 중이고, 기적이 완수되기까지 단 하나의 과제만을 남기고 있다. 바로 영화화되는 것이다.

9

부모님 덕택에 데이비드 헤이먼은 언제나 영화판에서 살았다. 어머니 노마는 스티븐 프리어스 감독의 〈위험한 관계〉가 대표작인 영화 제작자였다. 그리고 아버지 존은 〈마라톤 맨〉이나 〈차이나타운〉 같은 걸작의 제작비 마련에 참여했었다. 부모님 뒤를 이어 영화 일에 발을 들인 순간, 젊은 데이비드의 어깨를 짓누른 중압감은 충분히 상상된다. 누구를 만날 때마다 그는 "아, 아버님을 잘 압니다!"라거나 "어머니는 잘 계시죠?" 같은 말을 들어야 했다. '누구의 아들'이나 '누구의 딸'들은 가족으로 이루어진 장기판에서 계속 제자리로 돌려보내지는 이런 방식을 확실히 안다. 비교당하지 않을 다른 직업을 택할 수도 있었지만, 데이비드에겐 영화가 분명한 자기 길이었다. 그는 미국행을 결심했고 유나이티드아티스츠와 워너브라더스를 거치며 빛나는 이력을 쌓았다. 그러나 향수병을 앓고 가족과 친구를 향한 그리움이 커져 35세 때 런던으로 돌아와 자기 회사를 세운다. 1996년, 헤이데이필름스의 탄생이었다.

새 책상들과 최신식 복사기가 일감을 기다렸다. 조수를 고용하려는 순간, 아버지가 예전에 함께 일했던, 여러 해 동안 일을 못 구한 동료를 도와줘야 한다고 강권했다. 면접을 볼 때 앤 테일러는 말을 거의 하지 않았고 영화광과는 거리가 멀어 보였다. 그녀가 영화관에서 본 마지막 영화는 1985년 개봉한 〈아웃 오브 아프리카〉였다. 하지만 데이비드는 아버지를 기쁘게 해드리기로 결심했다. 아버지가 "있잖니, 그 여자는 인생이 순탄치가 않았단다…"라고 덧붙였기 때문이기도 했다. 실제로 그녀는 시련을 겪고 자신감을 잃어, 고독을 최선의 도피처로 여겼을 정도였다.

젊은 제작자는 들어온 대본들을 읽으며 하루를 보냈지만, 열광할 만한 것은 하나도 없었다. 때때로 부모님이 찾아와 점심을 함께 들었다. 그러면 데이비드는 몇 가지 프로젝트를 흘리듯이 언급했다. 다른 이야기를 하는 편이 나을 정도였다. 게다가 늘 비가 내렸다. 로스앤젤레스를 더 이상 견딜 수 없어하던 그가 이제는 베니스해변에서의 밤 산책을 그리워하기 시작했다. 런던으로 돌아온 건 실수가 아니었을까?

월요일 아침마다 그는 외부 협력 직원들과 회의했고, 앤은 회의에서 나온 말을 전부 기록했다. 데이비드는 소설 영화화를 특화하길 바랐기에 각자 영화로 제작할 만한 책 목록을 제출했다. 며칠 전 크리스토퍼가 보낸 소포가 사무실에 도착해 있었다. 《해리 포터와 마법사의 돌》[3]로, 아직 서점에 나오지 않은 청소년 소설이었다. 표지가 화사했기 때문임이 분명하리라, 앤은 책을 가져가 주말 동안 읽기로 결심했다. 휴일 내내 마법 학교에 간 소년 이야기에 완전히 사로잡혔던 앤은 회의에서 이 책을 언급하기로 마음먹었다. 그러나 소심함 때문에 입이 떨어지지 않았다. 그녀는 하루 종일, 다시 데이비드를 만나 얘기하고 싶었다. 자기가 할 말을 준비하고 거듭 연습했으면서도, 우스꽝스럽게 보일까 두려웠다. 그럼에도 그녀는 이 책에 대한 열광적인 마음을 반드시 나눠야 한다는 확신에 휩싸여, 두려움을 떨치려 애썼다.

여러 해 전부터 그녀는 세상과 단절된 듯 살아왔다. 하지만 이 소설을 읽자 즐거운 마법 세계로 날아간 기분이었다. 자기에게 도움이 됐다면, 다른 사람들 역시 감동받을 수 있으리라는 확신이 들었다. 마침내 그녀는 책을 손에 쥐고 용기를 내 데이비드의 사무실로 향했다. 그러나 노크를 하려고 주먹을 쥔 순간, 다시금 두려움에 사로잡혀 돌연 멈춰 서고 말았다. 바로 그 순간, 사무실에서 나온 사장은 조수가 꼼짝하지 않고 문 앞에 서 있는 모습을 발견했다.

---

3 이는 영국판 제목이다. 프랑스에서는 갈리마르 출판사에서 《마법사 학교의 해리 포터》라는 제목으로 나왔다.

"무슨 일 있나요?"

"죄송해요. 아뇨, 괜찮아요. 그냥… 오늘 아침에 이 책에 대해 말씀드린다는 걸 잊었어요."

그녀는 책을 내밀며 더듬더듬 말했다.

거기서 그칠 수도 있었지만, 그녀는 그에게 조금이나마 이야기를 들려주고 싶었다. 언뜻 듣기에는 데이비드에게 전혀 흥미롭지 않은 주제였다. 그가 제작하고 싶었던 종류의 영화는 아니었다. 그는 오스카상을 안겨줄 만한 심리 드라마를 꿈꿨다. 당시에는 거장 스탠리 큐브릭이 런던에서 촬영을 준비하고 있었으며, 세계 최고의 선남선녀 커플인 니콜 키드먼과 톰 크루즈가 재결합하는 계기가 된 논쟁적인 작품 이야기가 분분했다. 그거야말로 데이비드의 꿈이었는데, 앤은 빗자루를 타고 날아다니는 고아 이야기나 했다. 정말이지 말도 안 되는 소리였다. 그때 앤이 기침을 시작했다. 앤의 연약함 앞에서 데이비드의 마음은 완전히 약해졌다. 그녀가 기침하지 않았다면 아마 모든 게 달라졌을 것이다. 예의상, 이에 더해 동정심에서, 그는 책을 받아 들어 가방에 넣고 고맙다고 말했다.

10

이어지는 며칠간, 아무 일도 일어나지 않았다. 데이비드는 조수의 추천을 잊어버린 게 분명했다. 그동안 그녀는 첫인상을 한층 공고하게 하려는 듯 책을 다시 읽었다. 똑같은, 명백한 확신을 느꼈다.

다음 월요일 회의가 끝나고 그녀는 용기를 내 물었다.

"저…, 읽어보셨어요?"

데이비드의 귀에는 마치 세무서의 독촉처럼 들렸다. 시간이 없어서 못 읽었다고 대답했지만, 완전히 거짓말이었다. 솔직히 말해 그 이야기에 빠져들고 싶은 마음은 조금도 없었다. 바로 그 순간 아버지의 말이 떠올랐다.

"있잖니, 그 여자는 인생이 순탄치가 않았단다….."

'정 별로라도 책장을 훌훌 넘기며 대충 살펴보면 되겠지'라고 생각하며 그는 책을 읽겠다고 약속했다. 그리고 그날 밤 생각을 실행에 옮겼다. 안락의자에 편안히 자리 잡고 앉아, 소설을 펼쳐 첫 문장을 읽었다.

프리빗가 4번지에 사는 더즐리 부부는 우리는 완벽하게 평범합니다, 그럼 이만, 하고 말할 수 있어서 자랑스러웠다.

그리고 두 번째 문장.

이들은 결코 그 어떤 이상하거나 신비로운 일에 연루될 리 없는 사람들이었다.

그리고 세 번째.

그런 터무니없는 것에는 애당초 귀를 기울이지 않았으니까.[J.

K. 롤링, 강동혁 옮김,《해리 포터와 마법사의 돌》(문학수첩, 2019) 참조
—옮긴이]

  그리고 또 다음으로, 문장들은 생생하고 유쾌한 문체로 줄줄이 이어졌다. 앞으로 생길 수백만 독자의 선발대로서, 데이비드는 경이로운 소설적 활력을 인정할 수밖에 없었다. 그날 밤 그는 11시부터 텔레비전 방송을 볼 생각이었지만 자기도 모르는 새 그럴 마음이 사라졌다. 이야기에 압도돼 책장을 넘기는 걸 멈출 수 없었다. 이런 기분을 마지막으로 느낀 게 언제더라? 기억나지 않았다. 아마 폴 오스터의 《달의 궁전》이 마지막이었던 것 같은데, 그것도 뉴욕에서 그의 소설을 원작으로 한 영화 〈스모크〉 시사회를 마치고 작가와 식사를 해야 했기 때문이었다. 결국 만남은 이뤄지지도 않았다. 각본가 겸 원작자는 그날 밤 사교 활동을 일절 피했다.

  어쨌든 《해리 포터》로 돌아오자. 그러니까 데이비드가 독서에서 그런 즐거움을 느낀 건 오랜만이었다. 아무 얘기도 듣지 못하고, 평가에 대해 완전히 백지상태로, 그 이후 일어난 돌풍에 관해 전혀 모르고 이 소설을 읽었을 때 어떤 기분이 들었을지 지금 와서 상상하기란 무척 어렵다. 《해리 포터》의 성공 이전에 《해리 포터》를 읽는 경험을 떠올리려 노력해야 한다. 데이비드를 포함해 몇 안 되는 독자들만 현재 외계인밖에 할 수 없을 그 경험을 맛보는 특권을 누렸다. 그러므로 1권이 출판되기도 전에 "와, 이 이야기 근사한 영화가 되겠어"라고 말하기란 간단치 않았다.

하지만 그의 즉각적 본능, 제작자로서 재능의 본질은 바로 그렇게 외쳤다. 벌써 그의 눈엔 '더즐리'네 집과 '호그와트'가 생생히 보였다. 물론 비용이 많이 들겠지만, 워너 사에 있을 때 일하던 동료들과 논의해 볼 수 있을 터였다. 유일한 난점은 아무도 이 책을 모른다는 거였다. 그리고 예산이 대규모로 드는 경우엔 특히, 이야기가 대중의 인기를 얻은 후에 영화화하는 게 나았다. 그의 머리는 분주히 돌아갔지만, '너무 앞서가는 건 아닐까', '판권이 이미 넘어간 후면 어쩌지' 하는 걱정도 들었다. 무엇보다도 작가를 만나는 게 급선무였다. 이 J. K.라는 머리글자 뒤에 숨은 사람은 누구일까?

11

이튿날 아침, 잠을 자는 둥 마는 둥 했던 데이비드는 앤의 사무실에 들어갔다. 그의 창백한 낯을 보고 앤은 밤새도록 소호에서 놀았나 보다고 생각했다. 데이비드는 자신의 흥분을 전하면서 지난밤에 대한 앤의 잘못된 추측을 단번에 잘랐다. 처음에 그녀는 자기가 고집스레 권했기 때문에 그가 예의상 이러는 거라 생각했다. 하지만 아니었다. 그는 줄거리와 수많은 세부 사항을 늘어놓았고, 의심할 여지 따위는 없었다. 데이비드는 홀딱 빠져 책을 읽었던 것이다. 앤은 거기서 더없는 기쁨, 어쩌면 과한 듯도 한 기쁨을 느꼈다. 어쨌든 상사에게 책 한 권을 추천했고, 그가 마침내 자기 의견을 들려준 것뿐이지 않은가. 하지만 그녀를 기쁘게 하는 건 다른 점이었다. 자신이 신뢰할 만한 사람이라는 것, 자신의 직관이 옳았다는 생각이었다. 다르게 말해 그녀는 여전히 믿음직한 사람이었다. 영화가 대성공했다는 사실로 보아 고독을 도피처로 여기던 앤은, 자기 불신에서 벗어나 스스로를 세운 채 끝없이 정당함을 따지던 어두운 재판장에서 분명 헤어났을 것이다.

"이 작가 누구인지 알아요?"
데이비드가 물었다.
"네, 조사해 봤어요. 서른두 살 여자래요."
"여자? 왠지 모르게 남자라고 생각했는데."
"일부러 그렇게 했을 거예요. J. K.라는 머리글자로 남자인지 여자인지 모르게 한 거죠."
"아, 그럴지도 모르겠군요."
"교정쇄에 다른 정보는 없어요, 담당자가 리틀이라는 것밖에요."
"좋아요. 그에게 연락해서 약속을 잡아요."
"네, 물론입니다. 처리하죠."
그녀는 대답했고, 몇 분 후 다시 데이비드를 찾아왔다.
"블룸즈버리 출판사에서 책 발간 기념으로 조촐한 칵테일파티를 연답니다. 오늘 밤이고, 작가도 참석할 겁니다."
"…."
"사장님도 오시라는군요."

앤은 모든 게 당연하다는 듯 몇 마디 말을 단조로운 목소리로 전했다. 이 말은 자명함의 향기처럼 떠돌았다. 데이비드는 칵테일파티에 가고, J. K. 롤링을 만나게 된다. 그는 앤에게 같이 가자고 권했다. 결국 책을 발견한 건 그녀였으니까. 그녀는 잠시 생각하더니 초대를 거절했다. 핑곗거리를 찾아, 고양이인 체호프와 톨스토이에게 밥을 주어야 한다고 둘러댔다. 앤은 권유해 준 데이비드가 정중하다고 생각했지만, 멍청하게 웃으면서 동시에 똑똑한 말을 할 줄 알아야 하는 그런 자리는 불편했다. 대신 일종의 그늘에 가려진 조언자가 됐다는 생각을 음미했다. 이날 저녁 만원 지하철에서, 이 승객이 경이로운 성공작을 이끌어 낸 중매쟁이로 영화의 역사에 발을 들일 거라곤 누구도 상상하지 못했다.

12

파티장에 도착한 순간 데이비드는 속에서 중압감이 차오르는 것을 느꼈다. 입구에서 이름을 대고 외투를 맡긴 후, 그는 물 한 잔을 청하려고 바 쪽으로 갔다. 목구멍이 바싹 말라있었다. 물을 마시면서 그는 눈으로 파티장을 훑었다. '만나게 될 여성 작가는 어떻게 생겼을까'라고 생각하던 차에 한 젊은 여자가 다가왔다.

"데이비드! 여긴 웬일이야!"

부담감에 시달리던 탓에, 그는 자기에게 말을 거는 사람을 바로 알아보지 못했다. 하지만 이런 상황쯤이야 완벽하게 대처할 줄 알았다. 대화가 표면적인 층위에서 떠돌게 내버려 두었다가, 상대의 정체를 파악할 수 있는 중요한 정보를 낚아채기만 하면 됐다. 여자는 대학 때 친구 에밀리였다. 에밀리는 지금 출판사의 중심인물로 일하고 있었다. '누구든 아는 사람이 있으면 늘 도움이 되지'라고 데이비드는 생각했다.

"난 저자를 만나러 왔는데….."

데이비드가 말했다.

"영화화할 수 있을까 해서."

그리고는 약간 궁색하게 덧붙였다. 에밀리는 소개해 주겠다고 했지만, 파티장에 조앤이 보이지 않았다. 바람을 쐬러 나간 게 분명했다. 짬을 이용해 그녀는 그가 자리를 잡고 앉기까지 침묵을 메우려 이야기를 늘어놓았다.

"보통은 이렇게 적은 초판 부수로는 출간 기념식을 하지 않아. 청소년 문학 쪽 기자 몇 명과 해리 포터를 주제로 대회를 열려는 사서들을 초대했지."

그런 말이 몇 마디 더 이어진 후, 마침내 조앤이 나타났다. 에밀리와 데이비드는 그녀에게 다가갔다. 이 장면은 영화의 슬로모션처럼 보여줄 만하다. 하지만 소설에서는… 말줄임표를… 쓰지 않는 한… 속도를… 늦추기가… 어려운 것 같다….

"괜찮아요?"

조앤의 창백한 안색을 보고 에밀리는 걱정스러워했다.

"네, 괜찮아요. 잠깐 나갔다 왔어요. 감정이 북받치네요."

"알만해요. 데이비드를 소개할게요. 영화를 제작하는 친구인데, 조앤과 얘기하고 싶다고 했어요."

"아…, 안녕하세요."

"안녕하세요. 만나 뵙게 되어 정말 반갑습니다. 작가님의 등장인물들과 몇 시간을 보내고 난 후라 더더욱 그렇네요. 책에 크게 감탄했답니다."

데이비드는 기쁨을 숨기지 않고 말했다.

"좀 앉을까요?"

작가가 대답했다. 마치 선 채로는 그 칭찬을 견딜 수 없다는 듯.

에밀리는 두 사람이 얘기를 나누도록 두는 게 좋겠다고 여겨 자리를 피했다. 남은 둘은 긴 의자로 다가갔고 조앤은 바로 앉았다. 데이비드는 혹시 때가 좋지 않다면 나중에 얘기해도 된다고 중얼거렸지만 조앤은 가지 말라고 붙잡았다. 그러고는 이 모든 사람이 자기를 위해 모였다는 사실이 조금 부담스럽다고 털어놓았다. 조앤은 이런 대규모 호의에는 익숙지 않았다. 머지않아 전 세계가 이 칵테일파티 같아지리라는 걸 그녀가 상상이나 했겠는가?

데이비드가 소설 이야기를 다시 하는 동안, 조앤은 고개를 숙이고 있었다. 남들이 자기 작품을 평가하는 게 그녀에겐 여전히 이상한 느낌이었다. 마치 정신과 의사에게 털어놓은 비밀을 낯선 사람이 그대로 말하는 것 같았다. 조앤은 남자가 호그와트에서 일어나는 우여곡절을 자세히 늘어놓는 걸 듣고만 있었다. 열정에 사로잡힌 나머지 데이비드는 자신이 머릿속에서 그리던 영화 이야기를 시작했다. 이번에야말로 그녀는 말을 끊었다.

"영화라니… 진심이세요?"

"예, 영화요."

"저기, 지금까지 하신 얘기 모두 제겐 정말 감동이에요."

조앤은 말을 시작했다.

"얼마나 감격했는지 상상도 못 하실 거예요. 하지만 영화 얘긴 너무 멀리 가셨어요."

"…."

"에밀리의 친구시니까, 오늘 이 자리에서 제가 즐거우라고 그러시는 거죠? 정말로 전 즐거운 시간을 보내고 있고요…. 하지만 영화 얘기는 그만두세요. 제가 뭐라고 그런 꿈을 꾸겠어요? 책은 아직 나오지도 않았고, 어쩌면 반응이 시들할지도 모르는데."

"그렇지 않습니다."

"뭐가 아니라는 건가요?"

"제 생각에 이 책은 성공할 겁니다. 이 이야기는 영화로 제작하기 딱 좋고요."

"정말요?"

조앤은 놀라움을 감추지 못하고 말했다.

"예, 읽으면서 수많은 이미지가 떠올랐어요."

"그래서… 어떤 영화가 될 것 같은가요?"

"대작 모험 영화죠. 전 미국에서 워너 사에서 일한 적 있어요. 거기서 아주 마음에 들어 할 거라고 장담합니다."

"전 미국 영화는 원치 않아요. 《해리 포터》는 영국 이야기예요. 그러니까, 혹시라도 말씀하신 대로 언젠가 영화가 나온다면, 그건 영국 영화가 될 겁니다. 영국 배우들이 연기하고요."

"그렇군요…. 좋아요, 알겠습니다."

대화의 국면이 갑자기 달라진 데 놀라 데이비드는 대답했다. 조금 전만 해도 조앤은 실신 직전 같았는데, 별안간 돌변해 명철하게 자기 작품을 지키고 나섰다. 《해리 포터》에 관한 일이라면 그녀 안에서 명백한 힘이 느껴졌다. 그녀는 이렇게 덧붙이기까지 했다.

"영화가 여러 편 나와야 한다는 건 접어두고서라도 말이죠. 일곱 권이 될 예정이거든요. 제 머릿속에 벌써 다 쓰여있답니다."

13

한밤중에 조앤은 소스라치게 놀라 깨어났고, 영화 제작자와 나누었던 정신 나간 대화가 진짜 있었던 일인지 자문했다. 지금 생각하니 확신이 들지 않았다. 하지만 그건 엄연한 현실이었다. 그들은 한 시간 넘게 이야기했고, 이른 시일 내에 다시 만나기로 약속했다. 그리고 곧 약속을 실행에 옮겨 함께 점심을 먹었다. 논의는 중단된 적 없던 듯 매끄럽게 이어졌다. 이날 약속에 대비해 데이비드는 책을 한 번 더 읽었다. 작가에게 판권을 넘겨달라고 설득할 때 돈이나 캐스팅 이야기도 할 수 있겠지만, 책 내용을 이야기하는 게 어디까지나 가장 확실하게 먹혔다. 데이비드가 자신의 욕심을 보일 때면, 그는 믿음직한 제작자로 보였다. 심지어 데이비드는 워너 사에서 신속하게 대답을 받아내기까지 했다. 그들은 기꺼이 힘이 되어주기로 했다. 그건 굉장한 소식이었고, 그가 길을 잘못 들지 않았다는 증거이기도 했다. 이제 조앤의 승낙을 얻어내야 했지만, 그녀는 주위에서 일어나는 일들로 아직 어안이 벙벙한 듯했다. 모든 희망을 훌쩍 넘어서고 모든 기대를 벗어나, 책은 진정한 현상이 되어가고 있었다.

이내 그에 따른 불가피한 결과가 찾아왔다. 다른 영화사들도 소설에 관심을 보이기 시작한 것이다. 그것도 굵직한 회사들이었다. 데이비드는 공식적으로 제안을 넣으라고 워너 사를 독촉했다. 더이상 시간 낭비할 필요가 없었다. 그런 프로젝트를 놓칠지 모른다는 불안 때문에 그는 며칠 밤을 조마조마하게 보냈다. 하지만 결국 조앤이 그를 안심시켜 주었다. 그녀는 다른 약속은 단 한 건도 참석하지 않았다. 오로지 데이비드가 1순위였다. 그는 이야기가 성공을 거두기 전부터 가능성을 믿어준 사람이었다. 그러니까 조앤은 그를 택할 것이었다. 그래, 그가 될 거였다. 이제부터 둘은 10년간 계속될 이 모험에서 운명 공동체였다. 데이비드는 믿기 어려웠다. 그는 영화계 전체가 낚아채려고 꿈꾸는 소설의 판권을 손에 넣었다. 〈모나리자〉가 레오나르도 다빈치의 두뇌 속 구상에 불과했던 때, 그 작품을 사들인 듯한 기분에 휩싸였다.

14

다들 데이비드의 이 눈부신 성공을 축하했다. 젊은 제작자의 부모님은 그가 몹시 자랑스러웠다.[4] 하지만 객관적으로 보면 아직은 아

---

4 머지않아 사람들은 툭하면 이렇게 말하게 된다. "아, 데이비드 헤이먼의 부모님이시군요!"

무엇도 이뤄진 건 없었다. 사람들은 이제 대작을 기대했다. 가장 먼저 감독을 정해야 했는데, 스티븐 스필버그가 거론됐다. 그는 이 영화에 관심이 있었지만 〈식스 센스〉에서 빛난 아역배우, 헤일리 조엘 오스먼트가 출연해야 한다는 조건이 있었다. 하지만 조앤은 배우들이 영국인이어야 한다는 생각을 굽히지 않았다. 한편 그녀는 테리 길리엄 감독이 마음에 들었고 이는 데이비드도 마찬가지였다. 몬티 파이선 소속이었던 테리 길리엄은 〈브라질〉이나 〈바론의 대모험〉처럼 좀 정신 나간 영화들을 만들었다. 마법 학교의 동화 같은 세계를 창조해 낼 수 있겠다고 쉽게 상상할 수 있었다. 그러나 워너 사는 재빠르게 반기를 들었다. 악명이 자자하고, 자아가 너무 강해 뭐가 뭔지 모를 영화가 될 위험이 있었다. 훗날 그는 저주받은 감독이라는 비난까지 받는데, 〈돈키호테〉 촬영에서 셀 수 없이 많은 재난이 일어난 탓이었다.

데이비드와 조앤은 더 이상 다른 후보를 떠올리기가 힘들어졌지만, 회사에서 뒤이어 〈나 홀로 집에〉와 〈미세스 다웃파이어〉를 연속으로 흥행시킨 크리스 콜럼버스를 물망에 올렸다. 조앤은 탐험가 크리스토퍼 콜럼버스가 떠오르는 그 이름을 생각하며 미소를 지었고, 괜찮은 선택지라고 인정했다. 직원들이 더 많이 동의하고 안심하는 쪽으로, 가족영화에 노하우가 있는 크리스가 감독으로 선택됐다. 이제 제작자들이 무엇보다 원하는 건 1억 달러를 넘을지 모를 예산을 확보하는 일이었다. 책이 성공하면서 모두가 영화도 성공할 거라 믿었기 때문이다. 영화를 준비하는 과정에는 보기 드문 열기가 피어올랐다.

해리 역으로 데이비드가 맨 처음 고려한 인물은 얼마 후 〈빌리 엘리어트〉를 통해 유명해지는 제이미 벨이었다. 데이비드는 비공개 상영회에서 이 영화를 봤었고, 어린 소년의 연기에 매우 놀랐었다. 하지만 그는 열세 살이며 곧 열네 살이 될 것이었다. 아무래도 나이가 너무 많았다. 다들 영화가 시리즈로 이어질 거라 여기는 만큼 더 그랬다. 어지간한 실패작이 아닌 한, 촬영은 여러 해 동안 이어질 터였다. 첫 작품에서 정말로 열 살짜리 아이를 골라야 했다.

숨은 진주를 찾는 여정은 험난했다. 캐스팅 책임자 재닛 허신슨과 수지 피기스는 적극적으로 아역배우 여남은 명을 오디션했다. 오래 걸릴 일이어서 배우 물색은 각본 작업과 동시에 시작됐는데, 이는 상당히 드문 일이었다. 보통은 각본이 완성된 다음에야 배우를 찾기 시작한다.

조앤은 각본 집필을 맡지 않으려 했다. 역량이 부족하다고 여겼을 뿐 아니라, 무엇보다 후속편에 집중하고 싶었다. 심사숙고 끝에 데이비드는 〈네 번의 결혼식과 한 번의 장례식〉의 각본가로 유명한 리처드 커티스를 생각했다. 놀라운 선택으로 보일 수도 있겠지만, 그가 생각하기엔 〈해리 포터〉를 코미디, 그것도 로맨틱 코미디로 다뤄도 딱히 엉뚱하지 않았다. 데이비드는 리처드에게 곧장 연락했고, 리처드는 그에게 자신이 각본을 쓴 영화 〈노팅 힐〉 촬영장에 들르라고 권했다. 각본가가 촬영장에 나오는 일은 드물지만 이 경우는 달랐다. 각본에 개인적인 요소가 많이 들어가 있었기 때문이다 (촬영장 세트까지 본인 집을 바탕으로 했다). 혹시라도 촬영하는 데 도움이 필요하다면, 리처드는 기꺼이 손을 빌려줄 생각이었다. 게다가 그는 직접 감독을 맡지 않은 걸 아쉬워했다. 하지만 곧 그도 자기 각본을 본인 손으로 연출하게 된다. 특히 〈러브 액츄얼리〉를 통해 말이다.

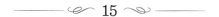

15

그리하여 데이비드는 영화의 주요 무대인 집의 주소, 포토벨로 거리 104번지에 찾아갔다. 세트에서 그는 잘 알던 사이인 휴 그랜트에게 인사했지만, 꼭 만나보고 싶던 줄리아 로버츠는 보이지 않았다. 촬영 중이 아닐 때 그녀는 개인 휴게실에서 나오지 않았다. 점심시간에 데이비드와 리처드는 구내식당보다 더 조용히 이야기할수 있는 작은 인도 식당으로 갔다. 데이비드는 말머리를 꺼내는 셈치고 리처드에게 조앤의 소설을 보내두었다. 이런저런 이야기, 즉줄리아 로버츠 이야기를 하다가, 리처드가 마침내 본론을 꺼냈다.

"보내준 소설 보고 적잖이 놀랐어. 솔직히 나한테 제의가 들어오는 유의 이야기가 아니거든."

"알아."

"그건 그렇고, 읽게 되어 좋았네. 다들 그 얘기만 하더군. 그것도이해가 가, 정말 끝내줘."

"자네가 안 어울린다고 생각하는 이유가 바로 내가 자네를 떠올린이유와 똑같아. 나는 자네가 해리에게 진실을 부여할 거라고 확신해. 내가 보기에 해리는 자신이 발견하게 되는 것들에 경탄하는 어린애야. 자네가 쓰는 각본과 그리 다르지 않지. 그 감정의 마술과…."

"고마운 얘기군. 그래도 내가 감당하기엔 마법이 너무 많아."

"바로 그거야. 난 각본이 리얼리즘적인 관건들에 공고히 바탕을 두어야 한다고 생각해. 환상의 세계는 이미 있으니, 현실을 강조할 필요가 있지. 모든 아이가 해리 포터에게서 자기 모습을 봐야 해. 처음에 해리가 학대당하는 부분, 그건 자네가 잘 묘사하는 힘겨움이잖아."

"그래, 하지만 그 애는 나보다 더 똑똑한 부엉이를 데리고 있잖아. 그건 정말 내 전문 분야가 아니야."

"'헤드위그' 말하는 거지? 헤드위그는 올빼미야."

"거 봐, 난 올빼미랑 부엉이도 헷갈리잖아. 그럼 말 다 했지."

리처드는 웃으며 말했다.

대화는 가벼운 어조로 잠시 더 이어졌다. 리처드는 상황에 맞는 각본가가 아닌 게 확실했다. 게다가 그는 솔직히 소설이 너무 길다고 생각했다. 《해리 포터》 세계관을 이해하기 위해 알아야 할 요소, 부차적인 인물, 디테일이 지나치게 많았다. 그가 생각하기엔 영화가 적어도 여덟 시간은 되어야 했다. 한마디로, 관심이 없기도 했지만 자기가 이만한 과업을 맡을 수 있을 것 같지도 않았다. 그래서 정중히 거절했다. 한편 그에겐 데이비드의 기분을 상하지 않게 해 앞으로도 함께 일할 수 있을만한 완벽한 거절 사유가 있었다.

"얼마 전 시작한 영화 작업에 시간을 많이 쏟게 될 것 같아. 그러고 보니 그것도 소설 원작 각색이라네."

"뭔데?"

"〈브리짓 존스의 일기〉."

'만나자는 약속에 응하느니 곧장 말해줬어도 되잖아'라고 데이비드는 생각했다. 기분이 상할 정도였다. 하지만 리처드는 제안하는 내용이 어떤지는 늘 들어봐야 한다고 여겼다. 그편이 정중한 것 같았다. 그러니까 같은 태도를 두고 평가가 둘로 갈리는 것이다. 섬세하다는 쪽과 무례하다는 쪽으로 말이다.

*

시간이 조금 흐른 후, 데이비드는 그 대화가 무익하지는 않았다고 여기게 된다. 덕분에 영화에 대한 자신의 비전을 구체적으로 다듬을 수 있었다. 리처드의 말이 옳았다. 프로젝트의 본질은 판타지였다. 고려할 만한 재능 있는 영국 작가가 더는 떠오르지 않기에, 데이비드는 미국 각본가 몇 명을, 특히 스티브 클로브스를 염두에 두기 시작했다. 조앤은 그에 대해 더 알아보기도 전에 탐탁지 않아 하는 것 같았다. 다시 한번 말하지만, 그녀의 이야기는 영국 이야기였다. 그래도 데이비드의 기분을 맞추기 위해 만나는 보겠다고 말했다.

하지만 스티브를 만난 조앤은 그의 설득에 어처구니없이 빨리 넘어가 버렸다. 모두가 깜짝 놀랐고, 일사천리로 계약이 맺어졌다. 그날 밤, 축하의 샴페인을 마시는 자리에서 데이비드는 조앤에게 다가가 왜 그렇게 쉽게 마음을 바꿨냐고 물었다. 그녀는 이제 확실히 친구가 되어가는 제작자를 바라보며 털어놓았다.

"그분이 제일 좋아하는 등장인물이 헤르미온느라고 했거든요."

*

데이비드는 계산을 하고, 세트장까지 리처드와 동행했다. 데이비드는 런던으로 돌아온 이후 영화를 제작하지 않았고, 세트장에 좀더 머물면서 다음 장면을 구경하고 싶었다. 촬영장의 흥분이 그리웠다. 사무실에서 보내는 날들과 레스토랑에서 만나는 약속은 이제진력이 났다. 어릴 때 데이비드는 부모님을 따라 촬영장에서 몇 시간씩 보내곤 했다. 그는 그게 너무나 좋았다. 영화 무대가 가까워지자 처음 맛보았던 경탄의 추억뿐만 아니라 순수했던 시절까지 되살아났다. 바로 이런 향수의 거품 속에서, 길 건너편, 의자에 앉은어린 소년이 그의 눈에 들어왔다. 동그란 안경, 멋대로 뻗친 검은머리… 마치 환영을 보는 것 같았다.

16

마틴을 데이비드와 마주치도록 한, 게다가 그 동그란 안경까지 쓰고 있게 한 우연을 생각하면, 마법을 믿지 못할 것도 없다. 그렇지만 자세한 부분 하나하나 전부 진실이다. 이 이야기를 들려주는 사람은 마틴이 아니라 캐스팅 감독 수지로, 2011년에 BBC에서 방영한, 영화 뒷얘기에 관한 다큐멘터리에서다.

어쨌든 다시 지금으로 돌아와서, 제작자는 극도로 흥분해 거의 비틀대기까지 하며 소년에게 다가갔다. 소년 앞에 서자 그는 할 말을 고르다가 그냥 자기소개를 하기로 했다.

"안녕? 난 데이비드란다. 네 이름은 뭐니?"

"마틴이요."

"여기서 뭘 하니?"

"좀 이따 단역을 맡게 될 거예요."

"엑스트라는 다들 같은 장소에 있지 않니? 보통은 세트장 밖에 있는데…."

"모르겠어요. 전 아빠를 따라왔어요."

"네 아빠가 누구시니?"

"존 힐요."

"이 영화에서 일하시니?"

"네, 소품 담당자세요."

"아… 알겠다. 그래서 넌 엑스트라 연기하는 거 좋아하니?"

"잘 모르겠어요. 아직 시작 안 했거든요. 아빠는 그냥 이따가 길을 걸어가야 된다고만 했어요."

"그래, 해보면 재밌을 거다. 나도 어렸을 땐 부모님을 따라 촬영장에 갔었지. 이렇게 아버지를 따라오는 일, 자주 있니?"

"거의 없어요. 오늘은 로즈가 와줄 수 없어서요."

"로즈가 누군데?"

"절 봐주는 보모 누나요…."

데이비드는 침착함을 유지하려 애썼지만 도취한 기분이었다. 책 속의 인물과 생김새가 놀라우리만치 닮은 것 이상으로, 이 아이는 굉장히 편안한 태도를 보여주었다. 낯선 환경에서 모르는 어른에 게 질문을 받으면 다른 아이들은 분명 불편해했을 것이다. 하지만 마틴은 전혀 그렇지 않았다. 그들은 이런저런 이야기를 좀 더 이어 갔다. 데이비드는 너무 대놓고 말을 꺼내고 싶지는 않았지만, 결국 묻고야 말았다.

"영화 해보고 싶니?"

"모르겠어요."

"영화에 출연하는 것 말이야. 영화 속 인물이 되는 거지, 그저 엑 스트라가 아니라. 재미있을 것 같니?"

그 순간 존이 다가와 대화를 끊었다.

"안녕하세요, 전 마틴의 아버지입니다. 무슨 일 있나요?"

"아뇨, 아무것도 아닙니다. 전 데이비드 헤이먼이라고 하는 제작 자입니다. 마틴과 얘기를 좀 하던 중이었어요."

"예, 그런 것 같군요."

존은 무뚝뚝하게 대답했다. 남자가 자기 아들에게 그렇게 바싹 다가붙은 게 수상하다는 기색이 역력했다.

"아버님과 꼭 얘기를 하고 싶은데요, 괜찮으시다면."

데이비드가 말을 이었다.

"무슨 일로요?"

"마틴에게 영화에 출연하는 게 어떨 것 같냐고 물어보던 중이었 습니다."

"제 아들이요?"

"예."

뭔가 긴급히 손쓸 일이 생긴 듯, 누군가 존을 불렀다.

"전 가봐야 합니다. 곧 촬영이라서…."

"예, 그럼요. 이해합니다. 명함을 드릴 테니, 괜찮으시면 오늘 저녁 조용히 말씀 나누시죠. 아니면 편하실 때…."

존은 데이비드의 명함을 받고, 아들에게 곧 그가 거리를 걸어가는 장면을 촬영하리라 말하고는 뛰어갔다. 마틴은 아버지가 그렇게 스트레스를 받은 모습을 한 번도 본 적이 없었다. 무심함의 화신인 존은 이 촬영에서는 굉장한 압박감에 시달리고 있었다. 데이비드와 마틴은 잠시 더 말을 나눴지만 해리 포터 얘기는 꺼내지 않았다. 이런 대화는 보다 차분한 분위기에서, 서두르지 않고 나누는 게 현명했다. 결국 데이비드는 사무실로 돌아가야 해 다음 장면까지 기다릴 시간이 없었다. 그는 마틴과 악수하고 "다음에 또 보자"고 힘주어 말했다. 이 역시 믿기 어려운 일 같겠지만, 세트장을 나서면서 그는 줄리아 로버츠와 정면으로 맞닥뜨렸다. 방금 기적적인 일이 일어났다는 징조가 분명했다.

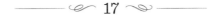

17

존은 아들이 잠자리에 들 때까지 기다렸다가 데이비드에게 전화했다. 도시의 소음으로 보아 그가 전화를 받은 곳은 길거리였다. 그 시절 휴대전화는 아직 부자들이나 가진 신기한 물건이었고, 자기가 중요한 인물임을 강조하고 싶어 하는 이들의 전용 수단이었다. 존은 남몰래 자기가 휴대전화를 발명했더라면 좋았을 거라고 생각하다, 제작자의 말에 집중했다. 그가 처음에 생각했던 것처럼 변태가 아닌 건 확실했다. 솔직히 말해 존의 직감은 언제나 형편없었다. 다음 선거에서 누가 당선될 것 같으냐 물으면, 그는 백발백중 낙선인 이름을 댔다. 몇 시간 전만 해도 그는 이 남자에게 서둘러 달려가 얘기 중에 말을 뚝 끊었고, 섣불리 가장 끔찍한 악인이라 넘겨짚었다. 하지만 남자는 그저 자기 아들에게 테스트, 그러니까 〈해리 포터〉 배역 테스트를 받아보게 하고 싶었을 뿐이었다. 남자는 존의 아들에게서 앞으로 촬영할 영화의 배우가 될만한 가능성을 보았다. 게다가 그의 말에 따르면 주인공과 얼마나 닮았는지 놀라 자빠질 정도였다. 다만 존은 해리 포터가 누구인지 짐작조차 가지 않았다. 잔이 떠난 이후 그는 더 이상 뉴스를 보지 않았다. 그는 '해리 포터 현상'에서 완전히 빗겨나 있었다. 예전에는 아내가 가족에게 현실을 불어넣는 역할을 했다. 하지만 지금은 더 이상 시사 문제에 관심을 기울일 이유가 없었다. 존에겐 자신의 시간이 1992년이나 1993년, 행복했던 두 나날 사이 어딘가에 꽉 끼어 멎어버린 듯 여겨질 때조차 있었다.

전화를 끊고 나서 그는 아들이 잠자는 모습을 보려고 마틴의 침실에 들어갔다. 마틴이 아기였을 때는 종종 숨을 잘 쉬는지 확인하곤 했다. 세월이 흘렀음에도 그는 밤마다 행했던 의식을 그만두지 않았다. 존의 눈에 아들이 꿈결 속에 잠든 모습은 무엇과도 비길 수 없었다. 그 모습을 바라보는 데는 씁쓸한 심정을 몰아내는 힘이 있었다. 이 순간 현실은 불확실함이 사라진, 눈부신 단순함으로 다가왔다. 존은 아이들이 자는 깊은 잠에 매혹됐다. 귀에다 대고 클라리넷을 분다 해도(변태 음악광 집안이 아닌 한 그런 일은 거의 없지만), 아이들은 그들의 밤에 물 샐 틈 없이 폭 감싸인 그대로일 것이다. 어쩌면 결국 그거야말로 어린 시절의 가장 강력한 힘일지 몰랐다. 그 절대적인 잠. 그렇게 잘 때는 우리에게 아무 일도 일어날 수 없다. 인생의 어느 시점에서 우리는 그런 능력을 잃는 걸까? 아마 14세나 15세쯤일 것이다. 사춘기의 위기는 어쩌면 거기서, 그러니까 완벽한 휴식을 잃는 데서 온다. 존이 그렇게 자본 지는 너무나 오래됐다. 이제 그는 낮에 겪었던 일을 모두 잊고, 고요한 밤에 잠겨드는 평온함을 더 이상 즐길 수 없었다.

그날 밤도 예외가 아니었다. 존은 머릿속으로 제작자의 말을 곱씹으며 뜬눈으로 누워있었다. 제작자는 자신의 직감을 아주 확신하는 듯했다. 그런 식으로, 자못 우연히 미래의 스타를 점찍는 일은 자주 있었다. 얼마 전 존은 어디선가 브루스 윌리스에 대해 비슷한 이야기를 들었다. 로스앤젤레스에서 바텐더를 할 때 캐스팅 담당자의 눈에 들어 배우 이력이 시작됐다고 말이다. 미궁처럼 얽힌 한밤의 상념들 속에서, 존은 벌써 시사회 때 맨 앞줄에 앉은 자신을 상상했다. 하지만 그에겐 익숙한 전개였다. 지켜지지 않은 약속과 부서진 희망이 영화사 속에는 얼마나 많은가? 하지만 환상을 따라가면서도 명철함을 유지할 수는 있었다. 추측의 세상에서 재빨리 확신을 끌어안는다고 안 될 것은 없었다. 그리하여 존은 최상의 시나리오로 생각이 계속되게 놔두었다. 이 생각 속에는 잔이 런던으로 돌아오는 일도 당연히 들어있었다. 아이와 가까워지기 위해 그녀는 반드시 돌아올 것이고 부부 사이엔 새로운 활기가 생길 터였다. 이런 이미지들을 그리며 존은, 마치 꿈꾸기 전에 꿈을 꾸듯 잠들었다.

18

다음 날 아침, 존은 아들의 아침 식사를 준비했지만 아직 얘기를 꺼낼 때는 아니라고 생각했다. 그가 보기에 자신이 하려는 얘기는 '앉아서 할 얘기'에 들어가지 않았다. 학교로 가는 길에서야 그는 아들에게 제작자와의 대화를 전했다.

"《해리 포터》, 당연히 알죠! 학교 애들 모두 읽고 있는걸요."

마틴은 즉각 대답했다. 존의 단절감을 한층 강조하는 간결한 두 문장이었다. 날이 갈수록 그는 유행을 비껴가는 자기 능력을 절실히 깨달았다. 그는 아들에게 촬영장에서 얘기했던 아저씨는 너와 주인공이 많이 닮았다 여겼다고, 상황을 설명했다. 마틴은 이 소식을 굉장하다고 받아들였다. 그때까지는 호기심이 없었지만, 이제는 빨리 책을 읽어보고 싶어 안달이 났다.

'내가 정말 해리를 닮았을까?'

그때까지는 아무도 그런 말을 한 적이 없었다.

*

학교 앞에 도착하자 존은 본론으로 들어갔다.

"테스트 받아보는 거 어떻게 생각하니?"

"그게 뭔데요?"

"네가 카메라 앞에서 연기를 하고, 사람들이 네가 배역과 잘 어울리나 보는 거야."

"그렇지만 전 배우가 아닌걸요."

"가끔 전문 영화배우가 아닌 사람을 뽑기도 해. 어떤 연기를 해야할지 설명해 주면 넌 할 수 있을 거야. 아빠 확신해."

"잘 모르겠어요."

"아빠 생각엔 해봐서 나쁠 건 없을 것 같다. 게다가 분명 재미있을 거야!"

먼 훗날 마틴은 이 대화를, 특히 아버지의 "분명 재미있을 거야!"라는 말을 다시 떠올리게 된다. 그러고는 등골이 서늘해진다. 이 일로 말미암아 일어날 파란이 얼마나 심각한지 알면, 놀랄 일도 아니다.

*

학교에 있는 종일 마틴은 어젯밤 아버지가 그랬던 것과 똑같이 최상의 시나리오 쪽으로 빠져들어 갔다. 산수 연습문제를 풀던 중 그는 벌써 영화 스타가 되고, 어쩌면 마이클 잭슨의 다음 뮤직비디오에 출연할 자신을 그렸다. 사람들은 반짝이는 눈으로 그를 바라

볼 테고, 베티는 쌀쌀맞게 대한 걸 후회하며 손톱을 물어뜯을 테지. 그는 넓은 마음으로 처음의 실수를 용서해 줄 것이고, 둘은 마침내 서로 사랑하게 되는 거다.

사실 마틴은 성공이 가져올 잠재적 결과를 상당히 멀리까지 내다보았다. 존은 현실적인 자세를 발휘해 아들에게 아직 정해진 건 아무것도 없다고 단단히 일러두었다. 이건 그냥 테스트일 뿐이라고 말이다. 또한 이 역을 따내기 위해 여남은 명 아이들이 경쟁할 거라고도 덧붙였다. 하지만 그런다고 마틴이 꿈꾸는 걸 막을 수는 없었다. 로또를 사는 이 누구나 번호에 표시하는 순간 미래에 들어올 큰돈으로 뭘 살지 생각하는 것과 마찬가지다.

19

그날 저녁, 아버지와 아들은 함께 책 앞부분을 독파하기로 했다. 존은 점심시간에 책을 사러 다녀왔다. 서점에 들어서자마자 높이 쌓인 《해리 포터》가 새로 들어오는 손님을 기다리고 있었다. 연이은 성공 덕분에 이제는 어떤 책에든 다가가려면 《해리 포터》 코너를 지나지 않을 수 없었다. 러시아 문학 애호가이며, 청소년 문학이나 판타지 서가에는 발도 들여본 적 없던 존이었지만 그럼에도 책 속 이야기에 깊이 몰입했다. 그는 작가의 유머가 특히 마음에 들었고, 우스꽝스러운 더즐리 가족 얘기가 나올 때마다 미소를 지었다. 부당함이 끊이지 않고 이어지는 어린 해리의 인생이 자신을 보는 듯하다고 여기기까지 했다. 사실, 모든 이가 자신이 주인공과 이렇게 남몰래 통한다고 느꼈다. 이 책에는 보편적인 요소가 있었다. 해리 포터는 우리 편에서의 반란, 악당들을 몰아낼 권력을 갖고 싶다는 우리의 욕망, 더 나은 삶을 향한 우리의 꿈이었다.

존뿐만이 아니었다. 마틴 역시 해리에게 감정이입을 했고 이는 한층 더 당연한 일이었다. 마틴은 단어 하나하나를 파헤쳐 해리가 정말 자기라는 증거를 찾았다. 이제는 제작자가 느꼈다던 명백함이 이해가 갔다. 확실히 머리칼에서부터 평소의 태도까지 해리에 관한 묘사는 마틴 자기의 모습과 통하는 데가 정말 많았다. 의심할 여지 없이, 손에 마법 지팡이만 쥔다면 마틴은 해리 그 자체였다. 하지만 아무리 닮았다고 해도 약속에는 대비해야 했다. 테스트는 다음 주 월요일이었기에 시간이 별로 없었다. 주말에는 마틴이 파리에 가므로 더 그랬다. 그러니까 테스트에서 무엇을 시킬지 예상하고 미리 연습하는 데 이틀 저녁밖에 남지 않았다. 존은 움직이기 편하도록 거실의 가구를 모두 밀어놓고, 커다란 피자를 주문하고, 즉석에서 연극 교사가 됐다.

"소설 초반에는 주요한 두 가지 감정이 드러나지. 물론 첫 번째는 슬픔이야. 슬픔이라는 표현은 좀 약한데, 고통이라고도 할 수 있으니까 말이야. 불쌍한 해리는 고아인 것도 모자라 이모와 이모부, 끔찍한 사촌 덜리에게 학대당하지."

"'더들리'예요."

마틴이 고쳐 말했다.

"그래, 더들리… 미안하다. 아무튼, 그들은 네게서 바로 그런 감정을 보고 싶어 할 거야. 해리는 자기 힘으로는 어떻게 할 수 없는 세상에 갇혀있어. 그리고 두 번째 감정은 뭔가 하면, 내 생각엔 경탄이란다. 넌 상상조차 못 했던 놀라운 세상을 발견하는 거야. 동물원의 뱀 장면도 있지만, 본격적으로 시작되는 부분은 거인 '해그리드'가 오면서….”

“거인 혼혈이에요, 아빠.”

“아, 그래… 그렇지. 장하다 내 아들, 상세한 데까지 잘 알고 있구나! 어디까지 말했지?”

“경탄요.”

“그래, 바로 그거다. 생일날 넌 네가 아주 유명한 마법사라는 사실을 알게 되는 거야… 상상이 가니? 기상천외한 일이지. 자, 그럼 오늘 저녁은 이 두 감정을 탐구해 보자. 슬픔과 경탄. 뭐 먼저 할래?”

“슬픔 먼저요.”

“좋아, 그럼 네게 어떤 일이 슬픔을 불러오는지 말해보렴.”

“뭐… 아빠랑 엄마가 헤어진 걸 생각할 때요.”

“…다시 생각해 보니 경탄부터 해보는 게 낫겠다.”

난감한 순간들이 지나갔고, 마틴은 아버지의 지시대로 움직이기 시작했다.

“네가 역에서 9와 4분의 3번 승강장을 찾고 있다고 상상해 보렴. 그래… 그거야… 정말 말도 안 되는 소리라는 생각이 들지. 그러다가 알아차리는 거야! 다른 아이들이 벽을 통과하는 걸 보고, 너도 똑같이 해보는 거지. 그래, 그렇게… 부딪치면 크게 다칠 수 있는 벽을 향해 돌진한다고 생각하는데, 아니야! 짠! 벽을 통과했어! 자, 애야 해보렴."

마틴은 흥분해서 팔을 사방으로 휘젓는 아버지를 보고 웃음을 꾹 참았지만, 거기에 몰입해 보이지 않는 벽을 관통하는 시늉을 했다.

"그래, 바로 그거다! 브라보!"

존이 환호했다. 두 미치광이가 20제곱미터 넓이의 거실에서 블록 버스터 영화를 재현하려는 것 같았다. 그리고 실제로 해보니 너무 나 재미있었다. 둘은 아주 오랜만에 즐겁게 지냈고, 어찌나 즐겼는 지 연습의 목적을 잊을 정도였다. 존은 아들의 새로운 면을 발견했 다. 아들은 독창적이고 또 상당한 유머를 타고났다. 천직이 탄생하 는 순간을 목격하고 있는 건지는 알 수 없지만, 무슨 일인가가 일어 나고 있는 건 분명했다.

어떤 역할을 연기하면서 자기 자신을 찾게 될 때가 있다. 진정한 열정이라곤 없는 아이였던 마틴은 이제 연극 수업에 등록하길 꿈 꿨다. 물론 제작자의 눈빛에서 본 열의가 마틴의 마음에 불을 지폈 다. 사람들은 누군가가 자신이 마음속 깊이 진정으로 원하는 게 무 엇인지 알려주길 원한다. 선택되든 아니든, 이 모험은 적어도 마틴 에게 그 점을 확실히 밝혀주게 된다. 그가 연기를 무척 좋아한다는 사실 말이다.

금요일 저녁, 부자는 워털루역에서 헤어졌다. 2007년까지는 거기

가 유로스타의 시발역이었다. 혼자 여행하는 데 익숙한 마틴에게 이 여정은 어른의 삶을 맛보는 경험 같았다. 아버지가 마련해 준 샌드위치를 먹으려 은박지를 풀면서, 마틴은 아버지를 생각했다. 여러 감정이 부딪쳤다. 아버지를 홀로 남겨두어서 마틴의 가슴은 찢어질 듯 아팠다. 혼자만 어머니를 만나러 가는 건 늘 죄책감이 들었다. 그렇다고 해서 어머니를 생각하며 행복하지 않은 건 아니었다. 프랑스로 돌아간 이후 어머니가 훨씬 명랑해졌음을 마틴은 분명히 느꼈다. 어머니의 미소는 더 환해졌다. 그렇게 마틴은 부모님에 대한 감정, 쓰라림과 희망 사이를 오갔고, 자기가 그 사이 어디에 있는지 늘 갈팡질팡했다. 바다 밑을 달리는 열차에 있음을 의식하니 이런 감정은 한층 더 혼란해졌다.

그날, 잔은 아들을 만나자마자 꼭 껴안았다. 마치 서로 못 만난 날들을 기필코 몸으로 만회해야 한다는 듯, 지나칠 정도로 세게 안았다. 포옹이 끝나자 잔은 물러서며 말했다.
"네가 안경 쓴 거 보니까 너무 이상하다, 얘!"
그녀는 마틴이 약간 존 레넌처럼 보인다고 덧붙였다. 이제는 의심의 여지가 없었다. 마틴의 외모는 프랑스 소년보다 영국 소년에 더 가까웠다. 출신 대결에서는 아버지가 승리한 셈이었다. 마틴은 "그보다 저 해리 포터 닮은 것 같지 않아요?"라고 묻고 싶었지만, 그 얘기는 좀 더 기다렸다 말하기로 했다. 이 놀라운 사건을 전화로 말했다가 어머니 얼굴에 드러난 반응을 놓치고 싶지 않아서 이미 며칠을 기다렸다.

잔의 집까지는 10분 정도 걸어가야 했다. 잔이 세 든 집은 1970년 대 지은 건물에 있었는데 별 매력은 없지만 역에서 가깝다는 게 장 점이었고, 덕분에 이동이 쉽고 통근 시간이 짧아졌다. 변화로 인한 상처를 조금이라도 더 줄이려고 그녀는 애써 마틴의 방을 영국에 있는 마틴의 방과 똑같이 꾸몄다. 벽지에서부터 이불 커버까지 모 든 게 똑같았다. 좋은 의도로 그랬다는 걸 알았기에 마틴은 어머니 에게 솔직히 괴상하다고 말해 기분을 상하게 하고 싶진 않았다. 그 에겐 마치 긴 여행을 거쳐 처음 출발한 장소에 그대로 돌아오는 기 분이었다.

가방을 내려놓자, 마틴은 수수께끼 같은 어조로 입을 열었다.
"말씀드릴 게 있어요….""
어머니는 곧장 걱정됐고, 나쁜 소식이 틀림없다고 생각했다. 마 틴은 어머니를 안심시키면서 발표의 즐거움을 느긋하게 끌었다. 이 야기를 전부 듣자 잔은 멍해졌지만 놀라지는 않았다. 아들은 천성 적으로 놀라운 아이였고 흔치 않은 카리스마가 있었으니까. 얘기를 다 듣고 그녀는 마지막으로 단호하게 덧붙였다.
"분명 널 뽑을 거야, 내가 장담해!"
마틴은 사실 그게 영국에서 가장 큰 규모의 캐스팅이라 경쟁이 만만치 않을 거라 설명해, 어머니의 흥분을 가라앉혀야 했다.
"그래? 그렇게 대단한 캐스팅이라니… 제목이 뭔데?"
"《해리 포터》요."
"해리, 뭐?"

"포터."

"들어본 적 없는데….."

해리 포터 현상은 아직 프랑스까지 도달하지 않았다. 월요일부터 잔은 자기가 다니는 신문사 문화부에 《해리 포터》를 알아보았고, 갈리마르 출판사의 폴리오 주니어 시리즈로 프랑스어판이 곧 출간된다는 소식을 알아냈다. 작품이 영국에서 누린 전대미문의 성공에 감탄한 그녀는, 실업자였다가 몇 주 만에 스타가 된 이 여성 작가에 대해 기사를 쓰겠다고 제안했다. 그리하여 마틴의 어머니는 프랑스에서 J. K. 롤링을 언급한 첫 인물이 됐다.

굉장한 모험이 기다린다는 소식 밖에도, 잔은 무엇보다 아들의 열정적인 면을 보게 되어 기뻤다. 그녀는 종종 아들을 걱정했고 아들을 런던에 버려두고 왔다는 생각에 괴로워했다. 하지만 의지에 찬 마틴을 보며 잔 역시 마틴의 꿈을 향해 흘러갔다. 아이가 행복한 모습을 보기 위해서라면 현실의 자잘한 부분은 얼마든지 무시할 준비가 되어있었다. 한편 그들은 지금 일종의 마법에 사로잡혔다고도 할 수 있는데, 다음 날 거의 천운 같은 일이 일어났기 때문이다.

센강을 따라 산책하던 중 그들은 셰익스피어 앤드 컴퍼니 서점 앞에 이르렀고, 진열창 한가운데 《해리 포터》 영어판 한 권이 당당히 놓인 모습을 보았다. 둘은 책을 사러 서점에 들어갔고, 책을 계산하려는 순간 점원이 한숨을 쉬었다.

"이 사람 기억나요."

"누구 말씀이세요? 작가요?"

잔이 물었다.

"네. 배달왔을 때 같이 온 겉표지의 사진을 보고 바로 알아봤죠. 소르본 학생이었고, 거의 매일 서점에 와서 서성거렸답니다."

"정말 굉장해요."

마틴이 말했다.

"어떤 사람이었는데요?"

"꽤 수수께끼 같았지. 한 시간 동안 책들 표지만 쳐다보고 있기도 했단다. 내용보다는 책이라는 물건에 사로잡힌 것처럼 말이야. 난 여러 차례 말을 걸어보려 했지만 엄청 수줍음이 많았어."

"….."

"사실 거예요?"

갑자기 실제적인 삶으로 돌아오며 점원이 물었다.

방금 알게 된 사실에 비춰보니 마틴에게 그곳은 순식간에 마술적으로 보였다. J. K. 롤링이 여기 단골이었고, 기억을 지닌 벽들한테는 여전히 그녀가 보일 게 분명했다. 전날 파리로 오는 유로스타에서 그는 황홀경 비슷한 상태로 책을 끝까지 읽었다. 책 한 권을 그렇게 빨리 읽은 건 처음이었다. 물론 캐스팅이라는 상황이 책을 탐독한 일차적인 이유였지만, 단순히 그것뿐만이 아니었다. 등장인물들과 너무나 잘 통하는 게 느껴져 소설 속 존재들과 친구가 될 수도 있을 것 같았다. 그렇게 마틴은 점점 늘어나는 열성팬 무리의 일원이 됐다. 그랬기에 J. K. 롤링의 흔적이 남은 곳에 찾아와 그녀의 발자취를 뒤따르게 되자 두근대는 가슴을 주체할 수 없었다. 이제 그는 작가를 만나보는 게 꿈이었다.

21

잔은 주말에만 만나는 아들을 보모에게 맡기는 건 의미가 없다고
여겼기에 어딜 가든 그를 데리고 다녔다. 토요일 저녁, 그녀는 친
구 집에서 열리는 저녁 식사 모임에 참석할 예정이었다. 잔은 마틴
에게 곧장 말해두었다.

"가보면 괜찮을 거야. 다른 애들도 많이 오거든."

이는 완전히 잘못된 정보였는데, 있는 애라곤 여섯 살배기 꼬마
하나뿐이었기 때문이다. 마틴은 도착하자마자 자기가 아이를 돌보
는 담당이 되리라 눈치챘다. 꼬마는 형이 와서 몹시 신나있었기 때
문에 더 그랬다. 두 아이는 어른들과 떨어져 다른 방에서 만화영화
를 틀어놓고 단둘이 식사했다. 잔은 수시로 드나들며 아들에게 잘
놀고 있냐고 물었다. 마틴은 예의상, 어머니의 즐거운 시간을 망치
지 않고자 그렇다고 했다. 잔은 아름다운 드레스를 입고 화장을 했
다. 새로운 시대는 겉모습으로도 나타났다. 그렇게 치장하고 욕실
에서 나왔을 때 마틴은 어머니를 못 알아볼 정도였고, 하마터면 모
임이 가장무도회냐고 물어볼 뻔했다.

모임 장소에 도착하면서 마틴은, 마치 장터에서 재롱을 부리는
원숭이가 훈련받은 예의범절을 그대로 흉내 내는 듯한, 예의 바른
태도로 모두에게 인사했다. 커플이 두 쌍 있고, 마흔 살쯤 된 남자
한 명이 있었다. 이 남자는 마틴에게 유독 살갑게 굴었다. 어쨌든 노
력은 했지만, 그에겐 스무 살 이하의 인간이라면 누구나 불편하게

여기는 어떤 성격이 느껴졌다. 남자는 아이들에게 말할 때 무슨 바보 대하듯 음절을 하나하나 강조하면서 말하는 부류의 어른이었다.

"안-녕? 마-틴! 나는 마르크란다. 널 만-나-서 너무너무 기-쁘-구-나!"

모스부호로 나타낸 문장 같았다. 잔은 아들 옆에 서 있었고, 역시나 긴장한 것 같았다. 중간 단계라곤 전혀 없이, 대화라는 수프에 떨어진 머리카락처럼, 마르크는 별안간 자기도 아스널을 무척 좋아한다고 밝혔다. 하지만 두 마디 정도 나누고 나니 그가 축구에 대해서는 별로 아는 게 없고, 억지로 공통점을 찾아 아이의 마음을 사려고 했을 뿐임이 훤히 드러났다.

머지않아 마틴은 이 기묘한 순간의 의미를 파악할 수 있게 된다. 그건 여자를 사로잡기 위해 아이의 마음에 들어야 하는 남자의 태도였다. 생각해 보면 꽤 호감 가는 행동이었다. 잔에게 개가 있었더라도 마르크는 똑같은 식으로 행동해, 등을 토닥이며 "착한 강아지구나, 착하다!" 하고 칭찬했을 것이다. 헤어질 때 그는 일종의 남자 대 남자의 관계를 맺듯 마틴과 악수하고, 잔의 뺨에 입을 맞추며 등을 어루만졌다. 은근한 관능의 코드를 거부하듯 좀 과한 어루만짐이었다.

집으로 돌아오는 택시에서 잔은 물었다.

"어때, 마르크 마음 드니?"

"네, 괜찮아요."

"어쨌든 그 사람은 네가 정말 귀엽다고 하더라. 시골에 큰 집이 있다는데, 언제 날씨 좋을 때 거기 가보지 않을래?"

"네, 엄마가 좋다면….."

침대에 들자 마틴은 어머니의 등에 얹힌 그 남자의 손을 다시 떠올렸다. 물론 새로운 생활을 하는 건 어머니의 자유고, 이는 마틴도 잘 알았다. 하지만 아버지를 생각하면 너무나 괴로웠다. 존은 남몰래 상황이 나아지길, 헤어짐은 잠시뿐이길 소망했고 마틴은 이런 존의 희망을 뚜렷이 느꼈다. 늘 자기 인생을 지어냈던 것처럼 존은 스스로 거짓말을 하고 있었다. 무언가를 잘 만들어 내는 그의 재주가 가장 잘 발휘된 부분은 틀림없이 이 지점이었다. 마틴도 분명 아버지와 비슷했다. 다른 곳에 정신이 가있고, 인생을 살아가는 대신 꿈꾸는 성향이 있었다. 그를 해리 포터와 닮았다고 보는 것도 당연했다. 마틴은 현실에서 어색해하고 상상의 세계에서 편안해하는 기질을 물려받았다. 하지만 현실은 언제나 그를 붙들었고, 마틴은 소리 죽여 울기 시작했다. 아버지를 위해서였다. 어머니의 등을 쓰다듬는 남자의 손 이미지가 계속 눈앞에 맴돌았다. 아무것도 아닌 몸짓이지만, 그 단순한 몸짓을 통해 마틴은 과거가 돌이킬 수 없는 지난 일이 됐음을 깨달았다.

22

월요일이 되자 존은 학교 출입문으로 아들을 데리러 갔다. 오후 5시에 캐스팅 책임자와 약속이 있었다. 이 만남을 얘기하기 전, 기묘하다고 해야 할 마지막 한 가지 일을 짚고 넘어가야 한다. 2주 전에 학교의 새 교장, 명확하게 보수주의자라는 딱지를 붙일 수 있을 만한 남자가 앞으로는 전교생이 교복을 착용해야 한다고 결정했다. 그러나 공립학교인 이 학교에서는 언제나 어느 정도 자유로운 복장을 주창해 왔다. 다른 곳들에 강하게 남은 영국적 전통의 부담감을 줄이기 위해서였다. 이런 조치에 대해 항의하는 목소리가 드높자, 그는 한발 물러나 재킷 착용만 의무화했다. 그래서 그때부터 마틴은 매일 아침, 학교를 상징하는 색상의 교표가 붙은 감청색 블레이저를 입었다. 그렇게 차려입고, 머리모양에 안경까지 더하니 그는 정말 호그와트에서 그대로 나온 인물 같았다. 우연이 매일 마틴을 해리 포터 역을 향해 밀어주고 있는 듯했다. 더구나 그가 워너 사 사무실에 도착하자 수지는 그를 맞이하며 이렇게 말했다.

"아, 재킷을 입고 오다니 참 잘했네!"

의도한 것도 아닌데 완벽하게 행동하게 되면 언제나 불안하다.

수지는 명랑하고 따스한 사람이었다. 자기 일을 진심으로 사랑하는 게 눈에 보였다. 그녀는 차기 케네스 브래나나 앨런 파커가 될 진주를 발견하겠다는 희망을 품고 런던 교외 전역에서 아마추어 연극을 연이어 보았다. 그녀의 일 한복판엔 멈추지 않는 발견의 환상이 있었다. 누구보다 앞서 무명 인물의 천재성을 알아보는 사람이 되는 것. 해리 포터 캐스팅은 바라던 바 이상으로 벅찼다. 이 일은 그때껏 그녀에게 맡겨진 일 중 가장 흥분되는 임무였다. 동전의 양면처럼 거기에는 워너 측으로부터 받는 막중한 부담이 뒤따랐다. 아무리 대작이고 또 화려한 배경과 놀라운 특수효과를 갖추었어도, 해리 포터에 딱 맞는 아이가 없다면 영화는 빈껍데기에 불과할 거라고 다들 느꼈다. 원자로의 심장을 찾아내는 게 그녀의 몫이었다. 한편 다른 역들에 대한 캐스팅은 상당히 진척돼 있었다. '헤르미온느 그레인저'는 결정된 거나 다름없었고, '론 위즐리'도 머지않아 결정될 터였다. 아직도 해리 포터, 여전히 해리만 없었다. 수지는 이미 수많은 지원자의 오디션을 보았고, 다른 캐스팅 담당자 재닛도 마찬가지였다. 하지만 언제나 뭔가 문제가 있었다. 배우의 키가 배역과 맞지 않거나, 이미지가 인물과 너무 동떨어져 있었다. 아니면 나이가 너무 많거나 어렸다. 가능성 있는 후보가 몇 명 있긴 했지만 진지하게 고려할 만한 이는 아무도 없었다. 불확실한 가능성에 1억 달러를 걸 수는 없었다.

약속 장소로 가는 길에 존은 아들에게 주의시켜 두었다.

"있잖니, 힘 있는 사람들은 그 힘을 악용한단다. 그들이 널 기죽이게 해선 안 돼. 중요한 건 네 안에 있는 거니까…."

이렇게 현실에 안 맞는 조언은 상상하기도 힘들다. 어쨌든 처음 본 수지는 대단히 친절한 사람처럼 보였고, 또 마틴을 편하게 해주려 애썼다. 데이비드와 마찬가지로 그녀도 새로운 지원자를 보자 뭔가 명백함을 느꼈다. 차마 믿기 어려웠지만, 어쩌면 방금 사무실 문으로 들어온 이 아이가 해리일지도 몰랐다. 시작하기 전, 그녀는 조수 에드워드에게 오디션을 촬영하라고 시켰다. 그런데 에드워드가 방에 들어와도 수지는 그쪽으로 고개조차 돌리지 않았다. 마틴에게서 눈길을 뗄 수가 없었다. 이제 그녀는 테스트가 결정적인 증명이 되길 기도했다. 물론 그녀는 좋은 코치가 붙고 촬영 동안 여러 차례 찍으면 누구든 배우로 변신할 수 있다는 사실을 알았다. 재능 있는 인물과 일하는 게 당연히 성과를 내기 더 쉽지만, 처음부터 뛰어난 재능을 갖추고 있지 않아도 가능성은 있었다. 그러나 외모를 구현하는 건, 이 모든 게 시작되기 전 첫발을 내딛을 수 있느냐 없느냐다. 수지가 제일 먼저 꺼낸 얘기도 그거였다.

"넌 정말로 우리가 찾는 인물과 많이 닮았구나."

"….."

"연기해 본 적 있니?"

"아뇨, 한 번도요."

"사실은 지난주에 연습을 좀 했답니다….."

존이 끼어들었지만, 수지에게 차디찬 눈길을 받았을 뿐이었다. 그녀는 미성년자를 캐스팅할 때 귀찮게 끼어드는 부모들에게 익숙했다.

"뭘 했니?"

"연습을….."

"전 마틴에게 말하고 있어요."

이 두 번째 끼어들기에 완전히 짜증이 난 수지가 말했다.

존은 사과했다. 이번에도 아들 대신 대답해서 이 순간을 망칠 위험을 자초하다니, 스스로가 우스꽝스럽다고 느껴졌다. 아버지가 대신 이야기해야 한다면, 마틴에게 이렇게 대단한 영화의 주인공이 될 능력이 있다고 어떻게 믿겠는가? 그는 아들 때문에 긴장한 상태였다. 지난 수요일부터 "테스트를 받아보면 재미있을 거야"라며 별 것 아닌 일로 여기려 애썼지만, 일어났던 일들 탓에 스스로 인정하는 것보다 훨씬 흥분한 상태였다. 하지만 걱정할 건 없었다. 모든 일이 잘 풀렸다. 이제 자신이 입만 닫으면 아들은 흠잡을 데 없이 잘해낼 것이다. 수지는 마틴의 생활과 관심사에 대해 질문했고, 이어서 본론으로 넘어갔다. 존은 속으로 아들을 연습시켰을 때 자기가 제대로 짚었다고 기뻐했다. 캐스팅 책임자가 마틴에게 해리가 학대당하는 장면을 연기해 보라고 요청했기 때문이다.

"소설에서 해리는 그야말로 가족 중 왕따야. 더 심한 건, 해리의 끔찍한 사촌과 그 친구들이 좋아하는 심심풀이가 '해리 사냥'이라는 거지. 책 읽어봤니?"

수지가 물었다.

"네."

"아주 좋아. 그렇지만 안심하렴, 우리가 마틴 사냥을 하진 않을 거니까! 그냥 에드워드가 네게 좀… 뭐랄까… 불쾌한 소리를 할 텐데, 넌 네가 느끼는 대로 반응하면 돼. 대사로든, 몸짓과 표정으로든. 잘 알겠니?"

"네, 알겠어요."

조수는 종이 한 장을 집어 들고 일어서서 몇 마디 모욕적인 말을 낭독했다. 마틴은 터지려는 웃음을 꾹 참았다. 시작이 좋지 않았지만, 결국은 집중하는 데 성공했다. 해리와 일치하려면 공격적인 반응을 보여선 안 됐다. 소설을 보면 주인공이 얼마나 태연하게 자기를 향한 미움을 그냥 흘려버리는지 잘 나와있었다. 게다가 남에게 휘둘리지 않는 그런 마음가짐이 바로 해리의 힘이었다. 그래서 마틴은 공격을 교묘하게 피하고, 적당히 에두른 말로 유머까지 섞어가며 대꾸했다. 수지는 좋은 쪽으로 놀란 것 같았다. 그녀는 때때로 끼어들어 의도를 명확히 설명하거나 뭔가 할 일을 지시했다. 마틴은 점점 이 자리의 부담감을 떨쳐냈고, 그렇게 지도받는 게 확연히 즐거워졌다. 캐스팅 감독은 이제 즉흥적으로 분노한 독백을 해보라고 요청했다.

"이야기와 아무 상관 없어도 되니까, 널 짜증 나게 하는 걸 말해봐! 뭐가 널 화나게 하는지 털어놔 봐!"

이건 좀 더 어려웠다. 마틴을 분노하게 하는 건 별로 없었다. 그렇다고 최근 아스널의 패배를 얘기할 수는 없지 않은가. 결국 축구를 떠올리다 보니 젊은 마법사들이 즐기는 스포츠, '퀴디치'가 떠올랐다. 그래서 말만 조금 바꿔가며 심판이 구름 뒤에 숨었다거나 마법 빗자루의 성능이 나빴다거나 하는 일로 화를 터뜨렸다. 긴 독백이 끝나자, 확실히 조금 위태롭긴 했지만, 다들 칭찬했다. 그는 배우의 으뜸가는 장점이자 자산인 진정한 창의력을 보여주었던 것이다.

존은 에드워드와 수지가 끊임없이 서로 공모의 눈짓을 주고받는 모습을 만족스럽게 지켜보았다. 이 순간을 잔과 나누고픈 마음이 간절했다. 하지만 집중해야 했다. 수지가 말을 이었기 때문이었다.

"이번에는 좀 어려운 걸 시킬 텐데, 못 해도 괜찮아."

"알겠어요."

"울어보는 거야. 보통 배우들은 살면서 있었던 슬픈 일을 생각하는데, 정해진 방법은 없어. 그냥 기계적으로 될 때도 있거든. 눈에 수도꼭지가 달린 것처럼…."

마틴은 그 이미지를 떠올리며 웃었는데, 그건 마음 깊은 곳에서 눈물을 끌어내려고 집중할 때 좋은 방법은 아니었다. 그는 격려를 얻으려고 아버지 쪽을 흘끗 보았다. 그러고는 생각에 잠겼다. 어떤 추억에 빠져야 할까? 너무나 이상한 상황이었다. 세 사람이 그를 쳐다보며 울기를 기다리고 있었다. 그리고 잠깐 뒤, 그는 그걸 바로 해냈다. 기적의 액체가 솟아난 것이다.

수지는 그에게 다가와 정답게 등을 한 번 두드렸다. 그녀는 자신을 사로잡은 흥분을 감추려고 애썼다. 헛된 희망을 안겨주지 않는 게 중요했다. 특히 어린 배우에게는 말이다. 수지가 완전히 넘어갔다 해도 결정은 그녀 몫이 아니었다. 방금 있었던 일의 녹화 영상을 보고 크리스 콜럼버스와 J. K. 롤링의 시각은 다를 수도 있지 않을까? 하지만 그럴 것 같진 않았다. 이 아이는 굉장했고, 만장일치를 얻을 게 분명했다.

그녀는 한결 가벼운 주제들로 오디션을 좀 더 진행했다. 마틴은 놀라는 모습과 마법 학교에 도착하는 장면 등을 연기했다. 이번에도 책에서 가져온 요소들을 바탕으로 즉흥연기를 했고, 여기저기 참고 사항을 더해, 해리의 올빼미인 헤드위그와 대화를 나누기까지 했다. 대단히 공들인 연기였다. 연기에 대한 욕심과 능력이 여지없이 드러났다.

테스트가 끝났을 때는 거의 저녁 7시였다. 층계참에서 그들은 환한 미소와 함께 "이른 시일 내로 연락드리겠습니다"라는 말로 작별 인사를 했다. 밖으로 나오자마자 존은 아들을 칭찬했다.

"넌 울었어, 알겠니? 네가 울었다고! 정말 놀랍구나!"

"네, 저도 만족스러워요."

"두 시간이란다, 알겠니? 두 시간이나 걸렸어. 아주 좋은 징조야! 저 여자가 꽝인 녀석에게 두 시간을 쏟았을 것 같니?"

"…."

"무려 두 시간이라고! 알겠니?"

마틴은 아버지가 시간에 유독 초점을 맞추는 게 재미있었지만, 무엇보다 전부 잘 끝났다는 기분이 들어 마음이 편해졌다. 곧장 집으로 돌아가기에 둘은 너무 흥분해 있어서 제일 좋아하는 패스트푸드점에 가서 저녁으로 치즈버거를 먹으며, 식사 내내 오디션 과정을 자세히 되짚었다. 집에 돌아오자마자 존은 전화기로 달려갔다.

"이리 오렴, 엄마한테 전부 말해줘야지!"

마침내 긍정적으로 풀릴 대화를 시작할 기회였다. 하지만 응답은 없었다. 30분 후 다시 전화를 걸어보았지만, 이번에도 단조로운 신호음만 울릴 뿐이었다. 존은 낭패감을 감추려 했지만, 잔이 이 시간에 밖에 있음을 확인하니 그가 느끼던 행복의 일부가 확실히 망가졌다. 그는 잔이 레스토랑에서 남자와 저녁 식사 중인 장면을 상상했다. 사실 잔 역시 아들의 소식이 궁금해 죽을 지경이었지만, 한없이 이어지는 편집회의 때문에 신문사에 붙들려 있었다. 다음 날 아침 그녀는 일찌감치 아들에게 전화를 걸어 모든 얘기를 들었다.

23

한편 수지는 아이와 아버지가 사무실을 나서자마자 데이비드에게 전화했다. 그도 테스트 영상을 보려고 득달같은 기세로 달려왔다. 하지만 화면을 보면서 데이비드는 아무런 내색도 하지 않았다. 영상이 끝나자 그는 천천히 캐스팅 감독 쪽으로 고개를 돌려, 눈을 똑바로 들여다보았다. 그리고 그 눈빛에는 이런 말이 담겨있었다.

'됐어, 우린 그놈의 해리를 찾았어!'

난생처음 마틴은 잠들기가 너무 힘들었다. 모험에 발을 들일 때는 무심했지만, 이제는 흥분을 주체할 수 없었다. 그는 줄곧 자기 앞에 펼쳐진 놀라운 인생을 생각했다. 그에게 일어난 일은 너무나 터무니없었다. 이성적으로 생각하려고, 아무것도 정해진 건 없다고 자신을 타이르려 애썼지만 헛수고였다. 정신이 모든 가능성을 누비며 점차 현실과 꿈의 장벽을 허물었다. 영화 스타의 삶은 〈노팅 힐〉의 세트장에 들어갔을 때 어깨너머로 본 적이 있다. 마틴은 배우들을 둘러싼 아우라를 보았다. 그들이 지나갈 때의 열광과 숨을 삼키는 사람들… 누군들 그처럼 사랑받는다는 환상을 품어보지 않았겠는가? 마틴의 앞에 놓인 건 바로 그런 삶이었다. 차츰 그는 아스널 시합에서 귀빈석에 앉은 자신을 상상했고, 선수들과 친구가 될 수도 있다는 희망을 품었다. 전 세계를 여행할 거고, 분명 개인용 제트기를 타고 있을 터이며, 널찍한 집을 사서 큰 파티를 열 것이다. 그렇게 그는 최고로 잘 풀린 미래 속을 오랫동안 떠돌았다. 친구들에게 전부 얘기하고, 온 세상에 지금 자기가 겪는 일을 소리쳐 알리고 싶어 좀이 쑤셨다. 하지만 아버지는 당분간 조용히 있으라고 충고했다. 사람들이 꼬치꼬치 캐물으며 귀찮게 굴 수도 있고, 그러면 결국 지나친 부담에 시달릴 수 있기 때문이었다. 신중하게 처신하다, 모든 게 결정됐을 때 찬란한 영광의 광채 속에서 좋은 소식만 알리는 게 나았다. 하지만 냉철함을 유지하는 건 너무 어려웠다. 이제 모험은 너무나 현실 같았다. 기적 같은 삶이 마틴을 기다렸다.

25

우연은 정말이지 악랄하다. 마틴과 마주치기 전, 데이비드는 다른 배우를 점찍어 뒀었다. 사실 그는 《데이비드 코퍼필드》에 대한 BBC 텔레비전 영화에서 대니얼 래드클리프라는 배우를 눈여겨보았다. 다른 기회로 대니얼의 아버지를 만난 적이 있었는데, 그가 문학 저작권 대리인이었기 때문이다. 이런 연줄에도 불구하고 일은 그리 간단하지 않았다. 당시에는 영화 일곱 편을 촬영할 예정이며 촬영지는 아마 로스앤젤레스일 거라 얘기됐었다. 어린 대니얼의 부모님은 신중히 생각한 후 아들을 〈해리 포터〉 오디션에 내보내지 않기로 결정했다. 오디션에 합격한다면 너무 큰 변화를 겪어야 하고, 학교에도 다닐 수가 없었다. 제작자가 끈질기게 부탁했으나 아무런 성과도 없었다. 거절이었다.

그러나 운명은 모든 주인공을 다시금 한자리에 모이게 함으로써 다른 결정을 내렸다. 연극 〈주머니 속의 돌〉을 관람하던 중, 데이비드는 몇 자리 떨어진 곳에서 대니얼과 그의 부모님을 알아보았다. 틀림없이 어떤 징조였다. 연극은 작은 마을이 갑자기 할리우드 영화 촬영지가 되고 주연 여배우에게 박대당한 한 엑스트라가 자살한다는 내용이었다. 한 마디로 영화의 파괴적인 권력에 대한 이야기였고, 캐스팅 얘기를 꺼낼 이상적인 맥락과는 거리가 멀었다. 하지만 데이비드에게 주제는 안중에도 없었다. 그는 연극 내내 먹잇감쪽으로 고개를 돌리고 있었으니까.

그들은 출구에서 만났다. 몇 마디 예의 바른 말이 오고 간 후, 다시 해리 포터 이야기가 나왔다. 데이비드는 빙빙 돌려 말하지 않았다.

"전 아직 꺾이지 않았습니다. 저희는 진심으로 대니얼이 테스트를 받아봤으면 하는데요."

"압니다."

어머니가 대답했다.

"하지만 저희는 대니얼이 그렇게 오래 학교생활을 못 하는 건 바라지 않아요."

대니얼의 부모님은 아들이 영화에 참여하고, 나중에 배우가 될 수 있다는 것까지는 받아들였으나 지금으로서는 교육이 최우선이었다. 데이비드는 논리를 펼쳤다. 약속 한 번 잡는다고 정해지는 건 아무것도 없으며 차후 경력에 좋은 경험이 될 뿐이라고. 게다가 이제는 상황이 달라졌다. 촬영은 런던에서 이뤄질 확률이 높았다. 대니얼의 아버지는 훗날 모든 게 이 새로운 만남이라는 우연에서 비롯됐다고 말한다. 제작자를 다시 만나게 되자 그는 생각했다.

'어쩌면 운명이 우리에게 뭔가 말하는 건지도 몰라.'

그리고 그들은 대니얼이 테스트를 받는 걸 승낙했다.

그들은 극장 앞에서 얘기를 좀 더 나누었다. 데이비드는 아이 쪽을 여러 차례 곁눈질했다. 그리고 결국 참지 못하고 물었다.

"책 말인데, 읽었니?"

"네."

"좋았니?"

"당연하죠."

"이야기의 어떤 점이 좋았니?"

"주인공의 부모님이 죽었다는 점이 좋았어요. 고아라는 건 참 좋은 것 같아요….'

그는 부모님 쪽을 보고 씩 웃으며 말했다.

26

전반적인 의견으로, 대니얼의 오디션은 그저 그런 편이었다. 극장 앞에서 보여준 유머 있는 행동에서 예상됐던 것과 달리 그는 신중한 아이였다. 물론 그게 해리 포터를 연기하는 데 반드시 불리한 점이라곤 할 수 없었지만, 그의 태도는 대체로 내향성에 가까웠다.

대니얼 자신도 훗날 첫 오디션에서 본인이 얼마나 엉망이었는지 여러 인터뷰에서 털어놓는다. 집으로 돌아오면서 대니얼은 이제 그일은 생각조차 하지 않았다. 끝이었다.

그런데도 2차 테스트를 받으러 오라는 연락이 왔고 그는 놀랄 수밖에 없었다. 물론 마틴이 뜨거운 반응을 불러일으켰지만, 언제나여러 선택지를 두는 게 유리했다. 대니얼은 본능적으로 지금이 기회를 붙잡을 때라고 느꼈다. 그리고 그의 본능은 틀리지 않았다. 별 볼 일 없는 연기를 했는데도 다시 불렀다는 건 꽤 좋은 징조였다. 팀 전체가 보기에도 해리와 대니얼은 너무나 닮았고, 그랬기에한 번 더 기회를 주지 않는 건 말도 안 됐다. 이번에는 선택받고자하는 욕망이 훨씬 강하게 든 대니얼은 어머니와 함께 오디션을 준비했다. 캐스팅 감독인 어머니의 폭넓은 경험은 대니얼에게 큰 도움이 됐다. 이 두 번째 카메라 테스트에서 대니얼은 주어진 과제들을 수월하게 해냈다. 스스로는 알지 못한 채, 수줍게 미소 짓는 이아이는 유명인이 되기 직전이었다. 초보 마법사의 의상에 동그란안경을 걸치고 손에 지팡이를 들자 한 점 의심도 남지 않았다. 대니얼은 해리 역의 유력한 후보가 됐다.

이제 모험의 가장 어려운 부분이 시작됐다. 대니얼의 부모님은후보에 남은 아역배우가 둘뿐임을 알게 됐다. 아들의 경쟁자는 마틴 힐이라는 아이였다. 한 번도 들어본 적 없는 이름이었기에 그들은 마틴을 조사해 보았다. 마틴은 우연히 촬영장에서 만났던 소품 담당자의 아들로, 배우 경력은 아예 없었다. 독특한 사례였으니 이 단계까지 온 걸로 보아 재능이 엄청난 게 틀림없었다. 처음에는 영화 출연이 내키지 않았던 대니얼의 부모님도 두 번째 테스트 다음에는 깊이 빠져들었다. 이제는 아들이 그런 중대한 역을 맡는 건 어마어마한 기회라고 여기게 됐다. 한편 대니얼 역시 꿈을 꾸기 시작했다. 친구들 모두《해리 포터》를 읽었고, 자기가 해리 포터가 될 거라고 알렸을 때 친구들의 표정이 어떨지 상상해 보았다. 그야말로 굉장할 것이다.

두 최종 후보는 또 한 번 오디션 통지를 받았는데, 이번에는 미리 외워 올 원고가 있었고 크리스 콜럼버스가 참석했다. 매콜리 컬킨과 작업한 경험이 있는 이 감독은 아이를 지도하고 최고의 모습을 드러내도록 독려할 줄 알았다. 그는 두 후보의 연기에 매혹됐고, 장단점을 따져보았으며, 선택이 무척 어렵겠다는 결론을 내렸다. 곧장 다음 단계로 넘어가는 게 나았다. 바로 파트너와의 오디션이었다. 삼인조의 궁합을 보면 확실히 알 수 있을 터였다. 헤르미온느 역은 에마 왓슨의 차지였다. 캐스팅은 무척 간단했다. 에마는 첫눈에 다른 여자아이들보다 돋보였다. 오디션에서 그녀는 집중력과 장난스러움 둘 다를 갖췄음을 증명했다. 게다가 선택되기를 열렬히 원한다고 느끼게 했다. 그녀의 에너지는 모두를 사로잡았다. 촬영이 시작되기도 전, 배우들을 세상에 선보이는 첫 기자회견에서 에마의 능력은 의문의 여지가 없이 확실해졌다. 에마는 미래 스타의 모든 자질을 갖추고 있었다. 론의 경우는 과정이 좀 더 길었다. 루퍼트 그린트는 원래 해리 역으로 오디션을 보았으나, 마음씨 좋고 의리 있는 해리의 친구 역으로 방향을 틀었다.

그렇게 대니얼 래드클리프, 다음으로 마틴 힐은 루퍼트 그린트와 에마 왓슨을 만나게 됐다. 이보다 더 분명할 순 없었다. 처음 보는 두 아이가 누가 보아도 가장 친한 친구라고 믿게 하는 게 관건이었다. 이 연기에서는 대니얼이 최고였다. 영화 연기를 한 적 있었기에 그에겐 파트너와 상호작용하는 데 필요한 경험이 있었다. 그는 론의 익살에 웃음을 터뜨리면서, 헤르미온느의 에너지에 자연스럽게 이끌려 갔다. 삼인조는 잘 굴러갔고, 그 점은 누가 보아도 분명했다. 하지만 오디션의 나머지 부분에서 그는 여전히 조금 몸을 사렸다. 마치 다른 배우들에게 가야 할 빛을 빼앗을까 봐 두려워하는 것 같았다. 사실은 그가 살아온 삶의 방식 자체가 그랬고, 따지고 보면 미지의 세계를 발견하고 고뇌하는 해리 포터의 태도와 꽤 잘 어울렸다.

다음은 마틴 차례였다. 그에겐 일이 대니얼처럼 잘 풀리지 않았다. 당장 그 자리의 부담스러움에 짓눌리는 기분이었다. 편하게 해나가기엔 너무 중대한 사건이었다. 연기를 해야 할 순간, 다리가 후들거리기 시작했다. 왜 지난번에는 이렇지 않았을까? 승리가 손에 잡힐 듯 보이는 지금은 모든 게 달랐다. 잃을 게 아무것도 없었던 첫날과는 천지 차이였다. 지금은 전부를 잃을 수 있었다. 눈앞도 뿌예져갔다. 모두의 시선이 자기에게 꽂혀, 앞으로 할 말만 기다리는 게 느껴졌다. 다른 두 배우가 기운을 북돋워 주려고 애썼다. 지금은 선택됐다는 편안한 마음으로 연기하고 있지만, 그들도 최근 겪은 긴장을 여전히 기억했다. 마침내 감독이 마틴에게 다가와 "별일 아니야", "배우라면 다들 겪는 일이란다", "경험 많은 배우들조차 그렇지", "잠깐 쉴까? 뭐 마실래?"라고 말했다. 마틴은 미소를 지으려 애썼지만 턱이 제대로 움직이지 않았다. 너무나 수치스러웠다. 벌써 스스로를 해리로 여기고 있던 그였는데. 아니, 그 정도를 넘어 마틴은 자신이 해리라고 확신했다. 전날 밤 그는 책을 한 번 더 읽었고, 그 어느 때보다도 인물과 가까워졌다고 생각했다. 게다가 이에 또 다른 요소가 겹쳤다. 테스트를 치르기 전 마틴은 실물을 축소한 배경 모형 몇 개를 구경했다. 호그와트와 드넓은 연회장이 눈 속에 새겨졌다. 분명 그것도 그의 스트레스에 일조했으리라. 마틴은 꿈과 똑바로 눈을 마주쳐 버린 것이다.

포기하기는 너무나 쉽다. 그저 놓아버리는 거다. 어느 정도 위엄을 갖추고 시련을 단축하는 거다. 그러나 마틴은 그렇지 않았다. 그는 감정을 180도 전환했고, 새로운 힘을 끌어냈다. 촬영이 다시 시작됐고 이번에는 훨씬 잘 진행됐다. 마틴은 첫인상을 너무나 나쁘게 남긴 게 무척 후회스러웠지만, 두려움을 극복하는 그의 능력은 높이 평가할 만했다. 한편 크리스 콜럼버스는 이런 반전된 상황에 놀란 듯했다. 이 점은 마틴에게 유리할 수 있었다. 한 번 망쳤던 일을 성공시키면 곱절로 빛나 보이는 법이다.

세 아이는 헤르미온느가 '니콜라 플라멜'이라는 인물에 대해 조사한 바를 이야기하는 장면을 연기해야 했다. 론과 해리는 헤르미온느에게 질문하고, 그녀의 말에 자기 생각을 밝혀야 했다. 몇 분간 셋은 J. K. 롤링의 세계에 몰입해 현실을 떠났다. 모든 게 가볍고 놀이처럼 보였으나, 실상 그들은 한 인생을 바꿀 수 있는 순간을 겪고 있었다. 어른의 사정이 달린 아이들의 놀이였다.

27

세션이 끝날 무렵, 마틴은 환상의 세계에서 활기를 주입받은 듯 완벽한 컨디션이었다. 계속해서 연기하고만 싶었다. 다른 장면들, 모험과 돌발 사건이 가득한 장면을 꿈꿨다. 어쨌든 그는 만족할 수 있었다. 시동이 걸리기까지는 힘들었지만, 최고의 자신을 보여주는 데 성공했으니까. 모두들 칭찬을 한마디씩 남겼다. 그냥 안심시키려고 그러는 것 아닐까? 아니, 진심에서 우러나온 말 같았다. 루퍼트는 그를 칭찬했고, 에마는 함께 한 연기가 "너무너무 근사했다"고 덧붙였다. 크리스 콜럼버스는 한참 동안 자신 옆에 남아 대화를 나눴고, 배역에 대해 이야기했다. 앞날은 손에 잡힐 듯 확실해 보였다.

그렇기는 해도 저울은 대니얼 쪽으로 기울었다. 하지만, 그럼에도 그렇게 간단한 일은 아니었다. 제작사 측의 선택은 돌이킬 수 없으며, 앞으로 이어질 시리즈의 운명 전체가 좌우될 것이기 때문이었다. 후보 각자의 강점과 단점을 평가해 보았으나, 곤란하게도 양쪽 다 팽팽했다. 워너 사의 대표단이 미국에서 날아왔고, 런던에서 데이비드 헤이먼, 크리스 콜럼버스 그리고 물론 J. K. 롤링이 참석한 대규모 회의가 열렸다. 각자 자기 의견을 냈고 한참 후, 인터넷에서 쉽게 찾아볼 수 있는 《허핑턴포스트》의 인터뷰에서, 캐스팅 담당자 한 명이 당시에 실제 있었던 일을 이렇게 요약했다.

*

재닛 허신슨의 인터뷰 일부(2016)

우리는 대니얼의 테스트를 한 번 더 보았어요. 다른 아이는 뛰어났고, 상처받기 쉬운 분위기이면서 해리와 무척 닮았었죠. 하지만 우리는 해리가 당당히 나설 줄 아는 기개 있는 소년으로 자란다는 걸 알았어요. 대니얼은 그 양면을 다 갖춰, 매우 상처받기 쉬우면서도 '깡'을 보이는, 작은 뭔가가 더 있었죠. 대니얼에겐 그 역을 맡을만한 '배짱'이 있었습니다.

*

대니얼 래드클리프는 그렇게 선택됐다. 직감의 문제였다. 그에겐 극도로 힘든 경험을 헤쳐 나갈 정신적 힘이 있으리라 보였던 것이다. 하지만 그게 다가 아니다. 인터뷰에서 캐스팅 책임자는 흥미로운 표현을 쓴다.

"작은 뭔가가 더 있다."

그러니까 규정할 수 없는 이 특성이 결정적이었다. 만일 마틴이

"왜 내가 아니라 그 애죠?"라고 물었다면, 그 '작은 뭔가가 더' 없었기 때문이라는 답이 돌아왔을 것이다.

그토록 사소한 것으로 이토록 크게 어긋난다면 미쳐버릴 수 있다.

이런 식으로 한 사람의 인생이 나쁜 쪽으로 곤두박질친다. 언제나 하잘것없는 게 차이를 낳는다. 고작 쉼표 하나가 어디 있는지가 팔백 페이지에 달하는 소설의 의미를 바꿀 수 있는 것처럼 말이다.

28

이제 두 최종 후보에게 결과를 통지해야 했다. 우선 좋은 소식부터 전해 선택받은 우승자를 안심시키고, 다음에 패배자를 다룰 것이다. 마틴 힐의 실망은 막대할 게 분명했다. 얼마나 고통스러울지 누구도 상상조차 할 수 없었다.

지금 대니얼은 느긋하게 거품 목욕을 하며, 오래돼 곰팡이 슨 오리 인형으로 장난치고 있다. 버려야 하지만 어린 시절의 추억을 내버리기는 쉽지 않다. 며칠 전부터 그는 기다림 때문에 마비돼 있고 부모님도 같은 상태다. 그래서 그는 물속에 있으면 시간이 더 빨리 흐르기라도 하는 듯, 물장난을 하며 시간을 보낸다. 갑자기 전화벨 소리가 들린다. 한 번, 두 번, 세 번. 왜 아버지는 전화를 받지 않는 걸까? 계속 이러면 욕조에서 나와 거실로 달려가 수화기를 들어야 하는데. 하지만 아니, 그럴 필요는 없다. 됐다, 마침내 전화를 받은 아버지의 목소리가 들리고, 그는 움직임을 멈추고, 들으려 애쓴다. 자신과 관계있는 일일까? 캐스팅 건일까? 더 이상 기다릴 수 없다. 고문이다. 왜 아버지는 저렇게 작게 말하는 거지? 아무것도 안 들리잖아. 좋은 징조가 아냐, 아니 나쁜 징조가 확실해. 좋은 소식을 들으면 표가 난다. 기뻐서 소리치기까지 할 수 있다. 더구나 그런 굉장한 소식이라면 말이다. 그런데 지금은, 아무것도, 아무 소리도, 아무 반응도 없다. 마치 거실에 죽음이 깔린 것처럼. 아버지는 보통 전화로 얘기하는 걸 싫어한다. 그럼에도 대화는 길어지고, 계속 길어져 이제 물은 차갑다. 불편하다. 견딜 수 없어진다. 하지만 별안간 대니얼은 물에서 나가면 배역을 따내지 못할 것 같다는 생각이 든다. 머릿속에 그렇게 떠오르는 엉뚱한 생각, 정신과 벌이는 기묘한 게임. 하지만 그렇다. 이 통화의 목적을 알기 전까지는 욕조 안에 있어야 한다. 그러면 효과가 있다고 믿어야 한다. 아버지가 마침내 전화를 끊지만, 아무 일도 없고, 정적만이 공간을 휩쓴다. 아버지는 서재로 돌아간 게 분명하다. 그러니까 제작사에서 온 전화는 아니다. 아직도, 아직도, 아직도, 그는 아직 두 인생 사이에 머물러야 한다. 더 이상 대니얼이지 못하고 아직 해리도 아닌 채. 이 모든 기다림이 나쁜 징조가 되기 시작한다. 그래, 계속해서 믿다니 어리석기도 하지. 망했어, 정말 망했어. 하지만 부정적인 물결 속에서 다가오는 발소리 같은 게 들린다. 확실하다, 그에게 다가오는 발소리, 아버지가 할 말이 있는 게 분명하다. 그래, 의심의 여지가 없다. 1초 후면 아버지가 문을 열 것이다. 대니얼은 문손잡이를 뚫어져라 쳐다보고, 이 순간 그의 생각들은 사방으로 폭발하며, 상황을 어떻게 받아들여야 할지 혼란스러워한다. 아버지는 지금, 왜 오는 것일까? 다행히 의문에 찬 혼란은 짧다. 마침내 아버지가 문을 연다. 지금껏 본 적 없는 얼굴로. 눈앞에 서 있는 이는 낯선 사람 같다. 부동자세로, 마치 중력에 짓눌린 것처럼, 몇 초간 정적을 지키다, 이런 말로 정적을 깬다.

"네가 됐어."

29

몇 년 전 데이비드 헤이먼은 러시아 출신의 약혼자 올가에게 편지 한 통을 받았다. 그녀는 그가 처음 열렬히 사랑했던 상대로, 흔히 '영원히 남는 추억'이라는 형벌에 처하는 그런 사랑이었다. 그들은 고등학생 때 만났고, 함께했던 몇 달은 경이로웠다. 하지만 결국 그녀는 이별을 결심했다. 편지로 말이다. 잘 알려진 사실이지만 러시아인들은 비극을 문학적으로 표현하는 데 소질이 있다. 데이비드는 그 끔찍한 기분을 잊을 수 없었다. 두근대는 가슴으로 사모하는 여인이 남긴 봉투를 열었다가 거부의 말과 마주하는 것. 그는 뭐라 반박할 수도 없었다. 편지는 일방통행의 소통이다. 이런 난폭함에 충격받았기에, 그는 자신은 절대 그런 비겁한 수단에 의지하지 않겠다고 맹세했다. 그 후로 몇 번 자기 쪽에서 헤어짐을 결심하게 됐을 때, 그는 항상 고통스러운 순간을 견뎌야 할 것을 각오하고 직접 만나서 이별을 통보했다.

힐 집안에 전화벨이 울리게 된 사연은 그런 연유에서였다. 제작사의 조수가 만남을 제안했다. 아버지와 아들은 흥분을 감추려 애썼다. 둘 다 좋은 징조라고 생각했다. 데이비드가 나쁜 소식은 언제나 얼굴을 마주하고 알려야 한다는 법칙을 준수한다는 걸 상상조차 하지 못했다. 그건 공손함의 원칙이었고, 실망의 가혹함을 완화하려는 수단이었다. 데이비드는 이들을 불러냄으로써 거절의 말을 들을 아이에게 과도한 착각을 안겨줄 거라곤 한순간도 생각지 못했다. 그러니까 섬세한 마음에서 비롯한 잘못된 행동을 하는 경우다. 하지만 오해는 오래가지 않았다. 마틴은 제작자의 표정을 보자마자 지금 사무실 소파에 앉으려는 이는 해리 포터가 아님을 깨달았다. 그랬다. 제작자의 얼굴은 엄숙했고 눈빛에서 벌써 앞으로 나올 말을 읽을 수 있었다. 그럼에도 그 말들은 입 밖으로 나와야 했다. 마틴이 결코 잊지 못하는 그 말들은.

"우리 아이가 아니군요, 그렇죠?"

존이 열에 들떠 물었다.

"들어보세요, 쉽지 않은 얘기군요…. 전 두 분을 보고 싶었습니다. 널 보고 싶었단다, 마틴…. 전화로 알리고 싶지는 않았거든. 내가 하려는 말이 듣기 쉽지 않으리라는 거 안다."

"…."

"우리 쪽에서도 괴로운 결정이었어. 왜냐하면 다들 네가 대단하고, 보기 드문 재능을 타고났다고 여겼거든. 그리고 네 다음 이력에 있어서는 정말 나만 믿으렴. 다른 프로젝트에서 같이 일할 수 있을 거라고 난 확신한단다. 하지만, 너도 알겠지만, 널 해리 역으로 선택하진 않았어….”

마틴에겐 제작자의 말이 더 이상 들리지 않았다. 머리가 뜨겁고
멍멍해졌다. 앉아있는데도 쓰러지는 기분이었다. 물론 떨어질 가
능성도 각오했지만, 현실의 충격은 너무나 거셌다. 이런 충격은 감
당할 수 없을 것 같았다. 세월이 흐르며 우리는 점차 타격에 버티는
능력을 얻는다. 인간의 삶은 어쩌면 그렇게 요약될 것이다. 끝없는
실망의 시험을 거쳐, 훌륭하게든 덜하게든 고통을 다스리는 데 이
르는 것 말이다. 하지만 지금 마틴은 열한 살에 불과했다. 극복하
기엔 너무 벅찼다. 놀라운 모험에 대한 약속이 방금 그의 손에서 빠
져나갔다.

존은 일어서서 아들을 품에 안고 싶었지만 제작자의 말에 귀를
기울였다. 꼼짝도 하지 않은 채 그는 더 이상 의미 없어진 이 만남
의 절차를 준수했다. 공허할 뿐인 말을 들어봐야 무슨 소용인가?
다 끝났다. 왜 그는 굳이 자기 아들을 찾아왔고, 그렇게 큰 희망을
안겼다가 내치는 것인가? 그들은 아무것도 요구하지 않았다. 존은
끔찍한 생각에 빠졌다.
‘내가 내 아들에게 실패의 저주를 물려준 건가?’
심지어 이런 생각까지 했다.
‘콩 심은 데 콩 난다면, 실패자에게선 실패자만 나오겠지.’
물론 모든 일은 서로 이어져 있었다. 몇 년 전부터 그는 삶에게
모욕을 당한다고 느꼈고, 이제는 아들 차례였다. 그는 별로 유명하

지도 않은 감독들의 영화 세트장에서 시키는 대로 일하며 평생을 보냈다. 발명 쪽은 어떤가 하면, 말을 말자. 그가 만든 넥타이 우산은 모두의 웃음거리였다. 그리고 잔이 있었다. 그녀는 앞으로 그와 마주칠 일을 아예 없애려고 다른 나라로 떠났다. 그런 그가 어떻게 전 세계의 욕망을 불러일으킬 능력이 있는 아이를 낳겠는가?

존은 자기 비하적인 내적 독백을 잠시 더 이어갔다. 하지만 터무니없는 소리였다. 그는 아들이 테스트에 맞춰 준비하도록 훌륭히 도왔고, 사람들에게 마틴이 좋게 보일 수 있었던 이유도 어느 정도 그의 덕분임이 분명했다. 한편 데이비드는 아직도 마틴의 재능에 대해 찬사가 가득한 말을 늘어놓고 있었다.

'좋아, 그렇지만 다른 쪽을 선택했잖아.'

이 모든 칭찬의 말은 뼈가 부러진 자리에 달랑 붕대만 감는 격이었다. 제작자는 그래도 뭔가 제안하려 했다.

"유감스럽게도 중요한 역은 모두 정해졌지만, 대규모 장면에 참여할 수 있을 거야. 호그와트의 대연회장 신이라거나…."

"엑스트라 말이군요…."

마틴이 아주 작은 소리로 말을 끊었다.

"그래… 사실, 아니다. 한두 줄 정도 대사를 하도록 손써볼 수 있을 거야."

데이비드가 흥분해서 덧붙였다.

"고맙습니다, 하지만 별로 하고 싶지 않아요…."

산산조각 난 꿈 때문에 꺼져 들어가는 목소리로 마틴이 중얼거렸다.

데이비드는 그런 제안을 했던 자신의 태도가 당혹스러워졌다. 대양이 되길 꿈꿨던 이에게 물 한 방울이 되라며 실망을 누그러뜨리려는 거나 마찬가지였다. 하지만 다른 수가 없었다. 한순간 그는 약속을 할까 생각했다. 시리즈 2편에 그가 맡을 역을 넣어주겠다고. 하지만 생각을 바꿨다. 이 아이에게 더 이상 환상을 품게 하지 않는 게 나았다. 이후에 다시금 환상을 빼앗는 일이 있어선 안 되니까. 그렇다면 어떻게 이 아이를 달랜다? 다른 안이 하나 있긴 했지만, 그건 한층 더 모욕적이었다. 아무리 그래도 대니얼 래드클리프의 대역배우가 되라고 청할 수는 없었다. 촬영은 매우 고생스러울 것이기에 주연배우들은 일부 액션 장면이나 조명을 준비하는 과정, 뒷모습 구도에서 대역을 쓰게 될 예정이었다. 아니, 안 된다. 그 얘기를 꺼내는 건 말도 안 됐다.

*

데이비드 홈즈의 이야기

몇 달 후 제작사는 결국 숨은 진주를 찾아냈다. 그는 시리즈 1편과 2편에서 퀴디치 팀 멤버로 뽑힌 젊은 운동선수였다. 탁월한 신체 능력 덕분에 그는 모든 액션 장면에서 대니얼 래드클리프의 대역을 맡아달라는 제안을 받았다. 일주일에 여러 번 배우를 훈련시키는 것도 그의 일이었다. 그리하여 두 소년 사이에는 우정이 싹텄다. 그러나 2009년 1월, 시리즈의 마지막 작품 〈해리 포터와 죽음의 성물〉 촬영 중 그 대역 배우, 데이비드의 운명은 돌변했다. 이 작품에서 해리 포터는 마법 빗자루를 타고 불덩이들 사이를 이리저리 피해 가야 한다. 비극이 일어난 순간은 이 위험한 장면을 리허설할 때였다. 데이비드에게 연결돼 있던 케이블이 끊겨, 그는 거세게 벽에 내동댕이쳐졌다. 바닥에 떨어지면서 그는 뭔가 심각한 일이 벌어졌다는 걸 알아챘다. 움직일 수가 없었다. 그는 스튜디오 지척의 왓퍼드 병원으로 이송됐다. 척수가 손상됐고, 그에겐 평생 사지마비라는 선고가 내려졌다. 당시 그는 고작 25세였다.

*

더 이상 아무것도 할 말이 없었고, 끝이었고, 그걸 인정해야만 했다. 존과 마틴은 그럼에도 제작자의 호의에 감사했다. 밖으로 나오자 둘은 잠시 건물 앞에 가만히 서 있었다.

"긍정적인 면을 봐야지…."

"긍정적인 면요? 뭐가 긍정적인데요?"

"그래도 굉장한 경험이었잖니."

"아무 소용 없어요. 결국 이렇게 될 거라면…."

"그래, 이해한다."

"…."

"좋은 소식은, 네가 네 천직을 발견했단 거잖니."

존이 말을 이었다.

"…."

"정말이야, 넌 대단한 재능을 타고났단다, 얘야. 다들 그렇게 말했어. 집 근처에 연극 수업을 하는 데를 알아뒀는데…."

"…."

"네가 공연할 때 언제든 제작자를 초청할 수 있을 거야. 나도 이 바닥에 꽤 괜찮은 연줄이 많고. 너도 잘 알잖니…."

"아니에요."

"뭐가 아니야?"

"연극은 하고 싶지 않아요. 다 끝났어요."

"실망의 충격이 커서 그러는 거다. 그것도 당연하지. 하지만 네가 연기를 얼마나 좋아하는지 아빠가 봤는데…."

"됐어요, 아빠. 연극은 안 할 거예요."

마틴이 잘라 말했다. 그 목소리가 너무도 단호했기에 그걸로 모든 논박은 끝이었다. 욕망의 대상이었다가 거부당하는 이런 기분을, 그는 두 번 다시 겪고 싶지 않았다.

30

집에서의 저녁은 조용했다. 존은 잔에게 소식을 전했지만, 마틴은 어머니와 얘기하고 싶지 않았다. 그는 지금 기분을 이야기하며 시간을 보내기 싫었다. 슬픔을 여기저기 알리고 싶지 않았다. 그의 기분은 쉽게 짐작이 갔다. 지금은 모든 걸 잊기를, 아무도 이 이야기를 꺼내지 않기를 바랐다. 그 화제는 금기가 됐다.

그 첫날 밤, 마틴은 줄곧 캐스팅 과정을 되새겨 보았다. 어떤 순간에 무엇을 놓쳤을까? 무엇을 더 잘할 수 있었을까? 어쨌든 그런다고 달라지는 건 없었다. 인생은 뒷걸음질 치지 않는다. 그는 기회를 놓쳤고, 이제 실패와 더불어 앞날을 대면해야 했다. 물론 전부 그의 책임은 아니었다. 다른 배우가 분명 더 뛰어났을 것이다. 그 점은 어떻게도 할 수 없었다. 그건 필연이었다. 운명이 '다른 쪽'을 그의 앞길에 내던졌다는 사실을 저주하는 게 고작이었다. 누군가가 자리를 빼앗고, 길을 막는 일은 너무나 자주 일어난다. 학교에서, 혹은 스포츠 클럽에서 벌써 겪은 적 있었다. 1등이 될뻔했는데 더 출중한 이가 나타나는 경우들. 언제나 이런 걸까? 모든 인간의 삶은, 언제가 됐든, 다른 인간의 삶 때문에 망가진다.

'다른 쪽'의 이미지들이 그를 괴롭혔다. 그는 자신의 승리를 축하하고, 앞으로 살아갈 삶에 도취해 있을 게 분명했다. 마틴은 바닥 없는 질투가 온몸을 휩싸는 걸 느꼈다.

"왜 내가 아니라 걔야?"

마치 쓰라린 심정의 후렴구처럼, 그는 쉼 없이 되풀이했다. 실망이 온몸에 흐르는 밤의 열기 속에서, 그는 상상하기 시작했다.

'걔를 없애면 어떨까?'

미친, 터무니없는, 정신 나간 생각이다. 단 한 사람이 인생을 망친다면, 그냥 그를 밀어내는 게 맞지 않나? 마틴은 몇 년 전 피겨 스케이팅 사건을 떠올렸다. 다들 그 얘기로 시끄러웠다. 미국의 한 여자 선수가 2등이 된다는 걸 견딜 수 없어 라이벌의 무릎이 다치도록 사주했다. 하지만 증거를 뒤쫓자 그녀는 금세 발각됐다. 만약 다른 배우가 살해당한다면, 경찰이 즉시 자신을 찾아올 가능성이 높았다. 병적인 생각들의 미궁 속에서, 그는 이제 감옥에 들어간 제 모습을 상상했다. 정말이지, 헛소리였다. 터무니없는 생각이었다. 결국 마틴은 잠이 들었다. 어찌할 바를 모르는 채로.

N
U
M
É
R
O

2부

D
E
U
X

1

여러 달이 지났고, 실망은 옅어졌다. 마틴은 더 이상 자신의 실패를 생각하지 않거나, 가슴이 죄어드는 느낌 없이 떠올릴 수 있었다. 하지만 여전히 그 얘기는 피하고 싶었다. 상처를 언급하는 행동은 상처를 생생하게 되살리는 힘이 있기 때문이다. 물론 학교에 가면 여기저기서 책 이야기가 들렸다. 그는 그저 그런 대화를 멀리했다. 이 슬픈 기억을 피해 다니는 건 그럭저럭 쉬웠다.

그의 인생이 나락으로 떨어진 시기는 2001년 11월이었다. 이상한 일이지만, 마틴은 불가피한 결과를 예상치 못했다. 그건 부모님도 마찬가지였다. 그럼에도 선풍적인 인기를 끈 이 책이 영화화됐는데 조용히 지나갈 리 없음은 너무나 당연했다. 그런데 그 정도가 아니었다. 시사회에서 단번에 일종의 집단적인 열광이 일어나 모든 기록을 깨뜨렸다. 영화 개봉일인 11월 16일에는 온통 해리 포터 얘기뿐이었다. 마틴에게 진정한 공포가 시작됐다. 앞으로는 자신이 망쳐버린 일을 피하는 게 불가능해진다. 범죄자들을 두고 흔히 하는 말인 '잊힐 권리'를 마틴은 누릴 수 없었다. 그렇기는커녕 나라 전체가 마틴이 저지른 실패의 잉걸불에 숨을 불어넣어 되살리려는 듯했다. 텔레비전을 켰다 하면 대니얼의 환한 얼굴과 마주쳤고, 그의 놀라운 일상 이야기를 듣지 않기가 어려웠다. 런던 전역에 그의 얼굴을 인쇄한 포스터가 붙었다. 사람들은 대니얼이 너무나 멋지다고 말했고, 그에 대해 뭐든 알고 싶어 했다. 곧 여왕을 만날 거라는 말도 있었다. '다른 쪽'의 삶은 끝없이 제 존재를 부각했다.

탈출구는 어디에도 없어 보였다. 모든 영역이 침습당했다. 학교의 영어 선생님조차 거기 빠져들어, 한 시간 수업 전체를 《해리 포터》의 어휘 학습으로 꾸렸다. 마틴은 고행하듯 J. K. 롤링이 만들어 낸 단어들의 의미를 배워야 했다. 다행히 아직 주말에는 파리로 도피할 수 있었다. 하지만 유예 기간은 짧았다. 12월이 되자 이번에는 프랑스도 영화에 사로잡혔고 뒤이어 천만 관객을 돌파했다. 기록적인 수치였다. 오래지 않아 그의 운명에 그어진 이 취소선을 떠올리지 않을 수 있는 곳은 지구상에 하나도 남지 않을 터였다.

아들이 내면에 틀어박히는 걸 보며 존은 걱정하기 시작했다. 그 역시 어딜 가나 보이는 해리 포터에 괴롭힘당하는 기분이었다. 존은 아들에게 말을 해보라고 독려했다. 말하는 것만이 압박감을 터놓는 유일한 방법이었다. 마틴은 처음으로 자기가 느끼는 기분을 말로 표현하려 애썼다. 그의 말로는, 어떤 여자아이에게 차였는데… 매일 그 애를 마주쳐야 하는 것과 비슷했다. 아니, 그런 감상적인 비교는 너무 약한 것 같았다. 그보다 지독했다.

"모든 게 줄곧 내 실패를 일깨우고… 그게 너무 끔찍해요…."

결국 그는 말했다. 아들의 슬픔에 충격을 느낀 존은 어찌할 바를 몰랐다. 무시무시하게도 비슷한 사례 같은 다른 운명이 떠올랐다.

*

피트 베스트의 이야기

그에겐 '세상에서 제일 재수 없는 남자'라는 별명이 붙는다. 그는 비틀즈가 시대를 통틀어 전설적인 그룹이 되기 고작 몇 주 전, 비틀즈에서 제외됐다. 리버풀에서 존, 폴, 조지와 자주 어울리던 그는 함부르크 투어 때 그룹에 합류한다. 피트는 언제나 남들과 약간 거리를 두고 홀로 행동한다. 다른 멤버들은 그가 자만심 강하고 오만하다고 여긴다. 게다가 그는 미남이다. 여자에게 인기가 많고, 그 점도 다른 이들에겐 좀 거슬린다. 1962년 8월, 비틀즈가 EMI와 계약을 체결했다는 기사가 난다. 기사에 첨부된 사진은… 피트 베스트다. 어쩌면 그저 질투심에서 그랬을지 모르지만, 제작자가 드러머의 실력에 우려를 표하자 그들은 망설임 없이, 단숨에 그를 교체한다. 직접 얼굴을 보고 알리는 예의조차 없었다. 그들은 다시는 말을 나누지 않게 된다. 그리하여 링고 스타가 전설에 합류

한다. 비틀즈는 필적할 바가 없는 하나의 현상이 되고, 가는 길마다 광풍을 불러일으킨다. 리버풀에서는 다들 피트가 그룹의 멤버였다는 사실을 알았다. 이제 그는 불쌍하다는 눈빛을 받지 않고서는 한 발짝도 내디딜 수 없다. 옛 동료들이 부유하고 유명해지는 동안 그는 페스트 환자처럼 영광에서 동떨어져 있다. 그의 실패는 단순한 실패보다 더 고통스러운데, 모두가 그 사실을 알기 때문이다. 피트는 평생 자신이 무엇을 놓쳤는지 마주하며 살아야 한다. 텔레비전을 켜도, 라디오를 들어도, 잡지를 읽어도 '최고 인기의 네 청년'(《Quatre Garçons dans le vent》, 비틀즈의 머칠을 그린 영국 영화 〈하드 데이즈 나이트〉의 프랑스어판 제목―옮긴이)과 마주치지 않을 도리가 없다. 그의 인생은 지옥이 되어, 1965년 자살을 기도하기까지 이른다. 그는 서서히 나락에서 빠져나오지만 음악을 그만두는 게 낫겠다고 판단한다. 사람들이 그가 누구인지 얼굴이나 한번 보려고 자신의 음악을 들으러 오는 걸 원치 않는다. 그가 고생하는 동안 백만장자가 된 옛 동료들은 도움을 주지 않는다. 세월이 흐르고, 피트는 결국 빵 장수가 된다. 하지만 그는 결코 저주를 벗어나지 못한다. 누구의 눈에나 그는, 영원히 비틀즈가 되려다 되지 못한 사람으로 보일 테니까.

*

존이 이런 비교를 떠올린 이유도 당연했다. 가질 수 있었던 것을 살면서 끊임없이 마주쳐야 한다는 점에서 그렇다. 하지만 두 경우는 큰 차이가 있다. 피트 베스트와 달리 마틴은 무명 인물이었다. 실패의 기억을 떨쳐버리기만 한다면 벗어날 수 있었다. 그런데 떨쳐내기란 쉽지 않을 게 분명했다. 계속해서 새 영화나 새 책이 나올 것이다. J. K. 롤링은 시리즈가 총 일곱 편이라고 발표했다. 멈출 것 같지가 않았다. 이제부터 마틴은 그 유명한 마법사를 피해 다니며 살아가려 노력해야 했다. 예고편을 보게 될까 두려워 더 이상 영화관에 가지 않았고, 텔레비전을 켤 엄두조차 못 냈다. 대화가 번번이 해리 포터 쪽으로 흘러가는 상황을 참을 수 없어 친구들과도 멀어졌다. 저마다 할 수 있는 방식으로 괴로움에 대처하는 법이다. 다행히 캐스팅 얘기는 누구에게도 하지 않았다. 그는 그렇게 행동했다는 사실에 그리고 지금 그 불상사를 얘기해 달라고 줄곧 조르는 이가 없다는 점에 안도했다. 그의 실망은 적어도 비밀로 남았다는 이점이 있었다.

2

마틴은 다른 비극에 맞닥뜨리게 됐다. 사실 두 가지는 어쩌면 서로 이어져 있을지 모른다. 그랬다, 돌이켜보면 아버지가 기침을 시작한 시기는 캐스팅에서 탈락한 직후였던 게 확실해 보였다. 처음에는 가벼운 기침이었으나, 증상은 점점 심각해졌다. 존은 결국 병원을 찾아갔고, 의사는 호흡기 전문의에게 검사를 받아보라며 보냈다. 의사가 환자를 다른 동료의 손에 넘기는 건 결코 좋은 징조가 아니다. 하지만 존은 별걱정 않고 찾아갔다. 심각한 병일 가능성은 떠올리지조차 않았다. 존은 늘 그렇듯, 아니 적어도 건강 면에서는, 최악의 경우에 대한 염려 따위는 없는 무심한 태도였다.

검사는 예정보다 오래 걸렸다. 의사는 조심스레 말을 골랐고, 그 자세에서 벌써 답이 나왔다. 암이 이미 심각하게 진행 중이었다. 폐암이었다. 담배는 입에도 댄 적 없는 그였다. 그 점이 부조리에 부조리를 더했다. 평생 존은 자기 자신과 어긋나 있었다. 어울리는 자리에 있었던 적이 없었다. 더 큐어 콘서트가 그랬고, 직업적으로도 그랬고, 데이비드 헤이먼과의 만남이 그랬다. 그리고 이제는 너무나 어울리지 않는 질병까지 발견했다.

선고를 듣고 그는 아무 말도 하지 않았다. 존은 이름을 붙였을 때 대상이 비로소 존재하게 된다고 생각하는 그런 사람이었다. 입을 다물고 있으면 병이 나을지 몰랐다. 사실 그는 사람들이 자신을 암 환자로만 보게 될 것이 싫었다. 어떤 사람이 암에 걸렸다고 알리면, 남들은 그를 암 환자로만 보기 마련이다. 의사는 낙관적이지 않았다. 길어야 6개월에서 8개월이 고작이라고 말했다. 몇 주가 지나자 존은 불타는 듯한 통증을 느꼈다. 병가를 내야 했다. 일터에서의 마지막 날, 그는 아무에게도, 아무 말 없이 세트장을 떠났다. 그가 뒤로하고 떠난 현장은 〈러브 액츄얼리〉, 완벽한 로맨틱 코미디 영화였다. 이 또한 최후의 어긋남이었다.

머지않아 존은 아들을 돌봐줄 수 없게 된다. 아들은 그 없이 자라날 것이다. 도저히 견딜 수 없었다. 잔에게 전화해 소식을 알리는 수밖에 다른 도리가 없었다. 잠시 그는 그녀가 곁으로 돌아오는 상상을 했다. 동정심에서 그러는 것일지라도 그는 괜찮았다. 잔은 충격을 받아 더듬더듬 몇 마디 늘어놓다가, 현실적으로 굴려고 애썼다.

"치료를 받으면 나을 수 있을 거야….

"너무 늦었어….

그리고 존은 전화기에 대고 소리 죽여 울기 시작했다. 끔찍한 현실을 마침내 털어놓자, 내면이 무너져 내리는 기분이었다. 앞으로 어떻게 할 것인지를 마틴에게 얘기해야 했다. 잔은 아이를 파리로 데려가 버려 아버지와 떼어놓을 수는 없었다. 그녀가 움직여야 했다. 준비하는 데 며칠 걸리겠지만, 그녀는 런던으로 돌아오겠다고 했다. 자기도 울음을 삼키면서 그녀는 위로의 말을 찾으려 했다.

3

마틴은 아버지가 금세 숨이 차고 심하게 기침하는 사실을 알았지만, 아버지는 계속 아무 탈 없이 멀쩡하다고만 했다. 믿지 않을 이유가 있을까? 반면 어머니가 곧 돌아와 자신을 돌보리라는 소식을 듣자, 그는 상황이 정말로 위급하다고 결론 내릴 수밖에 없었다. 그럼에도 존은 계속해서 상황의 심각성을 줄이려고 했다. 지금은 때가 좋지 않으며, 인생의 시련을 겪는 중이라고 말한 게 고작이었다. 그는 엉성한 무대에서 연기하는 배우 역할이었다. 모든 게 가짜 같았지만, 그럼에도 마틴은 믿는 척했다. 결국, 어쩌면 허구가 현실을 이길 수 있을지도 몰랐다.

길모퉁이의 인도 식품점 '나이트 앤 델리'에서 장을 보던 중 존은 쓰러졌다. 마틴은 눈앞에서 아버지가 푹, 쓰러지는 모습을 보았다. 그는 그 장면을 평생 잊지 못한다. 몇 달 전 테러 공격으로 붕괴한 뉴욕의 쌍둥이 빌딩이 곧장 머릿속에 떠올랐다. 어째서 그 두 사건, 개인적인 사건과 세계적인 사건을 연결 지었는지는 훗날의 자신도 설명할 수 없었지만, 어쨌든 두 사건은 같은 이미지, 상상조차 할 수 없었던 무너짐의 이미지였다. 마틴은 아버지에게 뛰어갔다. 의식이 있던 존은 미소를 지으려 애썼다. 애써 강한 척하는 미소였다. 이제 아무 일 없는 척은 그만두어야 했다. 하지만 1분 전만 해도 아직은 조금 남은 환상을 맛보고 있었다. 둘은 진열대 사이를 거닐었고, 존은 아들에게 말했었다.

"네가 좋아하는 요구르트 사는 거 잊지 말렴."

그랬다. 그게 쓰러지기 전에 한 그의 마지막 말이었다. 정상적인 삶의 마지막 말이었다.

마틴은 아버지의 손을 잡았다. 잘 아는 사이인 인도인 가게 주인이 물 한 잔을 들고 왔다가, 그걸로 될 일이 아님을 깨달았다. 구급차를 불러야 했다. 호기심 반 동정심 반으로 손님들이 쓰러진 남자 주변에 모여들었다. 한 여자가 의사라고 하며 그의 맥박을 재더니, 그 후로 아무 말도 하지 않았다. 그녀는 마틴을 슬쩍 곁눈질하고 한 손으로 그의 머리칼을 쓰다듬었다. 그러고는 어느 학교에 다니는지 물었고, 아이는 예의 바르게 대답했다.

몇 분 후 가게 앞에 구급차가 섰다. 구조대원 두 명이 나와 신속

하게 존에게 다가왔다. 그들은 몇 가지 질문을 했고 대답은 들릴락
말락 한 소리였다. 약한 숨결 속에 "내 아들…"이라는 말이 가까스
로 들렸다. 구조대원 한 명이 마틴 쪽을 보며 물었다.

"네 아빠시니?"

마틴은 고개를 끄덕였고, 구조대원은 잠시 옆으로 가서 얘기를
좀 하자고 했다. 마틴은 아버지 곁을 떠나려 하지 않았고, 구조대
원은 그를 안심시켰다.

"이것 보렴, 내 동료가 아빠를 잘 보살펴 드릴 거야. 친절한 사람
이거든."

"…."

"그냥 옆으로 좀 비켜서기만 하자. 다 잘될 거란다…."

그는 안심시키는 말을 몇 마디 늘어놓은 후 다음 단계로 넘어갔다.

"아빠를 모셔가서 여러 가지 검사를 받아보시게 할 거야. 그냥 확
인차 하는 거니까, 걱정할 거 없어. 누구 널 데리러 와줄 사람 있니?"

"모르겠어요."

"엄마는 어디 계시니?"

"파리에 계세요."

"아, 알겠다. 가족 중에 누구 다른 사람 없을까?"

"아뇨, 여긴 아무도 없어요."

"학교 친구는? 우리가 친구 부모님께 연락하면…."

"모르겠어요…."

거취에 관한 질문이 잠시 더 이어졌으나 벽에 부닥쳤다. 이 기분

역시 마틴은 잊지 못한다. 아무 데도 갈 곳이 없다는 느낌, 사람들이 자신을 두고 어쩔 줄 몰라 하는 느낌. 결국 그는 옛 보모 로즈의 이름을 댔다. 아버지가 병원으로 실려 가자, 마틴도 따라가고 싶었지만 제지당했다. 병원 복도나 대기실에 어린애를 놔둘 수는 없었다. 그는 고집을 부렸고, 결국 억지로 떼어놓아야 했다.

그리하여 마틴은 아버지의 맥박을 쟀던 여자와 같이 가게에 남았다. 가게 주인이 사탕을 권했다. 어른들은 기다리는 시간을 어떻게 보내야 할지 몰랐다. 마침내 로즈가 숨을 헐떡이며 도착했고, 마틴을 품에 안았다. '정말 많이 컸어, 이제 청소년이 다 됐네'라고 그녀는 생각했고, 그러자 마틴을 안았던 자신의 거리낌 없는 행동이 약간은 당황스러워졌다. 그녀는 예전처럼 함께 신나는 저녁을 보낼 수 있으리라고 장담했다. 하지만 이제 그 무엇도 예전과 같지 않았다. 왜 평범하게 얘기하지 않는 걸까? 왜 심각한 일이라고 얘기해 주지 않는 걸까? 아버지가 죽어가고 있는데 왜 즐거운 저녁 시간을 보내자고 말하는 걸까? 가게를 나서기 직전, 마틴은 요구르트 진열대로 다가가 좋아하는 제품을 집었다. 그 동작은 제법 침착하게 일상으로 돌아가려는 행동처럼 보였지만, 아버지의 마지막 말에 충실해지려는 것뿐이었다. 가게 주인이 요구르트를 가져가라 말했고, 마틴은 로즈와 함께 그곳에서 나왔다. 돌아오는 길에 그녀는 다른 얘기를 하려고 애썼고, 학교 소식을 물었고, 결국은 끝날 줄 모르는 안개 낀 날씨 얘기까지 했다. 마틴은 침묵으로 일관했다. 아버지가 쓰러지는 장면이 멈추지 않은 채 눈앞에 보였고, 그 이미지는 머릿속에서 반복 재생되듯 되풀이됐다. 도착하자마자 그는 어머니에게 전화를 걸었고, 어머니는 다음 날 아침 유로스타 첫차를 타겠다고 약속했다. 그녀는 로즈와도 통화를 하고, 자신이 지독히 멀리 떨어져 있다는 느낌을 숨기기 위해 몇 가지 사소한 부탁을 했다.

저녁 내내 마틴은 병원에 몇 차례 전화를 걸었지만, 번번이 환자의 상태를 지켜보는 중이란 답만 돌아왔다. 병이 난다는 건 그런 거였다. 지켜봐지는 것. 로즈는 전처럼 만화영화를 보거나 모노폴리 게임을 하자고 권했지만 마틴은 잠자리에 들고 싶었다. 뭔가 불편했고, 저녁 시간을 일찍 마치고 싶었다. 2년 전 그는 아버지에게 이제 다 컸으니 보모는 없어도 된다고 말한 적 있었다. 진실은 그와는 딴판이었다. 그에게 로즈는 캐스팅과 이어져 있었다. 그녀가 서둘러 떠나지 않았다면 아무 일도 일어나지 않았을 것이다. 마틴은 자신의 불행을 탓할 대상을 찾고 있었다.

4

다음 날, 잔은 런던에 도착했다. 헤어진 이후 처음 돌아오는 런던이었다. 역을 나서자 수많은 이미지가 그녀에게 밀려들었다. 마치 추억들이 국경에서 얌전히 기다리고 있었던 것 같았다. 집에 짐을 내려놓자마자 그녀는 병원으로 향했다. 소식은 좋지 않다. 병실에서 그녀는 한때 남편이었던 이의 손을 잡았고, 그녀를 보며 존은 생각했다.

'사랑하는 여자를 다시 보는 유일한 방법이 죽는 거였다니.'

　늦은 오후 잔은 학교 철문 앞에서 아들을 기다렸다. 그리고 그 기다림이 얼마나 그리웠는지 깨달았다. 그녀는 마틴과 아름다운 순간들을 함께 겪었지만, 인생의 중요한 시기에 곁에 있지 못했다. 자신이 아이의 금요일과 토요일밖에 모른다는 생각에 불안해졌다. 아들을 발견하자 그녀는 손짓으로 아는 척을 했다. 간신히 알아볼 수 있을 정도만, 마치 방해가 될까 두렵기라도 한 듯 말이다. 어머니를 보자 마틴은 잠시 비극적인 상황을 잊었고, 자부심으로 가슴이 뛰었다. 어머니가 자신을 데리러 와주었다.

　그날 밤, 잠자리에 든 아들에게 입을 맞추러 다녀온 후 잔은 거실에 한참 동안 가만히 있었다. 어둠 속에 묻혀 지난 결혼 생활의 장면들을 떠올렸다. 이 아파트에서 보낸 그들의 첫날밤이 뚜렷이 기억났다. 쌓여있던 이삿짐 상자들도 눈에 선했다. 곧 새로 꾸려야 할 그 상자들. 마지막 몇 해는 괴로웠음에도, 그녀는 밀려드는 행복한 이미지들에 사로잡혔다. 모든 게 거기, 너무도 가까이 있었다. 거실 바닥에 앉아, 열 장 남짓한 크로키에 둘러싸여 절대 완성되지 않을 기계 제작법의 비밀을 중얼거리는 존이 보였다. 그러면 잔은 그를 얼마나 사랑하는지 속삭였었다.

　감상적인 기분이 꼬리를 물어, 그녀는 마르크를 생각했다. '등 쓰다듬기'의 남자 말이다. 굴하지 않는 오랜 유혹에 그녀는 결국 넘어갔다. 그럼에도 엉망으로 끝난 결혼 생활과 고통스러웠던 밀회를 겪었던지라 잔은 새로운 연애를 진지하게 고려할 준비가 안 됐다고 느꼈다. 기자 일만으로도 그녀는 충분했다. 누구에게도 보고할 필요 없이 취재하러 다니고 싶었다. 하지만 남자가 단념하기 시작한 바로 그 순간 그녀는 마음을 바꿨다. 한발 물러남으로써 마르크는 한층 매력적이게 됐다. 욕망의 기묘한 메커니즘이다. 게다가 다른 이유도 있었다. 잔은 서른다섯 살이었고 아이를 하나 더 가질지 고민 중이었다. 뭐든 가능성이 있었다.

그녀는 이 거짓말 같은 상황에 잠시 더 머물렀다. 과거의 틀 속에서 미래를 그리는 일이었다. 그러다가 소파에서 잠이 들었다. 그날 밤도, 그 후로 이어진 밤들도 그랬다. 병세에 대한 소식은 매일 나빠져 갔다.

5

질 것이 뻔했던 이 싸움이 끝나기까지는 몇 주면 충분했다. 장례식 날, 잔은 격한 감정이 북받쳤다. 존이 묻힐 곳은 그와 사랑에 빠졌던 바로 그 묘지였다. 둘의 첫 산책, 할머니와의 약속을 지키기 위해서였던 아름다운 산책 장소였다. 그리고 이제 모두 끝났다. 생이 하찮은 것이라면, 배경의 울림 속에서 한층 더 그랬다. 그녀는 존과 자신이 함께했던 삶이 몇 장면으로 이루어진 기간뿐이었던 것 같았다. 웃음, 눈물, 흥분, 권태 그리고 아이. 마틴은 믿어지지 않을 정도로 의젓하게 그녀 곁에 바싹 붙어있었다. 그는 사랑하던 아버지를 빼앗겼다. 참석한 사람이 몇 안 된다는 사실 때문에 그 순간의 가혹함은 한층 심했다. 존은 은둔하며 살았고, 친구 관계라곤 거의 맺지 않았다. 잔은 신부님을 불러두었다. 집안사람 누구도 가톨릭은 아니었다. 다만 침묵을 가리기 위해서라도 누군가 몇 마디 해주길 바랐다. 하지만 신부도 할 말이 없었다. 마흔도 안 된 나이에 치명적인 암이라니, 그런 일에는 입을 다물게 된다. 다행히 비가 내리기 시작했다. 비극을 잊게 하려는 듯 장면은 물에 덮였다. 며칠 동안 마틴은 아버지가 남긴 자료들에 빠져있었다. 거기서 그는 철사 여러 줄이 가로지르는 큰 천 하나를 찾아냈다. 그 유명한 넥타이 우산이었다. 아버지를 기리는 뜻에서 마틴은 그걸 착용하기로 했다. 비록 목에 천 뭉치를 두르고 있는 게 그리 실용적일 것 같진 않았지만 말이다. 하지만 이제 비가 내렸기에, 그는 머리 위로 그것을 펼쳤다. 물이 계속 얼굴에 흘러내렸지만, 마틴은 그런 식으로 아버지의 기억에 경의를 표할 수 있어 자랑스러웠다.

6

안 그래도 힘든 시기에 이사까지 시키고 싶지 않아, 잔은 학년 말까지 런던에 머무르기로 했다. 일은 영국의 시사 문제에 대한 기사를 쓰면서 계속할 수 있었다. 마르크가 자주 전화했지만 그녀는 통화를 짧게 끊었다. 절대적으로 아들이 최우선이었다. 그녀는 아들 때문에 걱정이었다. 잔은 아들이 아버지를 땅에 묻으며 제 어린 시절도 땅에 묻은 거라고 생각했다. 마치 등을 떠다밀어 강제로 빨리 어른이 되게 한 것 같았다. 차마 어머니에게 말하지 못했지만, 마틴이 앓는 진정한 괴로움은 원인이 달랐고, 그는 이런 점이 자랑스럽지 않았다.

시리즈의 2편인 〈해리 포터와 비밀의 방〉 영화가 이번에도 모든 기록을 깨고 있었다. 시리즈의 속편이 으레 그렇듯 인기가 수그러들 만도 하건만, 그렇기는커녕 날이 갈수록 더해갔다. 매일 수천 명의 신규 팬이 무리에 합세했다. 이 새로운 파도에 질겁한 마틴은 더더욱 자기 안으로 파고들었다. 학교에서는 이런 태도를 최근에 겪은 비극 때문이라 이해했다. 그가 지나가면 교사들은 속삭였다.

"저 애 고아야….."

그 단어조차 마틴의 두려움을 깊게 했다. 고아, 해리 포터처럼.

잔은 결국 아들의 침울한 기분이, 적어도 부분적으로는, 캐스팅 탈락과 관련 있다는 점을 알아차렸다. 간접적으로라도 누가 그 화제를 입에 올리기만 하면 아들이 얼마나 우울해지는지 잘 알 수 있었다. 물론 아들의 쓰라린 심정은 이해했지만, 괴로움이 얼마나 심한지는 상상할 길이 없었다. 어찌 됐든 그녀는 아들이 외부인과 이야기해 봐야 한다는 결론을 내렸다. 잔은 동네의 아동 정신건강의학과 의사, 닥터 제나키스와 약속을 잡았다. 마틴은 제법 선선히 이 결정을 받아들였다. 어쩌면 그 의사가 마음을 짓누르는 무게를 덜어줄 수도 있지 않을까? 의사를 만났을 때 마틴은 놀라지 않았다. 상상했던 것과 똑같이 생겼다. 그리스어 억양이 두드러지는 말

투, 주름이 여기저기 팬 얼굴까지, 고대의 지혜가 인간의 모습으로
나타난 것 같았다.

"어머니가 널 걱정하신단다."

제나키스는 말을 시작했다.

"네가 털어놓고 얘기해야 한다고 여기셔. 네 생각은 어떠니?"

"그러는 게 제게 도움이 될 것 같아요."

"그랬으면 좋겠구나. 몇 살이지?"

"열세 살요."

"쉽지 않은 나이지. 모든 면에서 큰 변화가 워낙 많으니까. 게다
가 너는 분명히 다른 아이들보다 더 힘들겠지. 아버지 얘기를 좀 해
볼래?"

"별로 말할 게 없는데요."

"그래도 네가 느끼는 감정을 설명해 보지 않겠니? 어머니는 네가
전보다 더 내면에 틀어박히게 됐다고 하셨어. 가끔, 가까운 사람을
잃으면 우리는 아주 강렬한 분노를 느끼게 되지. 그게 당연해. 세
상이 부당하다고 여기고…."

"맞아요, 부당해요. 하지만…."

"뭐니?"

"…."

"마틴, 내게는 말해도 된다는 거 알잖니. 모든 얘기는 우리만의
비밀이야."

"전 제 인생이 망했다는 느낌이에요."

117

마틴은 불쑥, 간결하게 내뱉었다.

제나키스는 깜짝 놀란 듯 잠시 멈췄다. 대화가 얼마 이어지지도 않은 단계에 터져 나온 이 고통스러운 고백은 돌발적이라고밖에 할 수 없었다. 표현의 과도함을 완화하기 위해 그는 조심스레 말해보았다.

"마틴, 네 나이에 그런 확신을 들게 할만한 일은 아무것도 없어. 아직 평생이 네 앞에 펼쳐져 있고⋯."

"⋯."

"왜 그런 기분이 드는지 설명해 주겠니?"

이 순간, 마틴은 전부 말해버릴까 망설였으나 입을 닫고 있기로 했다. 친구들의 경우와 마찬가지로, 자기가 해리 포터가 될뻔했다는 사실을 누군가 알 수 있다는 생각을 견딜 수 없었다. 궁지에 몰린 그는 실패의 경험에 대해 대강 얼버무려 말했다.

"여자 친구 일이니?"

제나키스가 물었다.

"아뇨."

"그럼 남자 친구?"

"아뇨, 그런 거 아니에요."

"좋아, 억지로 말하게 하고 싶진 않다. 실패를 극복할 수 없을 것만 같은 때가 종종 있지. 하지만 내 관점을 들어보렴, 내 생각을 말해주마. 모든 실패는 이로워질 수 있어."

"⋯."

"네가 왜 괴로워하는지는 모르지만, 언젠가는 너도 그 괴로움이 네가 이룩하고자 마음먹은 일을 성공시키는 데 가장 강력한 힘이 될 수 있다는 걸 이해할 거야."

마틴은 어리석은 소리라고 생각했다. 자신이 겪었던 수모가 어떻게, 무슨 힘으로든 변할 수 있다는 건지 알 수 없었다. 오히려 절대 제나키스를 신뢰할 수 없겠다는 확신만 들었다. 의도는 좋지만, 제나키스는 그에게 아무런 도움이 안 됐다. 유일한 해결책은 과거로 돌아가 캐스팅을 다시 시작하는 것일 터였다. 그러려면 아동 정신 건강의학과 의사가 아니라 마법사가 필요했다. 낫기 위해 그가 찾아가야 할 사람은 '덤블도어'였다. 마틴이 딴생각에 빠져있는 동안, 제나키스는 계속해서 실패의 유익함을 떠벌렸다. 그는 이어서 스티브 잡스의 인생 역정을 늘어놓았다(매일 아침 리젠트 거리의 대규모 애플스토어 앞을 지나가기 때문에 그를 떠올린 것일까?). 자기 자신만 알고, 오만하기 짝이 없던 그는 스스로 세운 회사인 애플에서 쫓겨났다. 그리고 결국 이 결정적인 타격 덕분에 성숙해지고, 겸손함의 힘으로 무장해서 돌아왔다. 그리하여 새로운 세대의 컴퓨터 아이맥을 창조하고 '싱크 디퍼런트'라는 슬로건을 만들었다.
"내 말 듣고 있니?"
"네."
"네가 이 얘기를 어떻게 받아들일지는 모르지만, 난 앞으로 나아가기 위한 훌륭한 교훈이라고 생각한단다. 그 남자가 최고가 된 이유는 실패 덕분이야. 인생은 망치는 게 아냐, 다시 시작하는 거지…."

환자의 침묵에 대처하고자 제나키스는 그에게 좋은 영향을 줄만한 다른 인생 경험담을 꺼내기로 했다. 그는 말을 이었다.

"내가 무척 좋아하는 다른 예도 있단다. 바로 J. K. 롤링이야. 그녀는 직업을 잃고, 절망에 빠졌고, 실패를 연속해서 겪었지…. 그런데 지금 뭘 해냈는지 보렴! 너도 《해리 포터》를 읽었겠지? 다들 그렇듯 말이야."

"…."

"응, 마틴? 읽었니?"

"…."

갑자기 창백해진 마틴을 보고 제나키스가 물었다.

"괜찮니?"

마틴은 큰 충격을 받은 상태였다. 짧은 순간 그는 완전히 계략에 걸려든 희생자가 됐다고 생각했다. 아직도, 여전히, 그를 깎아내리고 수모를 안기려는 이들이 있다. 그는 정신을 가다듬고 침착함을 유지하려 애썼다. 여기서조차, 도피처가 되어야 할 이 장소에서조차 여전히 그 저주받은 화제가 나왔다. 의사가 계속 무슨 일이냐고 물었지만, 마틴은 상대에게 아무 말도 하지 않고 일어난 후 진료실을 나갔다. 제나키스는 어안이 벙벙했다. 30년간 진료하면서 상담이 이렇게 끝났던 적은 한 번도 없었다. 환자를 다시 부르려 했으나 헛일이었다. 어머니 쪽의 설명을 들어보려고도 했으나, 그녀는 아들의 말을 그대로 옮겼을 뿐이었다.

"더 이상 선생님을 보고 싶지 않답니다."

이 경험은 그에게 미스터리로, 혼란스러운 수수께끼로 남게 된다. 그가 뭘 잘못했기에?

7

마틴은 한층 더 폐쇄적으로 됐다. 어머니는 더 이상 어찌해야 할지 몰랐다. 그의 생각을 바꾸려 해보았지만 쉽지 않았다. 꽃병에 든 물을 갈듯이 누군가의 생각을 갈아치울 수는 없다. 다행스럽게도 학년이 막바지에 이르러 그들은 곧 영국을 떠나게 됐다. 환경의 변화는 분명 긍정적일 것이다. 여름이 시작되자 마틴은 어렸을 때 갖고 놀던 장난감들을 정리하고 상자에 꾸리며 하루하루를 보내다, 돌연 모든 걸 버리기로 결심했다. 너무도 사랑했던 봉제 인형을 보고 어머니가 물었다.

"진심이니? 솔직히 그건 간직해야 할 것 같은데….."

그는 고개를 저었다. 행복했던 과거와는 거리를 두어야 한다고 느꼈다. 짐 속에 런던을 담아 파리에 도착하고 싶지는 않았다. 7월 말, 그들은 편도 승차권으로 유로스타에 올랐다. 가는 동안 잔은 식당차에 가서 뭔가를 먹자고 권했지만 마틴은 배가 고프지 않다는 핑계로 거절했다. 아버지가 싸준 샌드위치 외의 뭔가를 먹는 행동은 아버지를 배신하는 짓이나 마찬가지였다. 세 시간 후, 파리 북역에 도착하자 마틴은 선언했다.

"지금부터는 프랑스어로만 말하기로 해요."

잔은 8월에 아들을 미국에 데려갈 계획이었다. 마틴은 언제나 신이 나서 뉴욕 얘기를 했었다. 그러나 계획을 입 밖에 내자마자 그는 내키지 않는 기색을 보였다. 실은 해리 포터와 관련한 광고와 상품 판매가 엄청나기로 소문난 나라에 가기가 두려웠다. 그는 속내를 들키지 않고자 말했다.

"제가 꿈꾸는 곳은 그린란드예요."

잔은 정말이지 아들의 속을 영 알 수 없었지만, 무슨 수로든 아들을 기쁘게 해주고 싶었다. 여행을 준비하려고 알아보던 중 그녀는 '절망의 섬'에 대한 기사를 찾았다.

"주민 다섯 명 중 한 명이 자살을 생각한 적 있으며…."

생기를 되찾으러 가는 거라면, 그보다 나은 여행지가 많았다. 하지만 마틴은 진심으로 이 여행에 흥분한 것 같았기에, 잔은 8월에 덜덜 떨러 가는 일도 감수했다. 여행지에서 산책하던 중, 그들은 끝없이 펼쳐진 새하얀 설원 한가운데 오로지 단둘만 있음을 알아챘다. 그때 마틴이 아주 나지막하게 말했다.

"고마워요, 엄마."

그녀는 그가 찾던 것을 안겨주었다. 지구상에 인간의 존재라곤 없는 장소를 말이다.

마틴은 라마르틴 중학교 4학년에 들어갔다. 성격은 원만했지만 관계를 맺는 일은 모두 피했다. 어떤 학생이 사적인 영역에 지나치게 가까이 다가오기라도 하면, 마틴은 온갖 구실을 대면서 그를 멀리했다. 이런 태도는 좋게 포장해도 거북할 수밖에 없던 어떤 장면과 관련이 있었다. 학생 식당에서 한 여학생이 그에게 다가와 말한 적 있었다.

"너 해리 포터 역을 맡았던 배우랑 무지무지 닮았다⋯."

그는 뭐라고 대답해야 할지 몰랐고, 여학생은 마틴을 유난히 이상한 아이라고 여겼다. 그렇지만 당연한 일이었다. 해리 포터 역이 될뻔했으니 대니얼 래드클리프와 닮을 수밖에 없었다. 그가 머리를 더 짧게 자르기로 결심한 것도 이런 이유에서였다. 동그란 안경은 이미 버린 지 오래였다. 그의 태도는 경찰에 쫓기고 있어 눈에 띄지 않으려고 외모를 바꾸는 사람 같았다.

어머니는 그가 너무나 자주 혼자인 점이 걱정돼 "토요일에 파티를 열면 어때?" 혹은 "집에 친구 초대하지 않을래?"라며 권유했다. 그는 매번 거절했고, 딱히 불행해 보이지도 않았다. 천성이 그런 거라고, 한동안은 잔도 그렇게 생각하며, 아들이 아버지를 닮아 그렇다고 여겼다. 하지만 곧 생각이 달라졌다. 아이는 어릴 때는 결코 이러지 않았다. 친구들과 공원에서 노느라 시간을 보내고, 이런저런 친구 집에 놀러가 자고 오기를 좋아했다. 결국 그녀는 대놓고 물었다.

"아직도 캐스팅 생각하니?"

"엄마, 그 얘기는 하고 싶지 않아요."

"알아. 하지만 나한텐 뭐든 털어놔도 되잖아. 솔직히 말해 네 나이에 그렇게 혼자 다니는 건 정상이 아냐."

"남들과 있으면 기분이 좋지 않아요."

"대체 왜?"

"저도 어쩔 수 없어요. 그들이 그… 뭔지 아시죠? 그 얘길 할까 봐 늘 두려워요. 그래서 괴로워질까 봐."

"하지만 얘야, 그 말을 하는 사람들은 언제든지 있을 거야. 그냥 피해 다닐 수는 없어."

"…."

마틴은 대꾸하지 않았다. 어머니가 옳다는 걸 알았다. 제나키스에게 털어놓았듯 인생을 망쳤다고 생각할 뿐 아니라, 그는 적대적인 세상에서 살아가야 했다. 지금으로서는 고독으로 스스로를 보호하는 것밖에 해결책이 없었다. 잔은 상황이 자기가 상상했던 형편보다 훨씬 심각하단 걸 파악했다. 그녀는 둘의 인생에 새로운 변화를 불어넣는 게 좋겠다고 생각했다.

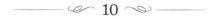

10

지금까지 잔은 아들에게 새로운 남자를 들이대고 싶지 않았다. 그녀는 이렇게 생각했다.

'아버지를 잃은 지 얼마 안 됐으니까, 시간이 필요해….'

마르크는 이런 태도가 터무니없다고 여겼다. 잔이 런던에 머물렀던 이후로 그는 더 이상 여기저기서 간신히 짜낸 시간만으로 만족할 수 없었다. 겉으로는 이해심이 많은 척했지만, 그는 아이를 과잉보호해 봐야 도움이 되지 않는다고 여겼다. 마르크에게도 위고라는 아들이 있었는데, 지금은 거의 만나지 못했다. 그는 아들의 양육권을 잃었고, 실제로 무슨 일이 있었던 건지 잔은 결국 알지 못했다. 그녀가 아는 건 그의 입장뿐이었다.

"전처는 못된 여자였고, 돈을 뜯어내려고 갖은 거짓말을 했지. 하지만 오래가진 않을 거야. 내 변호사가 그러는데, 다음 공판 때 아들의 양육권을 되찾게 될 거래…."

그녀는 사랑하는 남자의 섬세함과 이런 말을 연결하기 힘들었다. 과거의 삶에 대해 말할 때 그의 말에는 늘 독기가 어렸다.

그렇게 잔은 그들의 집에 마르크를 들이기로 결심했다. 이내 그녀는 괜히 걱정했음을 깨달았다. 그는 아파트에서 처음으로 하룻밤을 묵었고, 다음 날 아침에 일어나면서부터는 모든 게 원래부터 그랬던 것만 같았다. 마틴은 심지어 이 새로 공급된 산소를 반기는 듯이 보였다. 어머니와 단둘이 있는 건 때로 부담스러웠다. 한편 마르크는 첫 만남 때보다 훨씬 자연스러운 모습을 보였다. 이제는 알지도 못하는 얘기를 하며 기를 쓰고 유대를 형성하려 하지 않았다. 한마디로, 축구 얘기를 접었다. 그는 마틴을 바라보며 중얼거렸다.

"널 보니 내 아들 생각이 나는구나….."

위고가 그리운 나머지 그는 다른 아이들 모두에게서 아들의 모습을 보았다. 부재만큼 잘 보이는 건 없다. 다행히 마르크는 결국 격주로 아들의 양육권을 얻었고, 그들은 넷이 함께 모이기 시작했다. 미리 계획한 것은 아니었지만, 지금까지 명확하지 않은 관계로 살았던 이 커플은 어느새 한 가족이 됐다. 한편 두 아이는 놀랄 만큼 잘 어울려, 앞으로 일어날 일을 예고하는 전조라고는 전혀 없었다.

11

몇 달 후 그들은 더 넓은 아파트로 이사 가 함께 살기로 결정했다. 한 주 걸러 한 주씩 마틴은 위고 없이 지냈다. 그래서 그의 생활은 이중적인 색을 띠게 됐다. 어머니가 마르크와 외출한 밤이면, 그는 어제까지만 해도 명랑한 난장판이었던 고요한 왕국을 이리저리 돌아다녔다. 요즘 아이들은 집안 분위기가 극단적으로 달라지는 데도 익숙하다.

잔은 정기적으로 아들과 단둘이 레스토랑에 갔다. 둘만의 순간을 간직하는 일은 중요했다. 그녀는 이 시간을 찬찬히 아들을 살펴보고, 상태가 어떤지 알아보는 기회로 삼았다. 해리 포터를 화제로 올릴 때마다 그는 회피했다. 그럼에도 상황은 긍정적인 방향으로 나아가지를 않았다. 그는 위험하다고 생각되는 사교 생활을 계속 피했다. 어느 날 그녀는 자기 부모님과의 관계를 아들에게 얘기했다. 이는 극히 드문 일이었고, 마틴은 어머니의 어린 시절에 대해서는 거의 아무것도 몰랐다. 냉담하고 부르주아적인 집안이었다는 얘기를 들었을 뿐이었다. 잔이 런던으로 온 이유는 그런 적대적인 환경을 피하기 위해서였다. 부모님은 그녀의 결혼식에 오지도 않았다. 존을 알지도 못하면서 그녀가 '별 볼 일 없는' 남자와 결혼하는, 엄청난 실수를 저지른다고 여겼기 때문이었다. 그녀는 다시는 부모님을 보지 않았다.

"슬프지 않아요?"

마틴이 물었다.

"아니, 난 그 일로 더 이상 아파하지 않겠다고 다짐했어. 우리는 살면서 그렇게 해낼 수 있다고 생각해… 고통을 안겨주는 존재를 이겨내는 거야."

그러니까 그거였다. 그녀가 아픈 이야기를 꺼낸 까닭은 아들에게 교훈을 주기 위해서였다. 사람은 자신에게 고통을 안기는 존재보다 강해질 수 있다고 말이다. 하지만 비교할 만한 상황은 아니었다. 잔은 부모님과 절연했다, 좋다. 하지만 부모님 얼굴이 나온 포스터를 사방에서 보아야 한다면 어떻게 해야 할까? 텔레비전을 켤 때마다 어머니의 얼굴이 끊임없이 나온다면 어떻게 견딜 것인가? 사람들이 좋아하는 대화 주제가 부모님인 세상을 상상이나 할 수 있을까? 당신이 마주한 괴로움의 원인이 해리 포터 같은 대규모 미디어라고 한순간만이라도 상상해 보라. 그렇다면 감정을 극복하기 조금 더 힘들어진다.

잔은 고백하고 난 직후 마틴에게 알렸다.

"마르크에게 말했어. 캐스팅 얘기."

"아, 그랬어요? …하지만 왜요? 제가 아무도 몰랐으면 한다는 거 잘 알면서….."

"그래, 미안해. 얘기 중에 어쩌다 보니 나왔어. 난 네가 걱정이었 고, 마르크는 무슨 일이냐고 물었고… 그 사람은 네게 관심이 많 아. 그이가 널 얼마나 사랑하는지 알지?"

"……"

"어쨌든 그이는 네가 얼마나 힘들었을지 잘 이해했어."

"……"

"정말 좋은 사람이야, 마르크는……."

마틴도 그 점에는 의문이 없었지만, 처음으로 어머니가 자신을 배반했다는 생각이 들었다. 물론 나쁜 뜻에서 그런 건 아니었지만 그래도 어머니의 행동 때문에 그는 관계의 새로운 균형을 찾아야만 했다.

12

해리 포터 시리즈의 5권, 《해리 포터와 불사조 기사단》이 프랑스를 습격할 준비를 했다. 날짜를 정확히 말하면 2003년 12월 3일이었 다. 그날, 아니 그 전날 밤이라는 게 맞겠지만, 팬들은 몇 시간씩이 나 줄을 섰다. 서점들은 그 순간을 한층 이벤트답게 만들고자 정확

히 자정에 문을 열었다. 해가 갈수록 해리 포터에 대한 열광은 무시
무시한 규모가 됐다. 잉글랜드에서 소설은 단 하루 만에 이백만 부
가까이 팔렸다. 전대미문이었다. 프랑스에서는 영어로 된 책이 처
음으로 여름 내내 베스트셀러 목록에 머물렀다. 영어 원서를 읽을
수 있는 독자들이 몰려들었던 것이다. J. K. 롤링은 세상에서 가장
많이 읽힌 작가가 됐다.

마틴이 특히 두려워하는 건 적당히 피해 다니는 게 불가능한 이
런 기간이었다. 열렬히 빠져 1권을 읽은 뒤로 그는 《해리 포터》를
한 권도 펼쳐 보지 않았다. 주변 사람들 모두 신작을 열심히 탐독하
리라는 사실을 그는 잘 알았다. 분명 의견을 물어볼 테고, 그러면
관심 없는 척을 하며 읽지 않았다고 털어놓아야 한다. 그러나 이렇
게 회피하는 것만으로 시련을 끝낼 수는 없다. 그러면 사람들은 그
를 설득하고, 부추기고, 죄책감을 안겨주려 할 것이다.
"뭐? 안 읽었단 말이야? 말도 안 돼! 내가 빌려줄게….."
사람들은 마틴이 간직한 최악의 악몽을 끊임없이 부채질할 터였
다. 그나마 한 가지 긍정적인 면이라면, 책 발간은 영화 개봉보다
한결 견딜만하다는 점이었다. 고통에도 계급이 있다.

어김없이 《해리 포터》 신간을 읽어보라는 권유에 시달리던 어느
날, 그는 이렇게 대꾸할까 망설였다.
"읽을 수가 없어. 내겐 너무 괴롭거든."
이렇게 말하면 반드시 "왜?"냐는 질문이 돌아오리라. 그러면 마

틴은 자신이 겪은 놀라운 이야기를 시작해야 할 것이다. 고백이 혀 끝에서 맴돌았던 적도 여러 번이었다. 분명 처음에는 믿지 않겠지. 하지만 확실한 증거를 대면 금세 납득할 거다. 그다음은 어떻게 될까? 그의 실패를 비웃을까? 그럴 리는 없다. 반대로 불운한 경험담을 이야기한다면 그에겐 진정한 아우라가 생길 것이다. 또 다들 그에게 몰려들어 질문을 퍼부을 것이다. 그리고 무대 뒤편은 어떤지 얘기해 달라고 애원할 것이다. 결정타로 론과 헤르미온느를 만났던 얘기까지 하면 마틴은 일약 학교의 스타가 될 터였다. 그렇다면 뭐가 문제인가? 왜 그렇게 하지 않았을까? 그가 캐스팅 탈락과 연결되고 싶지 않았던 이유는 단순했다. 남들의 눈에서 줄곧 "아, 해리 포터가 될뻔했던 애다"라는 눈빛을 보고 싶지 않았기 때문이다.

13

《목요일의사건》의 발간이 중단된 이후 잔은 프리랜서 기고가로 일하다 《르푸앙》의 국제정치부에 들어갔다. 곧 그녀는 해외 정상회담에서 대통령 사절단을 따라다니는 중책을 맡게 됐다. 이후 몇 개월은 대통령 선거운동과 조지 W. 부시와 민주당 소속 경쟁자, 존 케리의 대결을 취재하느라 여러 차례 미국행이 예정돼 있었다. 존 케리에게는 인터뷰를 따낼 작정이었다. 그녀는 새로운 직장에 잘 적응했고, 월요일 회의 때의 긴장된 분위기도 좋았다. 지난번 회의 때 마리-프랑수아즈 르클레르가 갈리마르 출판사 청소년문학부와 J. K. 롤링과의 독점 인터뷰 진행을 협의 중이라고 발표했었다.

"아직 확실한 건 아니지만."

그녀는 강조하면서 말을 이었다.

"성사된다면 단독 인터뷰가 될 겁니다."

다들 이 특종감에 열광했다.

잔은 회의 내내 이 정보를 곱씹었다. 더 이상 아무것도 관심이 가지 않았다. 그녀는 생각했다. J. K. 롤링이 여기, 손 닿을 만큼 가까이에 있다. 만일 이게 아들의 마음을 편하게 해줄 해결책이라면? 대회의실을 나서면서 그녀는 마리-프랑수아즈에게 다가갔다.

"롤링 건 축하해요, 대단해요…."

"아직 정해진 것도 아닌걸요."

"저기, 프랑스 최초로 롤링에 대한 글을 쓴 게 저였답니다…."

"정말이에요? 몰랐어요."

"네, 그 작가 정말 좋아하거든요. 그래서 말인데, 부탁이 있어요…."

"뭐죠?"

"인터뷰 따내게 되면, 제가 꼭 하고 싶은데…."

"제 일을 맡겠다고요? …그럼 제가 앙겔라 메르켈을 대신 인터뷰할까요?"

그녀는 활짝 웃으며 말했다.

결국 마리-프랑수아즈는 인터뷰를 함께 진행하자고 제안했다.

"그럼 잔은 이라크 상황에 대해 어떻게 생각하느냐고 물어보면 되잖아요."

어떤 주제일지라도 J. K. 롤링의 의견이라면 그녀의 관심사였다. 잔은 동료의 이런 친절한 대응에 열렬히 감사를 표하고 자기 사무실로 돌아왔다. 혼자가 되자 그녀는 흥분에 사로잡혔다. 이 유명한 작가에게 드디어 마틴에 대한 얘기를 할 수 있게 됐다. 당연히 그를 기억할 것이다. 그렇다면 만남에도 응해줄까? 물론 그럴 거다. 그녀가 몹시 인간적이고 이타적인 사람이라는 말이 자자하니까. 롤링의 성공 그리고 부유함에 대해 누구나 알게 되면서, 그녀에겐 매일 도움을 간청하는 편지 수백 통이 몰려든다고 했다. 잔은 부담스러울 거라고 생각했다. 영광의 뒷면. 계속해서 쌓이는, 남들이 지닌 고통의 무게. 장애 있는 아들을 키우는 싱글 맘을 돕고, 실직자에게 일자리를 구해주거나 노숙인에게 거처를 찾아주고, 심장 수술이나 신장이식 수술에 비용을 댄다. 다행히 결혼해 달라거나 자기 작품이 출간될 수 있게 추천해 달라는 부탁 같은, 그다지 절박해 보이지 않는 제안도 있었다. 마치 교황처럼 남들의 하소연을 듣는 게 그녀의 일상이었다. 롤링은 분명 마틴에게 도움이 될 말을 찾아낼 것이다. 하지만 그런 말이 존재하긴 할까? 이 만남으로 그녀는 자기 인생이 실패했을 경우의 시나리오를 떠올리게 될지도 모른다. 만일 아무도 《해리 포터》를 원하지 않았다면, 그녀는 어떻게 됐을까?

잔은 스타와의 인터뷰는 아주 치밀하게 계획되고 계산된다는 사실을 알았다. 롤링에게 자기 얘기를 털어놓을 수는 없을 것이다. 더욱이 다른 기자가 있는 자리에서는 말이다. 가장 좋은 방법은 편지에 연락처를 넣어 건네는 거다. 그래, 그렇게 한 다음 다시 만나 봐야 한다. 잠시 그녀는 마틴이 이 생각을 좋다고 여길까 궁금했다. J. K. 롤링을 만난다고 아들의 삶이 다르게 흘러가진 않으리란 건 확실하다. 게다가 그는 이 얘기를 꺼내는 걸 질색했다. 어떻게 한다? 잔은 어쩔 줄 몰랐다. 며칠 동안 다양한 가설 사이에서 갈팡질팡했지만, 결국은 모두 헛일이었다. 책 홍보를 위해 파리에 올 예정이었던 《해리 포터》의 창조자는 결국 오지 않기로 결정했다. 인터뷰는 없을 것이었다.

14

크리스마스가 돌아왔고, 재구성된 가족은 성대한 잔치를 벌였다. 함께 보내는 첫 크리스마스였다. 마틴에게는 아버지 없이 맞는 두 번째 크리스마스 만찬이었다. 이 때문에 오늘 그는 마음이 아팠고, 이 일은 영원히 마틴의 마음을 아프게 할 터였다.

그래도 파티는 즐거웠다. 위고가 응석받이 아이답게 철없이 굴 때가 많았지만, 아이들은 함께 잘 놀았다. 아버지가 양육권을 되찾은 이후 그는 흔히 말하는 '왕 같은 아이'가 됐다. 두 어른 사이에는 서로의 자녀 교육에 참견하지 않는다는 암묵적인 약속이 있었지만, 잔은 이따금 말하지 않고는 견디지 못했다.

"자기는 위고에게 뭐든 오냐오냐하는데, 그건 좋지 않아."

마르크는 그녀의 말을 귀담아들었고, 분명 그 말이 옳다고 생각했지만 위고에게 엄하게 굴지는 못했다. 그는 대꾸했다.

"그래, 나도 알아. 하지만 이 가엾은 것은 여태 힘들었단 말이야…."

가끔 위고는 아버지에게 그 힘을 발휘해 폭군처럼 휘둘렀다. 하지만 알고 보면 둘의 성격은 꽤 비슷해서 그다지 중대한 일은 아니었다.

자정이 되자 선물을 풀었다. 잔은 두 아이에게 똑같은 선물을 했다. 아이팟이었다. 서로 비교하거나 경쟁하는 일을 없애려면 그러는 게 편했다. 아이들은 기뻐 날뛰었고 좋아하는 노래 제목을 늘어놓기 시작했다. 하지만 다른 선물들도 있었다. 마틴은 자기 이름이 쓰인 상자를 보고 서둘러 그것을 열었다. 그러고는 얼굴이 하얗게 질렸다. 일이 잘못됐음을 즉시 알아본 잔도 마찬가지였다. 그녀는 곧바로 범인을 쳐다보았다.

"세상에… 마르크…."

"나는 좋은 뜻으로 그런 건데…."

그가 어색하게 말했다.

마틴은 제 방으로 뛰어 들어갔다. 파티는 끝났다. 잔은 서둘러 아들을 위로하러 갔다. 하지만 그는 충격을 받았을 뿐, 슬프지는 않았다. 문 너머에서 마르크가 사과하려 했지만, 이미 입힌 상처는 돌이킬 수 없었다.

잠시 후 잔은 둘의 침실에서 마르크를 마주했다.

"어떻게 그런 짓을 할 수가 있어?"

"난 좋은 생각이다 싶었지."

"좋은 생각? 내 아들에게 《해리 포터》를 선물하는 게 좋은 생각이야? 사연을 다 알면서….."

"난 그냥… 그러는 게 제일 낫다고 생각했어."

"제일 나아?"

"그래. 두려움을 물리쳐야지. 문제를 언제까지나 회피하는 건 그만둬야 해. 그런 건 가능하지 않다는 거 잘 알잖아. 그러니까 정면으로 부딪쳐야지…."

그는 계속 말했지만, 그다지 자신 없는 목소리였다.

그의 이론이 이성적으로는 타당하다고 해도, 잔은 그걸 실천에 옮긴 행동은 감수성이라곤 털끝조차 없는 짓이라 생각했다. 몹시 심란해진 그녀는 마르크에게 마틴과 얘기를 좀 해보라고 했다. 위고가 한구석에서 투덜거렸다.

"그만 좀 해라… 기껏해야 책 한 권 갖고! 그런 일로 크리스마스를 망치다니, 쟤 진짜 짜증 나!"

그 말이야말로 마틴을 가장 아프게 했다. 사람들이 그를 이해하지 못하는 것, 그의 괴로움을 변덕으로 치부하는 것. 그는 개인적인 비극으로 누구도 불편하게 하지 않으며 거의 항상, 혼자 고통스러워하는데 말이다. 상한 감정은 잠시 시간이 지나자 가라앉았다. 실수란 언젠가는 저질러지는 법이고, 있을 수 있는 일이었다.

15

잔의 직업생활은 만족스럽게 돌아갔다. 프랑스인들은 미국의 대선
에 관심이 많았고, 잔은 워싱턴에 다녀오라는 요청을 받았다. 유럽
에서는 누구도 부시 주니어가 재선될 거라 생각하지 않았다. 많은
이가 그를 미국 최악의 대통령이었다고 보았다. 무능하다는 점에서
그를 능가할 자는 없을 것이다.

"걱정하지 마, 자기야. 내가 마틴을 잘 돌볼 수 있으니까."

"정말이야? 번거롭지 않겠어?"

"그럴 리가 있겠어."

"하지만 위고가 여기 안 올 때는, 당신에게 강요하고 싶진 않은
데…."

"괜찮을 거라니까. 게다가 솔직히 마틴은 알아서 잘하는 애잖아."

마르크는 잔을 안심시켰을 뿐 아니라 죄책감을 덜어주었다. 동반
자의 이해심 많은 태도 덕분에 그녀는 존의 죽음 이후 가중됐던 마음
의 짐이 조금은 가벼워졌다. 잔은 평온한 마음으로 떠날 수 있었다.

미국에 있는 동안 그녀는 오후 일과 중 잠시 쉬며 프랑스에 전화
하는 습관을 들였다. 비록 말은 많이 하지 않았지만, 아들의 목소
리를 들어야만 했다. 아들과 통화하면 학교생활에 관한 사소한 일
화 하나도 애써 쥐어짜야 나왔다. 그런 다음 마르크와 통화했는데,
이쪽은 확실히 훨씬 수다스러웠다. 반대로 그가 이런저런 주제로
한창 열변을 늘어놓는 도중에 끊어야 할 때가 많았다. 그는 그녀가

자기 얘기를 갑자기 끊는다고 가끔 토라졌는데, 잔이 한창 일하는 중이라는 걸 까맣게 잊은 처사였다. 그렇지만 이상하게도 이런 대화가 커플 사이를 돈독하게 했다. 떨어져 있을 때 오히려 더 가깝게 느껴지는 경우가 있다. 자신의 속내를 시시콜콜 밝히는 걸 꺼렸던 존과의 일상과 비교할 때, 이는 분명한 변화였다. 그녀는 인생의 두 남자를 비교해 보았고, 그건 너무도 자연스러운 일이었다. 교차로에 서면 한 명은 왼쪽, 한 명은 오른쪽으로 갈 게 분명했다. 마르크와 있으면 그녀는 보호받는 기분이었다. 그들의 사랑에 재난을 막는 해독제의 힘이 있는 것만 같았다. 하지만 존과 함께했던 나날들의 흥미진진한 불안정함은 잃었다. 그래도 새로운 삶을 꾸리기에는 지금 그녀의 생활, 낭만적인 망설임 없는 든든한 기반이 분명 바람직했다. 잔은 역시 아이를 하나 더 갖고 싶었다. 일은 어렵잖게 몇 달간 접어둘 수 있을 것이었다. 그러다가 그녀는 제 소망을 의심했다. 새로운 남자를 사랑하고, 그걸로 충분한데 무엇 하러 그 이상 바라는가? 이런 선택의 미로에서 헤매는 건 흔한 일이다. 잔이 고국을 멀리 떠나 흥미로운 사건들을 겪고 있기에 더욱 그랬다. 어쩌면 그런 상황에서 우리의 명철함이 집중력을 잃는지 모른다.

그녀가 못 본 게 있었기 때문이다. 잔을 변호하자면, 일에 전조 따위는 없었다. 그건 갑작스레 일어났다. 둘이 함께 보내는 첫날 저녁, 마틴이 거실에서 텔레비전을 보고 있는데 마르크가 옆에 왔다. 잠시 그는 선 채로 아무 말 없이, 목표물을 앞에 두고 조준을 가다듬으며, 마틴을 쳐다봤다. 이윽고 마르크는 입을 열었다. 아주 침착하고, 나지막하게, 들릴락 말락 한 소리로.

"넌 네 방에 가는 게 좋겠다."

"네?"

"넌 네 방에 가는 게 좋겠다고."

"제 방요?"

"그래."

"언제요?"

"지금, 당장. 넌 네 방에 가는 게 좋겠어."

"그렇지만… 지금 텔레비전 보고 있는걸요."

"그럼 꺼."

"….."

"일 때문에 전화 걸 데가 있는데, 조용해야 해."

마틴은 새아버지의 차가운 명령조에 놀랐다. 다른 어투로 말했다면 즉시 그의 청을 이해했을 것이다. 그러나 이건 뭔가 이상했다. 느릿하고 차분히 끊어 발음한 문장의 정중함조차 협박 같은 느낌을 강조했다. 게다가 그 말의 의도를 파악하기 힘들었다. 마르크는 자기 방에서도 얼마든지 조용히 통화할 수 있었다. 왜 거실이 필요한 걸까? 마치 마틴을 방에 가둬놓고 싶은 것 같았다. 마틴은 말씨름을 아예 피하는 게 낫겠다고 느꼈다. 그는 텔레비전을 끄고 명령에 따랐다. 침대에 누워, 그는 이해해 보려 애썼다. 마르크가 오늘 하루 힘들었거나 나쁜 소식을 들은 걸까? 아이들은 손쉬운 화풀이 상대가 될 수 있다. 그럼에도 이 일련의 사건에는 여전히 이해할 수 없는 점이 있었다. 아파트에서는 아무 소리도 들리지 않았다. 전화

138

통화 중인 기미는 전혀 없었다. 어떻게 생각해야 할지 아무래도 알 수 없어, 마틴은 결국 잠에 들었다.

16

월요일 밤, 별다른 의미도 없는 이유로 마르크는 명령을 되풀이했다. 식사가 끝나자마자 그는 마틴을 제 방으로 보냈다. 이번에는 이렇게 덧붙였다.

"네 엄마한텐 아무 말 마라, 알겠지? 엉?"

"…."

"사람이 말하고 있잖아."

"네, 알겠어요."

"네 엄마한테 일러바칠 생각 따윈 하지 마. 우리끼리만 아는 거야."

잠시 충격으로 마틴은 꼼짝도 할 수 없었다. 그의 앞에 있는 사람은 안다고 믿었던 이와 전혀 다른 남자였다. 하지만 식사할 때만 해도 아무 일 없었다. 둘은 각자 하루 이야기를 했다. 분명 깊이 없는 가벼운 대화이긴 했지만, 그렇게 돌변하리라는 조짐은 전혀 없었다. 마르크의 태도는 순식간에 바뀌었다. 한결같은 공격성보다 실상 훨씬 더 무서운, 예측할 수 없는 행동이었다. 이제부터 마틴은 자기가 어떤 남자를 상대하고 있는지 도저히 헤아릴 수 없었다. 기분의 러시안룰렛 같았다. 방에 들어가서 그는 별일 아니라고 여기려 했으나, 그런 게 가능하기나 할까? 마르크는 어머니에게 아무것도 말하지 말라고 똑똑히 명령했다. 그건 자기 태도가 부당하거나 비난받을 만하다는 걸 스스로 알고 있다는 뜻이었다. 어쩌면 이런 게 그의 교육관일지도… 아니다. 자기 아들을 대하는 마르크의 태도는 정반대였다. 위고를 대할 때는 뭐든 좋을 대로 내버려 두는 그는 오히려 권위가 부족하다고 말할 수 있을 정도였다. 그렇다면 뭐지? 무슨 일이 벌어지고 있는 거야? 마틴은 "싫어요, 제 방으로 가야 할 이유가 없는데요"라고 따지며 화를 내고 반항할 수도 있었다. 어머니에게 전부 말하겠다고 위협할 수도 있었다. 하지만 아무 말 않을 작정이었다. 분명 두려워서기도 했지만, 다른 이유도 있었다. 그는 어머니가 꽃처럼 활짝 피어난 걸 느꼈다. 어머니의 생활을 망치고 싶지 않았다. 어머니의 행복에 자신의 불행으로 대가를 치러야 한다니, 너무 잔인한 셈법이었다.

다음 날 저녁은 한층 심했다. 마르크는 마틴에게 곧장 자기 방으로 가서 식사하라고 말했다. 그를 보지도 듣지도 않으려 했다. 그에게 벌어진 학대는 지금으로서는 '지리적 봉쇄'라고 요약할 수 있었다. 마치 사냥감을 몰아붙이듯, 영역을 제한하는 것이다. 잠들기 전 마틴은 크리스마스를 떠올렸다. 이제 선물이 실수를 가장한 악의였음이 명백해졌다. 하지만 왜? 무슨 목적으로? 마틴이 폭발할 때까지 몰아붙여 기숙학교에 보내 치워버리려고? 이해할 수 없는 일이었다. 이런 경우 흔히 그러듯, 그는 학대자의 정신상태를 문제 삼는 대신 스스로를 의심하기에 이르렀다. 뭔가 잘못한 게 있을까? 틀림없었다. 그렇지 않고는 설명할 길이 없었다. 비논리적인 죄책감이 몰려들었다. 아마 해리 포터 공포증 때문에 지긋지긋하게 굴었으리라. 그 일로 누구를 불편하게 한 적은 없는 것 같았지만, 아마 잘못 생각한 거겠지. 모든 게 자신의 탓이 분명했다.

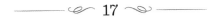

17

잔이 돌아오자, 정상적인 척하는 연극이 재개됐다. 재구성된 가족은 화기애애한 분위기에서 식사했다. 마르크는 간간이 마틴에게 위협적인 눈길을 던졌고, 그러면 마틴은 고개를 숙였다. 그의 바람은 자기 방에 틀어박히는 것, 하나뿐이었다. 머지않아 학대의 결과가 나타났다. 학업성적이 추락하고, 체중이 줄었다. 걱정스러운 나머지 어머니는 또 한 번 심리상담을 예약하고 싶었지만, 마틴은 첫번째 경험이 신통치 않았다는 핑계로 거절했다. 마틴은 상황이 해결되길 바랐으나 잔은 봄에 일주일간 또 현장취재를 떠나야 한다고 알렸다. 아들의 허약해진 상태를 보고 그녀는 떠나기를 망설였으나, 결국 걱정을 억눌렀다. 그럴 수는 없었다. 지금 포기한다는 건 추월당하는 위험을 감수하는 거였다. 그리고 보도계에는 야심 찬이들이 넘쳐났다. 그리하여 마음을 가라앉히기 위해, 혹은 양심의 가책을 줄이기 위해, 그녀는 자신이 별일 아닌데 지나치게 걱정하는 것이라고 생각했다. 마틴의 최근 태도는 사춘기의 위기이고, 다들 거치는 시기이며, 그 나이에 좀 힘들어하는 건 별난 일도 아니라고 되뇌면서 말이다.

게다가 그녀를 안심시키는 마르크의 말들도 선택에 힘이 됐다.

"당연한 거야. 열넷, 열다섯 살 때는 원래 좀 자기 안에 틀어박히는 법이야."

"아니야. 당신 아들을 봐, 그 애는 명랑하잖아."

"위고가 덜 괴롭히는 건 분명하지. 하지만 그 앤 무엇보다 좀 미성숙하잖아. 힘든 일들을 겪어서 그런지 마틴은 빨리 컸어. 자기에겐 부정적인 면이 보일지 몰라도, 난 그 애가 아주 감성적이고 무척 섬세한 것 같아."

"정말?"

"응. 당신이 없을 때 우린 얘기를 많이 해. 정말 재간이 많은 애라니까…."

"정말? 당신에게는 말을 많이 한단 말이야?"

"그렇고말고."

"둘이 무슨 얘기를 하는데?"

"우리끼리의 비밀이야…."

그는 미소를 지으며 말했고 잔도 가벼운 미소로 응답했다.

그날 밤 그녀는 아들 방에 들어갔다. 침대로 다가가며, 잔은 덧없이 마틴이 어린아이였던 시절을 떠올렸다. 모든 게 바로 어제 일만 같았다. 아이를 안아 흔들고, 이야기를 들려주고, 슬픔을 달래주던 자기 모습이 눈앞에 선했다. 그녀는 아들 곁에 앉아 아주 작게 속삭였다.

"딱 일주일만 가는 거야, 내 사랑. 금세 지나갈 거야…."

그녀는 아들의 이마에 입을 맞추고, 방의 불을 껐다.

18

하루는 견딜 수 없이 길어졌다. 이번에는 위고가 있었다. 마틴은 그가 지난주 이후 달라졌음을 눈치챘다. 체중이 늘어 낯빛은 거의 분홍색으로 보였고 머리칼은 얼굴에 늘어졌다. 누군가 생각나는데, 누구지? 갑자기 눈앞에 이미지가 떠올랐다. 해리 포터의 폭군 같고 비열한 사촌, 더들리와 똑같았다. J. K. 롤링은 1권에서 그를 "가발을 쓴 돼지" 같다고 묘사했다. 기묘한 유사성 같은 게 명백히 있었다.

대수롭지 않아 보일 수 있는 생각이었지만, 마음을 불안케 하는 요소들이 연이어 더해졌다. 캐스팅 탈락 이후 마틴의 삶은 불안과 고독에 시달렸고, 이는 호그와트 입학 전 해리의 삶과 똑같았다. 게다가 그는 갑자기 붙들려 대니얼 래드클리프를 닮았다는 말을 들었다. 마지막으로 그는 아버지를 잃고 고아가 됐다는 사실에 여전히 마음 깊이 괴로워했다. 물론 양친을 다 잃은 건 아니지만, 상실감은 똑같았다. 그리고 이제는 학대당하고 있었다. 이모와 이모부의 횡포 속에 살던 시절 해리와 마찬가지로.

*

그날 밤 마틴은 자기감정을 명확히 표현했다.

"난 해리 포터가 되어가고 있어."

현실에서 허구 속 인물이 될 수 있을까? 마틴은 그렇게 믿기 시작했다. 아쉽게 배역을 놓쳤지만, 그 자리까지 갈 수 있었던 이유는 마틴이 해리 포터가 되기 위한 특징을 모두 갖췄기 때문이다. 그리고 마침내 그는 해리 포터 역할을 따냈지만, 그건 진짜 인생에서였다. 그러자 '이제부터 내게 무슨 일이 일어날지 알려면 다른 권들을 읽어야 하나?' 하는 생각이 들었다. 처음 부분은 완벽하게 들어맞았다. 버넌과 피튜니아 더즐리는 조카 해리를 계단 밑 벽장에서 썩어가게 한다. 집에는 빈방이 하나 더 있다. 하지만 아들 더들리에게는 두 방이 다 필요하다. 하나는 침실, 하나는 장난감을 두는 방으로 말이다. 마틴 역시, 물론 벽장은 아니지만, 집의 제한된 공간에 갇혔다. 그리고 마틴은 이게 시작에 불과하리란 걸 깨달았다. 사악한 억압은 앞으로 심해져만 갈 것이다.

더들리가 해리에게 그랬던 것처럼 위고도 마틴을 못살게 굴기 시작했다. 잔이 집을 비우자 그에겐 뭐든 허용됐다. 사실은 그도 아버지에게 조종당하고 있었다. 마르크는 아들에게 말했다.

"자, 쟤를 좀 골려주자… 스스로를 웃음거리로 삼는 법도 배워야지!"

그런 식으로 그들은 서슴없이 J. K. 롤링의 책이 집 안에 굴러다니게 하고, 호그와트의 모험 얘기를 주고받으며 식사 시간을 보냈다. 그러면 마틴은 식탁을 떠나 자기 방으로 피신했다. "정말 잘 삐진다니까!"라는 소리가 들렸다. 유독한 말소리를 조금이라도 덜 들으려고 그는 베개에 머리를 파묻었다. 마틴은 더 강해지고 싶었고, 만족스러워하는 두 괴물 앞에서 무심한 척하고 싶었지만 그럴 수가 없었다. 해리 포터에 대한 모든 언급이 그에게는 폭력이었다. 약점이 이토록 뚜렷한 희생양이 있으니 그들에겐 손쉬운 일이었다. 그는 고통을 알아서 갖다 바치고 있었다.

마틴은 학교 도서관에서 괴롭힘에 관한 책을 빌렸다. 자신과 마찬가지로 자기가 잘못했다고 느끼는 피해자들의 증언을 읽으며, 그는 제 경험과 똑같다고 여겼다. 모든 게 내 잘못이라는 생각을 그만둬야 했다. 지금 가장 중요한 건 어머니에게 말할 용기를 내는 일이었다. 그랬다. 앙갚음을 두려워하지 말고 그렇게 해야 했다. 어머니에게 전부 말한다면 아마도 즉시 대응할 것이다. 격분하여 그 정신병자에게 떠나라고 요구할 터였다. 모든 게 끝나면 둘은 예전의 생활을 되찾으리라. 마틴은 자신이 고백해서 해방되는 모습을 줄곧 상상했다. 이미 문장 하나, 쉼표 하나, 끊어 읽을 곳 하나까지 외웠다. 하지만 막상 어머니가 여행에서 돌아왔을 때 그는 말할 수가 없었다. 이제는 어머니의 행복을 깨뜨리지 않기 위해서가 아니라, 수치심 비슷한 무엇 때문이었다. 그랬다. 그는 너무나 수치스러워서 끝내 말하지 못했다. 한편 잔이 돌아오자 괴롭힘도 끝났다. 그녀가 돌아오자마자 지옥은 사라졌다. 모조품 낙원이 이어졌다.

19

5월에 해리 포터 시리즈의 세 번째 영화, 〈해리 포터와 아즈카반의 죄수〉 개봉을 기해 집중적인 마케팅이 시작됐다. 이번에는 크리스 콜럼버스가 아니라 알폰소 쿠아론이 감독이었다. J. K. 롤링 본인이 제작진에게 그가 어떨지 제안했는데, 그의 작품 〈이 투 마마〉를 감명 깊게 보았고 또 〈소공녀〉에서 젊은 배우들을 지도하는 방식이 마음에 들었기 때문이었다. 몇 년 후 그녀는 어느 인터뷰에서 이 편이 자기가 제일 좋아하는 작품이라고 말한다. 첫 이미지가 공개되자마자 위기가 고조돼 가는 게 느껴졌다. 이야기는 본격적으로 암울한 차원으로 접어들었고, 깊이를 더해갈 것이었다. 마틴은 거기서 자신의 내면적 비극을 보았다. 아름다움과 행복한 기억을 파괴하는 강력한 존재인 디멘터들은 그의 내면을 배회했다. 마르크는 '볼드모트'와 닮았다. J. K. 롤링은 이런 사악한 힘들을 통해 본인이 직접 겪었던 고통을 표현했다. 그녀의 어머니가 서서히 퇴행해 가던 시절의 고통이었다. 이 부분 역시 마틴에게는 자기 얘기 같았다. 사악한 힘의 화신인 암이 자신의 아버지를 쓰러뜨렸다.

　현실과 허구가 머릿속에서 온통 뒤섞였다. 그는 허우적거렸고, 그칠 줄 모르는 〈해리 포터〉의 기습에 철저히 물속으로 머리가 짓눌렸다. 이번에는 평소보다 훨씬 힘든 것 같았다. 2004년 6월 2일로 예정된 영화가 개봉하면 누구도 빠져나가지 못할 게 뻔했다. 1편과 2편 각각 프랑스에서 천만 명에 가까운 관객을 기록했다. 이번에도 같은 실적을 올릴 가능성이 높았다. 프랑스 국민 일곱 명 중한 명에 해당하는 숫자였다. 10대들은 분명히 다들 영화를 보러 갈것이다. 마틴에게는 사는 게 너무나 고통스러운 시기였다. 대니얼래드클리프가 아닌 자기였더라면, 하는 상상을 여전히 그만둘 수없었다. 그는 어머니에게 2주간 학교에 가지 않게 허락해 달라고애원했다.

처음에 그녀는 잘 타이르려고 했다. 있을 수 없는 일이거니와 도가 지나쳤다. 아들에게 친구가 없는 걸 보는 것만으로도 힘들었다. 집에 있겠다는 건 거기서 한발 더 나갔다. 하지만 마틴은 결코 제멋대로 군 적이 없었다. 그 부탁은 간절함의 차원이었다. 어찌할 바를 몰라 하면서 그녀는 결국 아들의 애원에 굴복하고 말았다. 당연히 교장에게 솔직히 설명할 수는 없었다. "〈해리 포터〉 신작이 곧나오기 때문에 마틴은 당분간 학교에 갈 수 없습니다…"라고 늘어놓는 건 말도 안 됐다. 그래서 잔은 아들의 몸이 약해져 휴식이 필요하다는 구실을 댔다.

그리하여 마틴은 2주간 집에 혼자 있었다. 유일한 공포는 마르크가 휴가를 내 온종일 그와 함께 있는 거였다. 다행히 그런 일은 없었다. 어머니는 규칙적으로 전화했고, 그는 어머니를 안심시켰다. 마케팅을 집중적으로 하는 기간에 집에 틀어박히기로 한 건 잘한결정이었다. 처음에는 아들의 청이 말도 안 된다고 여겼던 잔이었지만, 이제는 이해가 갔다. 파리 전역에 포스터가 나붙었을 뿐 아니라 온갖 제품이 영화 홍보에 참여했다. 한번은 콜게이트 치약을 샀는데 나중에 보니 제휴 상표가 붙어있었다. 다행히 직전에 알아채고 아들이 사용하기 전에 버릴 수 있었다. 양치질하는 것조차 쉽지 않아졌다.

한편 마틴은 미디어 역시 멀리했다. 라디오도, 신문도 그리고 당연히 텔레비전도 말이다. 잘 생각한 일이었다. 미디어를 듣거나 보면 정신없이 돌아가는 자신의 삶을 이야기하는 배우들과 끊임없이 마주쳤다. 영화 본편의 뛰어난 점을 자랑하는 것만큼이나 그들의 마법 같은 모험을 이야기하는 부분도 중요했다. 그 역시 경이로움의 '스토리텔링'에 이바지했다. 대니얼 래드클리프는 이렇게 선언하기까지 했다.

"이 영화들을 찍는 건 우리가 바랄 수 있는 가장 큰 놀이터예요."

세상 모든 아이가 그의 자리에 있길 꿈꾼다면, 그 자리를 차지할 뻔했던 사람은 어떻겠는가?

20

불행히도 최신 화제를 피하려는 마틴의 노력은 계속 방해받았다. 위고는 학교에서 돌아오면 곧장 마틴의 방에 들어가 미주알고주알 늘어놓았다. 한번은 한국 시사회 때의 열광을 다룬 르포르타주를 보고 와서는 말했다.

"미쳤어! 무슨 록스타 같아!"

"…."

"사람들은 이름을 외치고, 여자애들은 기절하고, 진짜 끝내주는 인생이겠다!"

"…."

"네가 치를 떠는 것도 정말 이해가 간다…."

마틴은 위고를 떠밀었고, 더는 이런 심술궂은 침입을 당하지 않도록 방에 못 들어오게 하고 싶었다. 하지만 그럴 수는 없었다. 마르크가 아이들은 혼자 틀어박혀서는 안 된다며 열쇠를 빼앗아 갔기 때문이다. 그래서 둘 다 저 좋을 때 마틴의 영역에 들어올 수 있었다. 괴롭힘에는 더 이상 경계가 없었다.

둘째 주 목요일 밤, 잔은 전화로 퇴근이 늦어진다고 알렸다. 마틴은 이 뜻밖의 사태로 뼈아픈 대가를 치르리라는 예감이 바로 들었다. 그리고 느낌은 틀리지 않았다. 마르크가 그의 방에 들어왔다.

"솔직히 식탁 정도는 차려놓았어도 되잖아. 어차피 낮 동안 빈둥거리면서."

"…."

"그놈의 해리 포터, 참 편리하구나. 그렇게 어처구니없는 핑계는 처음 봤다."

마틴은 부엌으로 가서 시키는 대로 했다. 그날 저녁 위고와 마르크는 아예 대놓고 그를 해리라고 불렀다. 저녁 식사 내내 그들은 번갈아 가며 "해리, 소금 좀 건네줄래?"라거나 "잘 지내, 해리? 호그와트에서 즐거운 하루 보냈니?" 같은 질문을 해댔다. 자기들의 빈약한 재치를 자랑스러워하며 멍청하게 낄낄댔다. 마틴은 그들의 논리를 이해할 수 없었고, 얼빠진 채 그대로 공격을 받았다. 이모와 이모부의 거친 말을 들었을 때 해리 포터가 보인 담담한 태도를 익히지 못한 게 후회스러웠다. 자기 방으로 돌아가려고 일어서자마자 마르크가 냉정하게 막았다.

"앉아있어! 식사 안 끝났다!"

갑자기 돌변한 말투였다. 가장된 유머는 흔적도 남지 않았다. 위고조차 어떻게 된 일인지 감을 잡지 못하는 것 같았다. 마틴은 꼼짝하지 않고 자기 접시만 바라보았다. 잠시 침묵이 깔렸으나, 최후의 일격을 날려 끝장을 내야 했으므로 마르크는 한숨을 내쉬고 말했다.

"움직이지도 않고, 한 마디 말도 않고… 미쳤군. 넌 네 아버지랑 똑같이 구는구나."

학대자는 자신이 도를 넘었음을 아주 잘 알았다. 그는 방금 아이의 가장 예민한 부분을 건드렸다. 너무나 잔인한 공격을 현실로 받아들이기까지 한순간이 지나고, 마틴은 연거푸 외치기 시작했다.

"이제 못 참아! 이제 못 참아! 이제 못 참아!"

그러고는 위고를 밀쳤다. 위고는 의자에서 떨어져 바닥에 머리를 부딪쳤다. 무엇도 격분한 마틴을 막을 수 없을 것 같았다. 마르크가 일어나, 아들을 일으키는 대신 마틴의 따귀를 때렸다. 냉혹하고 폭력적인 처사였다. 마틴은 죽일 듯이 그를 쏘아보고 주방에서 나갔다. 위고는 아무 말 없이 일어났고 아버지는 아들을 달랬다.

"저 애는 완전히 돌았어!"

마르크는 말했지만 목소리는 그리 자신이 없었다. 잔이 곧 돌아오리라는 사실을, 사태가 여기서 끝나지 않을 수도 있다는 점을 알고 있었다.

마틴은 욕실 거울 앞에 서서 벌게진 뺨을 살펴보았다. 맞은 자국이 뚜렷했다. 어머니에게 다 말해야 한다. 그래, 침묵도 이제 끝이다. 그의 생각을 들여다보기라도 한 걸까? 마르크가 갑자기 확 달라진 태도로 다가왔다. 그러고는 장갑 한 짝을 들고 물에 적셔 마틴에게 내밀었다.

"자, 얼굴에 대렴. 찬물이다."

"아뇨."

"뭐가 아니니?"

"필요 없어요."

"왜 그러지? 대고 있는 게 좋을 텐데….”

"흔적을 남겨둘래요. 엄마가 이걸 봤으면 좋겠어요."

"나라면 그렇게 안 하겠다. 이거 받아, 받으라니까."

"…."

"네가 안 하겠다면 내가 억지로 하지."

마틴은 처음으로 정말 겁을 먹었다. 얼굴은 새파래지고, 심장은 미친 듯이 뛰었다. 마르크는 상황이 걷잡을 수 없이 커지고 있단 걸 느꼈다. 자신도 통제할 수 없는 행동이었다. 아드레날린을 돌게 하는 그 병적인 악의, 폭력성이 어디서 오는지 알고 있었으나, 문득 자신이 위험한 장난을 하고 있다는 사실을 깨달았다. 상황을 빨리

만회해야 했다.

"내가 널 괴롭히려고 그런 게 아니라는 거 잘 알잖니. 하지만 네가 위고를 밀어서… 네가 먼저 시작한 거야."

"그럼 우리 아버지에 대한 말은 뭐죠?"

"안 좋게 받아들일 건 없잖아. 진심이야, 부정적인 뜻은 아니었어. 네 아버진 예술가고 몽상가셨지. 네 엄마가 늘 그렇게 말했단다. 난 그분을 높이 사고 있어. 그냥 네가 그 순간, 너만의 세상에 빠져있었다는 뜻이었어."

"…."

"그런 식으로 느꼈다면 미안하다."

"…."

"너도 알지? 내가 널 친아들처럼 사랑하는 거."

"그럼 왜 계속 날 해리라고 부르는 거예요?"

"웃으라고 그런 거야. 우리 가족은 늘 그랬거든. 서로 짓궂게 놀리지만 악의는 없지."

"재미없어요."

"다시 말하지만, 네게 상처가 됐다면 미안하다. 안 그런다고 약속할게. 솔직히 말해 난 그러면 네가 지나친 극적 상상에서 벗어나는 데 도움이 될 줄 알았지. 그런데 효과가 없는 것 같구나…."

"…."

"오늘 저녁 일은 잊자, 알겠지?"

말하는 내내 마르크는 손목시계를 흘끗거렸다. 잔이 곧 돌아올 시간이었다. 신속하게 상황을 수습해야 했다. 마틴은 어떻게 생각해야 좋을지 몰랐다. 진심으로 하는 소리 같긴 했지만, 갑작스러운 상냥함이 역겹게 느껴지는 건 어쩔 수 없었다. 마르크는 잔과 자신이 얼마나 사이가 좋은지 몇 마디 말하고, 괜히 엉망이 된 저녁을 이야기해 행복을 깨뜨릴 필요는 없다고 했다. 그러니까 그가 보기에 방금 있었던 일은 고작 '엉망이 된 저녁'에 불과했다. 마틴을 폭발할 때까지 괴롭히고, 모욕하고, 유머니 지나친 극적 상상이니 하면서 아버지에 대한 추억까지 모독했으면서 말이다. 마르크는 다시한번 쐐기를 박았다.

"네 어머니를 생각하렴."

바로 그 순간, 열쇠가 돌아가는 소리가 들렸다. 몇 초 후 잔이 욕실에 들어왔고, 아들의 뺨에 남은 자국을 보자마자 물었다.

"무슨 일이야?"

"아무것도 아냐, 내 사랑. 애들끼리 싸웠어. 그럴 수도 있지."

마르크가 대답했다.

"그래? 무슨 일로?"

"글쎄, 모르겠는걸. 지켜보고 있질 않아서. 위고는 제 방으로 보냈어⋯."

마틴은 아무 말 없었다. 어머니는 그에게 다가갔다.

"괜찮니, 내 아들?"

잔은 마르크에게 둘만 있게 해달라고 손짓했다. 그는 마틴에게 마지막으로 위협적인 눈길을 보내고 욕실에서 나갔다. 어머니와 단둘이 되자, 그는 쇼크 상태에 빠진 듯 말하기를 거부했다. 그녀는 모두 털어놓으라고 몇 번이나 요청했지만, 그는 아무런 말도 하지 않으려 했다. 잠시 후에야 마침내 그는 대답할 수 있었다.

"아무 일도 아니에요."

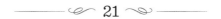

21

잔은 걱정이었다. 아들은 학교에 가지 않고, 점점 더 자기 안에 틀어박히고, 속내를 말로 표현하길 어려워했다. 그러더니 이제는 위고와 싸우기까지 했다. 그녀는 아들과 함께 일상에서 벗어날 수 있는 여름을 간절히 바랐다. 밤늦게, 마틴에게 잘 자라는 인사를 하면서 그녀는 단둘이 떠날 그리스 여행 얘기를 꺼냈다. 그는 좋은 생각이라고 여겼으나 기대되는 마음을 몇 마디로만 표현했다. 그때 아들의 책상에 놓인 상자, 전에는 본 적 없는 상자가 눈에 들어왔다. 밤새 아들을 혼자 놔두기 전에 얘기를 더 오래 나누려고 그녀가 물었다.

"저 안엔 뭐가 들었니?"

"은박지요."

마틴이 대답했다.

"그래? 그런 걸 왜?"

"아빠가 샌드위치를 싸주셨던 은박지예요. 제가 기차 타고 엄마 만나러 갈 때….'"

"그걸 간직하고 있었니?"

"네."

"어머나… 어쩌면….''

사실, 잔은 뭐라 말해야 할지 몰랐다. 다만 너무나 아름다운 행동이라고 여겼다. 마틴은 이 감성적인 수집품 얘기를 한 번도 한 적 없었다. 그녀는 눈물이 글썽해졌다. 아들에겐 대단한 인간미가 있었다.

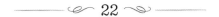

22

상황은 급격하게 달라졌다. 마르크는 다시 친절해졌고, 위고도 그 뒤를 따랐다. 물론 위고는 제 아버지에게 조종당하고 있었다.

"그만두자. 쟨 전혀 웃지 않는구나….''

마르크가 마틴을 괴롭히는 걸 포기하자 위고는 내심 마음이 놓였다. 의붓형제나 다름없이 여겼던 마틴과 잘 통하는 관계로 돌아와서 기뻤고, 앞으로는 그에게 상처를 주는 화제를 꺼내지 않겠다고 다짐했다. 이런 소강상태에도 마틴은 경계를 늦추지 않았다. 마르크와 단둘이 있게 되면 여전히 두려움을 억눌렀다. 모든 게 되풀이될 수 있었다. 더 이상 아무것도 하지 않고 은밀하게 공포를 불러일으키는 것, 어쩌면 그거야말로 가해자에겐 최고의 성과일 것이다.

어머니의 행복을 위해, 마틴은 머리 위에 다모클레스의 칼이 걸린 채 살아갈 각오가 되어있었다. 무의식적으로 그는 슬픔이 아버지를 죽였다는 느낌이 들었다. 그랬기에 물이 탁하다는 의심 없이 잔이 행복에 푹 빠져있게 두었다. 아들이 등교를 재개한 일 역시 행복의 원인이었다. 약속했던 대로 그는 2주간 쉬고 다시 학교에 나갔다. 몇몇 친구를 다시 만나게 돼 기쁜 척도 했다. 어머니의 마음을 편하게 하려고 그는 자기 생활의 긍정적인 면만 광고하곤 했다. 하지만 사는 건 여전히 힘들었다. 단 2주 만에 〈해리 포터와 아즈카반의 죄수〉는 사백만 관객을 동원했고, 이는 경이로운 성적이었다. 반면 그 영화가 전교생의 입에 오르내리는, 제일가는 화제일까 두려워했던 그의 불안은 괜한 걱정이었다. 열기는 한풀 꺾였고, 다들 여름방학 계획에 대해 이야기했다. 한편 마틴은 학교에 돌아온 그를 맞이하는 환영에 감동했다. 다들 다정했다. 친구들도 선생님들도 수업을 2주나 빠지다니 심각한 일이 있었을 거라고 생각했다. 다들 결석한 이유를 물었지만, 그는 대강 얼버무렸다. 그의 침묵에 홀딱 반한 학생들까지 있었다. 인기를 얻고 싶다면 여기서 교훈을 얻어야 한다. 과묵한 이에겐 언제나 굉장한 사연이 있을 거라고들 믿는다.

자신에게 쏟아지는 이런 관심을 느끼며, 그는 호그와트에 들어간 순간의 해리 포터가 된 기분이 이럴까 싶었다. 저마다 볼드모트가 죽이려다 실패했던, 유명한 마법사와 가까워지려 했다. 그럼에도 마틴은 여전히 홀로였다. 사실 그의 운명은 대니얼 래드클리프의 운명과 정반대로 나아가고 있었다. 대니얼은 끝없는 만남과 여행 그리고 기쁨이 가득한, 치열한 삶을 살고 있을 게 분명했다. 그의 일상은 인생을 두 번 사는 것만큼 풍요로울 게 틀림없었다. 반면 마틴은 스스로의 삶을 무가치하게 졸아들게 했다. 캐스팅은 두 소년의 처지를 천양지차로 갈라놓았다. 학교에서 돌아오는 지하철 안에서 마틴이 그런 생각에 빠져있을 때, 한 남자가 이런 광고지를 내밀었다.

지하철에서 돌아다니는 본인이 바로 그 주술사가 틀림없었다. 그는 목걸이를 주렁주렁 달고 손가락마다 반지를 끼고 있었다. 12호선의 진정한 덤블도어였다. 어쩌면 이 남자의 말이 진실이고, 이 남자가 그의 문제를 해결해 줄 수도 있었다. 이상한 일이지만 마틴은 마르크를 해치우겠다는 생각은 하지 않았다. 그의 정신은 곧장 해리 포터로 향했다. 그의 강박, 누군가 나타나 가차 없이 악을 사냥해 자신을 도와주길 바라는 욕망은 바로 거기 있었다. 하지만 어떻게 한다? 대니얼 래드클리프를 닮은 주술 인형에 바늘이라도 꽂아야 하나? 그러면 병에 걸릴지도… 아니, 아니다. 그에게 해코지하고 싶지는 않았다. 그럼 어쩌지? 온건한 해결책이 틀림없이 있을 터였다. 주술사가 그에게 주문을 걸어서… 더 이상 연기를 못 하게 하는 거다. 바로 그거였다. 대니얼 래드클리프를 형편없는 배우로 바꿔놓는 것. 엄청난 재난일 거고, 워너 사는 공황 상태가 되겠지. 정확한 발성은 온데간데없고, 인위적이고 과장된 몸짓만 남는다. 그러면 그들은 마틴에게 대니얼을 대신해 달라고 청하는 수밖에 없을 것이다. 그런 식으로 마틴은 몇 정거장을 지나는 동안 부두교 세계의 몽상 속에서, 대니얼의 자리를 차지하는 상상을 했다. 그리고는 지하철 출구로 나오면서 종이를 구겨 쓰레기통에 버렸다.

23

여름이 왔다. 2004년 7월 5일 그리스에 도착하면서 마틴과 어머니는 다시금 집단 히스테리 현상의 한가운데 발을 들였으나, 이번에는 해리 포터와는 상관이 없는 일이었다. 그리스 국가대표 축구팀이 '유로 2004'에서 우승을 거두었던 것이다. 그리스 역사상 최초였다. 평온함과 고요함을 찾아 멀리까지 가서 거대한 나이트클럽 한복판에 있게 되니 참으로 기묘한 기분이었다. 다행히 그들은 아테네에서 페리를 타고 검은 모래 해변이 있는 산토리니섬으로 갔다.

이번에 마틴은 프리다이빙에 입문했다. 지난해 그린란드에서와 마찬가지로, 그는 사람들에게서 벗어날 수 있는 일이라면 무엇이든 어쩔 도리 없이 끌렸다. 깊은 바닷속에서 그는 역설적으로 높이 올라가는 기분이었다. 저녁이면 그들은 작고 아기자기한 레스토랑의 테라스에서 생선과 가지 요리를 먹었다. 완벽한 그림엽서 같은 풍경이었고 멀리서 누군가 연주하는 부주키(기타와 비슷한 현악기—옮긴이) 소리가 들렸다. 잔은 숨이 멎을 듯 아름다운 경치가 아닌, 마침내 평온해진 아들의 얼굴을 바라보았다. 그거야말로 그녀가 찾으러 온 것이었다.

8월에 그들은 마르크와 위고를 다시 만났다. 마틴은 재회를 두려워했지만 별일은 없었다. 새아버지는 다시 한번 성의 있게 사과했으며, 머리가 흐려지고 스트레스를 많이 받아 그랬다고 변명했다. 화해 기념으로 여름에도 계속 영화를 볼 수 있도록 소형 디브이디 플레이어를 선물하기까지 했다. 잔과 마르크는 뤼베롱에 아름다운 집을 빌려두었다. 그리고 그곳에 도착하자 이들은 그 장소와 넓은 정원의 아름다움에 경탄했다. 바로 앞에 있는 강가로 나가면 더위를 잊을 수 있었다. 아이들은 뗏목 비슷한 것을 만들어 서늘함을 즐기며 물 위를 떠다녔다. 그러는 동안 어른들은 침실에서 조잡한 모기장 아래 사랑을 나누었다. 방학은 이렇게, 고통 없고 느릿한 리듬으로 지나갔다. 밤에 그들은 풀밭에 누워 별을 구경했다. 각자 저마다의 몽상에 빠져들었다. 마틴은 마음이 평온해지는 여름을 보냈고, 때때로 괴로워하긴 했어도 처음으로 언젠가는 행복을 찾을

수 있겠다는 생각이 들었다. 그렇게 믿고 싶었다. 한편 당분간 영
화가 개봉하리란 예고는 없었고, 2005년 7월에 책《해리 포터와 혼
혈 왕자》가 나온다는 말이 있었다. 덕분에 그는 숨 돌릴 시간을 얻
었다.

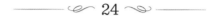

24

8월 말, 개학을 며칠 앞두고 마르크가 이번에는 집 발코니에서 마
지막 바비큐 파티를 하자고 제안했다. 잔은 근사한 생각이라고 여
겼다. 그녀는 아들의 기분을 끌어올리려고 과장해서 신나는 척할
때가 많았다. 하지만 위고와 마틴은 방학 기분을 조금 더 느낄 수
있는 이 계획에 기뻐했다. 잔은 아들과 함께 보냈던 여름의 시작을
기념하여 그리스식 샐러드를 만들었다. 2단으로 된 고급 바비큐 기
구 위층에는 새끼양갈비를, 아래층에는 감자를 얹었다. 별이 빛나
는 밤과 매미는 없었지만 그래도 유쾌한 시간이 될 것 같았다.

"와서 먹으렴, 다 돼간다!"
목소리를 높이면 저절로 실력 있는 요리사가 되는 양, 마르크가
외쳤다. 아이들은 발코니로 달려갔고, 잔은 쟁반에 양념들을 놓았
다. 그때 마르크가 마틴에게 말했다.
"네 방에 은박지가 있었으니 망정이지."
"…."
"사는 걸 까맣게 잊었지 뭐냐. 그게 없었다면 감자를 못 구웠을

거야."

당연히 그는 은박지의 정서적 가치를 알았다. 두 달 전, 아이들이 다퉜다던 사건 직후 잔이 자기가 본 것을 얘기해 주었다.

"정말 귀엽지 뭐야… 마틴이 제 아버지가 마련해 준 샌드위치의 추억을 전부 간직하고 있었어…."

그녀의 얘기를 듣고 마르크는 거짓으로 감동을 꾸며내고, 한술 더 떠 아이의 아름다운 감수성을 칭찬했었다. 잊었을 리가 없었다. 그리고 그가 말하는 방식에는 의심할 여지 없는, 악의가 깃들어 있었다. 그는 잔이 자리를 비우기만을 기다렸다. 추억이 불타는 광경을 보며, 마틴은 숨이 막혀 헐떡거리기 시작했다. 부성애의 흔적…. 고통이 너무 격해 그는 움직일 수 없었다. 최근 방심하고 있었기에 공격은 한층 더 거셌다. 그리고 증오가 단숨에 다시 치솟아 그의 목덜미를 잡아챘다. 그는 반항하고 싶었다.

"대체 왜? 왜 그런 짓을 했어요?"

이런 잔혹한 행위를 정당화할 설명이 있기나 할까? 크리스마스 때 책 선물과 아버지의 기억에 대한 모욕에 뒤이어, 이제는 세상에서 가장 소중한 것이 훼손당하는 꼴을 겪었다. 그는 타고 있는 게 자기 몸인 듯 불타는 은박지를 바라보았다.

별안간 마틴은 고기 굽는 꼬치를 낚아채 마르크의 팔에 꽂았다. 마르크는 고통에 비명을 질렀다. 잔이 달려와 피를 철철 흘리는 부상자에게 갔다. 상처가 벌어져 있었다. 마르크는 지혈대를 대서 출혈을 멈추려고 욕실로 뛰어 들어가며 외쳤다.

"쟨 완전히 미쳤어!"

충격에 빠진 위고도 아버지를 따라갔다. 잔은 잠시 망연자실해 있다가 정신을 차렸다. 그녀는 완전히 넋이 나간 아들 앞에 무릎을 꿇고, 딸꾹질을 해대며 물었다.

"대체 무슨 짓을 한 거니? 무슨 짓을 한 거야?"

그녀는 지치지도 않고 그 말만 되풀이했다. 마치 쌓이고 쌓인 말만이 방금 일어난 일을 이해할 수 있는 방법이라도 되는 듯. 하지만 아들은 반응이 없었고, 뭔가에 홀린 사람 같았다. 결국 그녀는 따귀를 때렸다. 늘 영화에서 봤었던, 제정신을 차리게 하는 행동이었다. 하지만 그런다고 달라지는 건 없었다. 오히려 그는 바닥에 몸을 던지고 광증에 사로잡힌 사람처럼 바닥을 굴렀다.

마르크는 아들과 함께 택시를 타고 병원에 갔다. 바비큐 불을 끌 생각 따윈 하지도 못했다. 방 안에 탄내가 가득했고, 점점 숨이 막혀왔다. 잔은 어찌할 바를 몰랐다. 아들은 제정신이 돌아오지 않았고, 이제는 알아들을 수 없는 말을 중얼거렸다. 공황에 사로잡힌 그녀는 결국 구조대를 불렀다. 주사나 진정제면 분명 안정이 될 것이었다. 20분쯤 후, 구조대원 두 명이 아파트에 들어왔다. 그들을 보자 마틴의 정신적 혼란은 가중됐다. 그는 식품점에서 아버지가 쓰러졌던 순간을 다시 겪고 있었다. 구조대원 두 명이 왔다는 건 곧 죽을 거라는 뜻이었다. 정신적 고통 때문에 마틴은 온몸이 마비됐지만 의식만은 생생했다. 그는 무정하리만치 맑은 정신으로 고통을 고스란히 느껴야만 했다. 구조대원들이 가까이 오자 그는 몸부림쳤다. 병원으로 실어 가는 수밖에 다른 방법이 없었다.

잔은 구급차에서 아들의 손을 잡았다. 아들의 눈을 들여다보았지만 다른 사람 같았다. 차는 정신병원 응급실로 향했다. 가는 길에 주사를 놓자 마틴은 잠들었다. 8월 말이라 거리는 한산했다. 몇 분 만에 피티에-살페트리에르 대학병원에 도착했다. 마틴은 들것에 실려 접수처로 운송됐다. 어머니는 그 옆에서 자동인형처럼 걸었다. 문을 지나기 전, 마틴은 마침내 눈을 떴다. 문에 적힌 글자를 가까스로 읽을 동안만.

HÔPITAL PSYCHIATRIQUE(정신병원)

흐릿하게 보였기에 그의 눈에는 대문자만 들어왔다. 흔히 정신병원의 약칭으로 쓰이는 알파벳이었다.

H P

그에게 보인 건 바로 그거였다. HP.
이번에도 최후의 징조였다.
그에게 HP가 뜻하는 건 어김없었다.

HARRY POTTER

N
U
M
É
R
O

3부

D
E
U
X

─── ❧ **1** ❧ ───

정신상태의 심각성을 고려해, 당직 인턴은 시몽 부서(피티에-살페트리에르 병원 정신과의 청소년 집중치료 시설. 미성년 환자들을 위한 폐쇄병동—옮긴이)에 마틴의 침상을 마련했다. 마틴은 청소년 환자 열두 명이 있는 폐쇄병동에 들어갔다. 그는 마르크의 팔을 다치게 했지만, 하마터면 복부나 폐를 찌를 수도 있었다. 잔은 충격에 빠진 데다 아들을 볼 수 없어 괴로웠다. 처음에는 면회가 허용되지 않기 때문이다. 이틀이 지나 그녀는 마침내 담당자 중 한 명인 닥터 나무지안을 만나게 됐다. 블라우스에 핀으로 꽂힌 배지에 '나탈리'라는 이름이 적혀있었다. 잔은 그게 여기서 48시간 만에 처음으로 접한 인간의 흔적이라는 듯 그 이름에 매달렸다.

잔은 피곤한 상태였지만 두 여자의 면담은 오래 지속됐다. 잔은

존의 죽음과 관련된 트라우마, 캐스팅 탈락 이후 아들이 벗어나지
못한 실패감에 대해 말했다. 의사는 갈피를 잃은 어머니의 이야기
를 동정심 있게 들었다. 그녀는 이런 순간에 익숙했다. 그리고 노
트에 해리 포터라고 적었다. 어디서 들은 적 있는데… 그 이상은
생각나는 게 없었다. 그녀는 해리 포터보다 에릭 로메르 취향이었
다. 그러니까 '현상'과 동떨어져 살아가는 건 가능했다. 잔의 말을
듣고 난 후, 그녀에게 떠오른 첫 감상은 단순했다. 거부당한 이유
와 상황은 중요치 않으며, 결코 그것을 과소평가해선 안 된다는 것.
아무도 원하지 않고, 쓸모없게 여겨지고, 선택받지 못했다는 이유
로 사람이 죽을 수도 있다는 사실을 그녀는 아주 잘 알았다. 잔은 감
정이 북받쳤다. 자기 말을 들어주고 지지하는 사람이 있었다. 하지
만 여전히 아들의 행동을 이해하게 해줄만한 단서는 전혀 없었다.

"마틴과 새아버지의 관계는 어떤가요?"

의사는 자연스럽게 물었다.

"아주 좋아요. 우린 근사한 방학을 보냈는걸요….""

"전에도 둘 사이에 갈등의 기미가 있었나요?"

"아뇨, 전혀."

"동반자 되시는 분은 본인이 당한 공격을 어떻게 받아들였나요?"

"…."

*

이틀 전 병원에서 돌아왔을 때, 마르크는 팔에 붕대를 감고 있었

다. 상처는 출혈이 심하긴 했지만 피부에 그쳤다. 신경 손상은 전혀 없었다. 그나마 긍정적인 소식이었다. 잔은 마르크에게 다시금 사건의 정황을 물었지만, 그도 그녀만큼이나 영문을 모르는 듯했다.

"솔직히, 도저히 이해가 안 가. 갑자기 내게 달려오더니…."

"반드시 이유가 있을 거야. 그런 식으로 행동하는 사람은 없어."

"그렇다고 믿어야겠지."

"위고는, 그 애가 무슨 말을 한 건 아닐까?"

"아니야, 그 녀석은 구석에 얌전히 있었어. 나도 충격이야, 완전히 다른 사람 같았어. 갑자기…."

"….."

"저기, 전에는 당신한테 이런 말을 하고 싶지 않았지만…."

"뭔데?"

"그 일 때문에 애가 약간 미친 것 같아, 해리 포터 이야기 말이야."

"마틴은 미치지 않았어. 그런 말 하지 마."

"그래, 하지만… 영화가 나왔다고 학교 가길 거부했잖아. 자기가 보기엔 그게 정상 같아?"

"….."

"내 말은 단지, 걔의 행동이 점점 이상해져 간다는 거야."

"하지만 자기는 늘 걔가 감수성이 풍부하다며… 그건 좋은 거잖아, 안 그래?"

"그래, 물론이지. 하지만… 무엇보다 걔는 혼자만의 세계에 사는 것 같아. 현실을 분간하지 못할 때가 있어. 그러니까, 내 팔을 보라고…."

"알아, 나도 알아….."

"괜찮아지겠지. 단지 치료를 받아야 할 뿐이야….."

"…."

"화나지 않았다고 내가 나중에 애한테 얘기할게."

"고마워. 곁에 있어줘서 고마워….."

사랑하는 남자의 품에 파고들며 잔은 나직이 말했다.

*

잔은 이 대화를, 그리고 마르크의 관점을 전했다. 나탈리 나무지안은 본능적으로 자기와 마주 앉은 여자가 정황을 모두 파악하고 있는 게 아니란 걸 느꼈다. 그녀는 재구성된 가족에서 의붓아버지나 의붓어머니에게 섣불리 정신적으로 불안정하다고 판단된 아동을 자주 접했다. 마틴에게 정신질환 병력은 전혀 없었다. 그의 폭력 행위는 특정 상황과 관련 있을 수 있었다. 아이가 위급한 상태로 병원에 실려서 오긴 했어도, 지금으로서는 어떤 정신장애로도 확정지을만한 단서가 없었다.

"언제 아들을 볼 수 있나요?"

잔은 걱정하며 물었다.

"며칠 후에요."

"엄마도 못 만나게 하는 줄은 몰랐어요….."

"절차입니다. 환자를 가정환경과 분리해야 해요."

"하지만 아이에겐 제가 필요해요….."

"저도 그 점은 한 치도 의심하지 않아요. 솔직히 말씀드리면, 어머님께는 아이에 대한 모든 권리가 있습니다. 퇴원 서명을 하시고 데리고 돌아가실 수도 있어요. 하지만 제가 파악한 정보들에 비춰볼 때, 그러시는 건 강하게 만류하고 싶습니다."

"…."

"현재 상황에서 전 마틴의 폭력성이 자신에게 향할 가능성도 있다고 봅니다."

"선생님 말씀은…."

"여기 있으면 안전하니까요."

"…."

잔은 이 여자를 믿고 싶었다. 그녀의 통찰력에 믿음이 갔다. 그럼에도 쉬운 결정은 아니었다. 상황은 그녀에게 너무나 벅찼다. 그 순간, 복도에서 헐떡이는 숨소리가 들렸고 그녀는 생각했다.

'내 아들이 미치광이들 사이에 있어.'

의사는 천천히, 신중하게 생각해 보라며 빈 사무실에 자리를 마련해 줬다. 마틴이 자살할지도 모른다는 위험이 그녀를 괴롭혔다. 15년 전, 그녀는 런던에서 아기를 낳았고 인생은 행복을 향해 나아가는 것 같았다. 그러나 바로 지금, 존은 이제 없고, 아들은 폐쇄병동에서 진정제에 취해 자고 있었다. 결국 그녀는 그를 여기 남겨두기로 결심하고, 유폐를 승인하는 서류에 서명했다.

볼드모트는 해리 포터의 부모님을 없앴지만 아이를 죽이는 데까지
는 힘이 미치지 못했다. 이마에 지워지지 않는 번개 모양 흉터를 남
긴 게 고작이었다. 그 뚜렷한 흔적은 이 둘이 장차 반드시 다시 만
나게 되리란 걸, 즉 최후의 결전이 벌어지리라는 가능성을 알렸다.

　마틴은 자기를 괴롭히던 이를 공격했지만, 진 것은 그였다. 이제
그는 외부와의 접촉이 완전히 차단된 채 혼자 병실에 있었다. 악의
세력은 계속해서 그의 인생을 파괴했다. 여기서 보낸 첫날 밤, 머
릿속에선 오랫동안 현실과 허구가 계속해서 뒤섞였다. 약물에 익숙
지 않았던 그는 정신적 열기의 미궁에서 길을 잃었다. 하지만 이튿
날 아침부터 생각을 가다듬을 만한 상태가 됐다. 후회는 전혀 들지
않았다. 오히려 밀려드는 건 해방감이었다. 살면서 그렇게 격분한
적은 처음이었다. 이제부터는 모든 게 달라질 것이다. 뒷일이 어떻
게 되든, 그는 다시는 그 남자와 한집에 살지 않을 작정이었다. 이
제부터는 어머니에게 말할 힘, 자신이 당해왔던 괴롭힘을 밝힐 용
기가 생길 것이다. 또한 새로운 힘으로 무장한 그는 침묵과 공포를
끝장낼 수 있을 거라고 확신했다.

　태도마저 새롭게 바꿔놓은 이런 긍정적인 기운으로, 그는 실패의
기억에 시달리지 않고 살 수 있을 날이 오기를 소망하기 시작했다.
그렇게 믿는 것이 옳았다. 어딘가에는 해결책이 있다. 좀 더 기다려

야 하겠지만, 찾아낼 것이다. 그리고 그 해결책은 뜻밖의 것이리라.

3

며칠간 그는 집중치료 시설에서 면회 없이 지냈다. 공원을 산책하고, 그 환경에서 보호받는 기분을 느꼈다. 밤에는 진정제 때문에 멍해졌다. 하지만 금세 투여량이 줄었다. 의사와의 첫 면담에서 마틴은 자기가 했던 일을 아주 명확하게 이야기했다. 후회한다는 기미는 조금도 드러내고 싶지 않았지만, 자기 행동이 폭력적이었다는 사실은 인정했다. 이처럼 신속하게 현실로 돌아오게 된 이유는 그가 관찰한 다른 청소년 환자들의 영향도 있었다. 한눈에 보아도 여기는 그가 있을 곳이 아니었다. 자살 기도를 한 아이들이 있는가 하면, 자해하는 아이들도 있었다. 그들은 훨씬 가혹한 삶의 불안 속에서 헤맸다. 그럼에도 오가는 말의 분위기는 대단히 온화했다. 병동에서 들리는 어떤 대화는 마치 상처에 대한 시 같았다. 그리고 직원들도 친절했다. 밤이면 폴란드 억양이 강한 두 남자가 환자를 감시했다. 언제고 그들을 찾아가 물 한 잔을 달라거나 실존적인 질문도 할 수 있었다. 그들은 항상 밤이 안겨주는 불안함에 해결책을 찾아주려고 애썼다.

드디어 마틴은 어머니와 다시 만났다. 다짐했던 대로 그는 처음으로 공원을 산책하는 자리에서 모든 얘기를 털어놓았다. 그녀는 몇 차례나 질문하며 이야기를 끊으려 했다.

"대체 왜 진작 말하지 않았니? 왜?"

그는 일단 긴 이야기를 끝까지 하고 싶었다. 그가 느낀 감정을 구석구석 자세히 말로 표현하고, 꾹꾹 눌러 담았던 것을 완전히 내보내야 했다. 아들의 고백에 머리를 얻어맞은 듯 잔은 벤치에 앉아야 했다. 처음 든 감정은 분노보다도 죄책감이었다. 어떻게 아무것도 모르고, 아들을 이렇게 괴로워하도록 내버려둘 수 있었을까? 결국 마틴이 그녀를 안심시켰다. 그리고 둘은 말로는 표현할 수 없는 감정을 몸으로 대체하려는 듯 부둥켜안았다.

마틴은 자기 병실로 돌아갔다. 병원을 나서려는 순간 잔은 실신할 것 같았다. 그래서 아무 사무실에나 들어갔는데, 며칠 전 어려운 결정을 했던 바로 그 방이었다. 역사는 반복된다. 잔은 마르크의 직장으로 한달음에 뛰어가 욕설을 퍼붓고, 때리고, 해명을 요구할 수도 있었다. 하지만 그의 설명 따위 듣고 싶지 않았다. 그의 입에서 나올 한 마디 한 마디를 생각하면 벌써 속이 뒤틀렸다. 역설적으로 그녀의 분노는 대면으로 표출하기에는 너무 강력했다. 바로 행동에 나서, 이삿짐 업체를 불러 곧장 집을 떠나야 했다. 프랑스에 돌아온 이후 그녀는 임차인을 위해 가구가 갖춰진 집에서만 살았다. 짐을 전부 옮기는 데는 한 시간도 안 걸렸다. 그래, 그거다. 해야 할 일은 그거였다. 달아난다, 당장 달아나는 거다. 오늘 밤 그가 돌아오면 아파트는 텅 비어있을 것이다. 새집을 찾을 때까지 그녀는 친구 집에서 자면 된다. 마르크는 틀림없이 전화와 메시지로 괴롭히겠지. 대꾸하지 않을 것이다. 그녀는 잠자리에 들기 전 오랫

동안 뜨거운 물로 샤워할 작정이었다. 씻고 또 씻는다. 여전히 병원의 빈 사무실에 있는 그녀의 눈앞에 보이는 이미지는 물줄기를 맞고 있는 자신의 몸이었다.

4

마르크는 다음 날 아침 《르푸앙》 지부에 찾아왔다. 잔은 안내 데스크로 내려와, 감히 또 찾아온다면 고소하겠다고 알렸다. 그는 영문을 모르는 척하며 듣기 좋은 말로 그녀를 달래려 했다. 그런데도 그녀가 꿈쩍하지 않자 결국 그는 고함을 질렀다.

"그 녀석이 당신에게 뭐라고 했길래 그래? 적어도 왜 그러는지는 말해줘야 할 거 아냐!"

잔이 침묵으로 일관하자 그는 말을 이었다.

"어떻게 그 말을 믿을 수가 있어? 그 애가 정상이 아니란 걸 잘 알면서… 우리를 갈라놓으려는 거야….'

그러자 그녀는 고개를 돌리고, 쏘아 죽일 듯이 노려보면서 힘주어 말했다.

"앞으로 다시는 내 아들 얘기 입에 올리지도 마. 다시는.'

이번에는 그가 멍하니 입을 벌리고 있다가, 더듬거렸다.

"하지만 은박지 일은 난 몰랐어… 아니 잊어버렸어…. 날 믿어줘야지… 내 사랑….'

말을 채 듣지도 않고 엘리베이터 쪽으로 걸어가는 그녀의 팔을 그가 거칠게 움켜쥐었다.

"내 말을 믿어줘야 해!"

경비원이 달려와 폭행범을 제압하고 출구로 떠밀었다. 자동문을 지나가는 순간 그는 비장하게 "사랑해!"라고 외쳤다. 그 순간 잔은 너무, 너무나 수치스러웠다. 그녀는 경비원에게 감사 인사를 했지만, 잠시 머무르며 유리 벽 너머로 마르크를 지켜보았다. 그는 멀어져 점이 됐고, 아주 작은 점이 됐다가, 마침내 사라졌다. 그녀에겐 더 이상 그가 보이지 않았다. 적어도 지금은 말이다.

그녀는 사무실로 돌아와 앉아, '저 작자랑 아이를 안 가졌으니 다행이지'라고 생각했다. 매일 밤 그들은 사랑을 나누었고, 그녀는 자기 몸에 바싹 붙은 그의 몸을, 그 거짓된 몸을 느꼈다. 그 일을 생각하면 한참 동안 구역질이 날 것이었다. 로비에서 일어난 소동을 전해 들은 동료 한 명이 고개를 들이밀고 괜찮냐고 물었다. 잔은 겉치레뿐인 미소를 지어 보이고 사무실 문을 잠갔다. 오늘은 아주 작은 시선도, 더는 견딜 수 없었다.

5

사흘 뒤 마틴은 퇴원했다. 잔은 아들에게 앞으로 마르크를 볼 일은 두 번 다시 없을 거라고만 했다. 로비에서 있었던 일은 상세히 말하지 않았다. 이제부터 두 사람의 인생 서사에서 그를 몰아내야 했다. 잔은 24시간 만에, 마침 어떤 할머니가 요양원에 들어가며 비게 된 방 두 칸짜리 집을 찾아냈다. 그리하여 그들은 1970년대에

175

사라졌을 법한 실내장식 속에 살게 됐고, 눈을 의심하게 만드는 갈색과 오렌지색의 방수포가 깔린 주방에서 식사했다. 거실에서는 괘종시계가 난폭하게 시간을 알리는 소리가 들렸다. 순간을 지배하는 진정한 독재자였다. 현대적인 것으로부터 완전히 벗어난 이 틈새에서, 평화는 다시금 가능해 보였다.

둘은 한 몸처럼 서로를 아끼고, 보호하는 관계를 되찾았다. 물론 여전히 힘든 순간들도 있었다. 그런 일을 겪고도 아무렇지도 않을 수는 없는 법이다. 잔은 마르크가 계속해서 메시지를 보내며 부인과 자백을 번갈아 늘어놓는다는 사실을 말하지 않았다. 그리고 마틴은 악몽을 꾸고 밤중에 깨어난다는 것을 말하지 않았다. 때로 힘겨운 이 환경에서 멀어지려고 그들은 런던으로 주말여행을 떠나 과거의 흔적을 밟았다. 존의 무덤 앞에 서자 추억들이 아름다움과 다정함을 고스란히 간직한 채 되살아났다. 로즈와 한잔할 기회까지 있었는데, 로즈의 머리칼은 이번에는 오렌지색이었다. 그녀는 곧 결혼할 거라 알렸다. 분명 영국을 다시 찾을 기회가 될 터였다. 종종 보모를 자신의 비극과 연관시켰던 마틴이었지만, 지금은 좋았던 순간들만 생각났다. 사실 그는 해리 포터 생각을 좀 덜하게 됐다. 최근 있었던 사건들 때문에 어떤 면에서는 주의가 분산됐다. 그래서인지 그는 이렇게 자문하기에 이르렀다.

'날 그렇게 괴롭혔던 일에 골몰하지 않으려면 앞으로도 더 큰 고통을 겪어야 하나?'

이런 가정을 하면서, 그는 영국식 유머가 엿보이는 가벼운 미소를 지었다.

～ 6 ～

10월 말, 잔은 《해리 포터》 대장정의 탄생 과정에 대해 책을 쓰려는
영국 기자에게 연락을 받았다. J. K. 롤링이 쓴 첫 단어에서부터 영
화 촬영까지를 망라할 작정이었다. 피터 테일러라는 이름의 그 기
자는 캐스팅 과정을 조사하다가 재닛 허신슨이 언급한, '다른 아이'
에 대해 알아보았다. 서류에 부모 이름이 쓰여있던 덕에 잔을 찾아
낼 수 있었다.

"아들은 그 얘기를 하고 싶어 하지 않아요…."

그녀는 즉시 대답했다. 그래도 그는 몹시 끈질기게 매달리며 파
리로 와서 그녀를 만나겠다고 제안했다.

상처를 다시 헤집어 놓게 될까 두려워 망설이다가, 잔은 마침내
이 대화 내용을 아들에게 전했다. 마틴은 누구와도 그 얘기를 하고
싶지 않다는 뜻을 분명히 밝혔다. 하지만 어머니는 새로운 가정을
내세웠다.

"어쩌면 말하는 게 네게 도움이 될지도 모르잖니."

"…."

"무엇보다도… 그러면 이 역사 속에 네 자리가 생길 거야."

"자리라고요? 그렇지만 전 역사의 낙오자라 여겨지기 싫어요."

"넌 낙오하지 않았어. 그들이 다른 사람을 택했을 뿐이야."

"상관없어요, 전 이름을 올리고 싶지 않아요."

"미안하구나, 그냥 생각해 본 거야."

"알아요, 엄마. 하지만 잊고 넘어가지 못한다는 게 저도 괴로워요. 질투라고 말할 수 있겠지만, 그보다 훨씬 더해요."

"뭔데?"

"…."

"말해주렴."

"가끔 전 제 인생을 도둑맞은 것 같아요."

잔이 보기에 이 표현은 무서울 정도로 과격했다. 그녀는 아들에게 제 행동이 지나쳤다는 점을 인정시키려 애썼다. 그가 그런 식으로, 그렇게 대놓고 자기가 느끼는 바를 표현한 적은 한 번도 없었다. 어떻게 다른 사람이 자기 자리를 빼앗았다는 생각을 품고 살아갈 수 있단 말인가? 접이식 간이 의자에 앉아 삶을 헤쳐 나가는 기분일 것이다. 마틴은 결국 말투를 누그러뜨렸지만, 기자를 만나는 건 절대 사절이었다. 잔은 기자에게 익명으로 남고 싶다는 아들의 바람을 존중해 달라고 요청했다. 책에 그는 '해리 포터가 될뻔했던 다른 아이'로 나올 것이다. 그는 행간에 머무르게 되리라.

7

잔은 아들을 설득해 말을 끌어내려는 시도를 그만두기로 결심했다. 거꾸로 그가 권하는 대로 앞으로는 그 저주받은 화제를 꺼내지 않기로 했다. 전반적으로 그녀는 이 회피술을 완벽하게 잘해냈다. 빗자루질을 하지 않은 건 두말할 것도 없었다.

평온해지는 길은 아직 멀어 보였다. 그래도 마틴은 거의 정상적으로 학교생활을 해나갔다. 한 달 뒤처져 학년을 시작했는데도 말이다. 자기를 보호하려는 바람을 굳게 지키느라, 그는 여전히 친구를 사귀는 걸 피했다. 주말에 어디 초대받는 일 따윈 전혀 없었으므로 남는 시간에는 대부분 영화를 보았고, 그러다 보니 제법 정통한 영화광이 됐다. 이따금 잔은 마틴의 방문을 살짝 열고 그가 자기만의 거품 속에 살고 있는 광경을 보았다. 아들의 아버지와 마찬가지로 이렇게 자기 자신과 나누는 대화만큼 그를 진정시키는 건 없어 보였다. 아들의 고독을 깨기 위해 잔은 가끔 저녁 식사 모임을 열었다. 손님들에게 대놓고 "해리 포터 얘기는 절대 하시면 안 돼요!"라고 명령할 수는 없었다. 그래서 차라리 시대에 뒤떨어진 정치학자들을 초대했다. 그들과는 아주 평온히 미얀마나 우크라이나 얘기를 나눌 수 있었다. 요컨대, 아들의 기분 전환을 위해 그녀는 죽을 만큼 지루한 분위기를 조성했다. 그렇기는 해도 다들 마틴의 교양에 혀를 내둘렀다. 그는 현시대의 지정학적 쟁점들에 대해 술술 이야기할 줄 알았다. 그가 자기 과거로 인해 형벌에 처한 채 살고 있는 줄은 모르고, 사람들은 그의 장래가 유망하리라고 예상했다.

이런 예측은 옳았다. 이듬해 그는 바칼로레아에서 '최우수' 성적을 받았다. 하지만 시험 전 몇 주는 스트레스가 특히나 심했다. 철학과 해리 포터를 엮은 주제가 나온다는 소문이 있어서였다. 일부 학구에서는 학생들에게 'J. K. 롤링은 사르트르주의자인가?' 같은 질문에 답하게 했다. 이 질문에는 호그와트에서 입학식 때 학생들에게 기숙사를 정해주는 마법 모자가 등장하는 발췌문이 제시됐다. "우리의 선택에서 우연의 이런 중요성은 사르트르의 유명한 사유, '실존은 본질에 앞선다'를 암시하는 것인가?" 같은 주제가 나온다면 마틴은 끝장이었다. 언제라도, 전혀 예상하지 못했을 때조차, 그는 '해리 포터' 공격의 희생자가 될 수 있었다. 자신에게 주어진 주제를 알고 나서 그는 안도의 한숨을 쉬었다.

"우리가 우리 자신을 의식하려면 타인의 존재가 필요한가?"

결과가 발표된 날 밤, 그들은 샴페인을 들며 좋은 소식을 축하했다. 단둘뿐이었지만 행복하기에는 그걸로 족했다. 지금까지 마틴은 장래에 관한 질문들을 뿌리쳐 왔다. 언제나 어머니에게 걱정하지 말라고, 자신의 길을 찾을 거라고 말했다. 몇 주 전, 입학 지원서를 작성하면서 그는 문학부와 역사학부에 지원했다. 하지만 마음 깊은 곳에서는 앞으로도 사람들과의 교류를 최대한 피하리란 걸 잘 알고 있었다. 고등학교에서의 지난 두 해는 힘겨웠고, 따라서 질문은 여전히 남아있었다. 인생에서 무엇을 할 것인가?

8

그해 여름 그들은 그리스를 다시 찾았다. 그리스 여행은 두 사람의 의식이 됐다. 그해 8월은 유독 무더웠고, 기온이 40도를 넘는 날이 많았다. 설상가상으로 건조한 날씨 때문에 삼천 건이 넘는 산불이 났다. 그런 일은 처음이었다. 유럽 모든 국가에서 카나데어(산불 진화에 사용하는 살수 비행기—옮긴이)를 보내 그리스 소방관들을 도왔다. 아테네 외곽의 언덕 높이 있는 호텔에서, 마틴과 잔은 주변의 불길을 바라보았다. 비극에 그처럼 감탄을 느낀다는 건 뭔가 오싹했다.

그들은 배를 타고 산토리니를 재방문했다. 바닷속으로 잠수하며 하루를 보낸 뒤, 마틴은 이쪽 방면으로 나가야 하지 않을까 자문했다. 그에게 다이빙을 처음 가르쳐 준 코스타스처럼, 그도 다이빙 지도자가 되어 깊은 물 속에서 시간을 보낼 수 있었다. 동시대인을 두려워하는 공포증 환자에게 그보다 나은 직업이 있을까? 물 속에서는 누구도 《해리 포터》 얘기를 하지 않을 것이다. 하지만 정말로 그 일에 인생을 바치고 싶은가? 아니었다. 즐거운 일임은 틀림없고, 몇 시간의 환상적인 도피는 되겠지만, 직업으로 삼을 일은 아니었다. 그럼 또 뭐가 있을까? 프랑수아 트뤼포의 〈도둑맞은 키스〉를 떠올리며, 그는 호텔에서 야간 경비원으로 일하는 것도 괜찮겠다고 생각했다. 밤을 살아간다는 데는 이점이 있었다. 인간 대부분이 잔다는 것이다. 휴가 내내 그는 이렇게 사람과 마주칠 위험이 적은 직업들을 하나하나 떠올렸지만, 갑자기 명백한 깨달음을 얻은 순간은 프랑스로 돌아오는 비행기 안에서였다.

전 세계를 장악한 모험담에 상처받은 동물, 마틴은 숨어있기 더없이 좋은 장소를 찾아냈다. 고대 조각품이나 고전주의 유화가 새로운 보금자리가 될 것이었다. 루브르 박물관은《해리 포터》가 없는 세상의 이상향이었다.

　박물관 경비원, 그가 해야 할 일은 바로 그거였다. 과거를 호흡하며 살아가는 장소 그리고 누구도 말을 거는 일이 없는 장소에 있는 거였다. 이메일로 이력서를 보내는 것만으로 면접을 잡을 수 있었다. 채용 담당자 자클린 자냉은 주로 대학생을 뽑았다. 어느 날 아침 그녀는 비좁은 편인 자기 사무실에서 마틴을 맞이했다. 그녀는 목소리가 작았고 자주 사과하는 부류의 사람 같았다. 루브르에서 평생 일했기에[그녀에게 벨페고르(기독교의 일곱 대죄에서 '나태'에 해당하는 악마. 프랑스에는 벨페고르가 한밤에 루브르 박물관을 걸어 다닌다는 도시 전설이 있음—옮긴이)라는 별명을 붙인 이들도 있었다] 온갖 다양한 지원자를 보는 데 익숙했지만, 마틴의 프로필은 첫눈에도 특이해 보였다.
　"이해할 수가 없네요. 바칼로레아 성적이 이렇게 좋은데 왜 학업을 계속할 생각은 없는 거죠?"
　"제가 있어야 할 곳은 여기라는 느낌입니다."
　"학업과 병행하지 못할 것도 없죠. 전시실 경비는 신나는 일이라곤 할 수 없어요. 특히 루브르에는 사람이 많으니, 쉽지 않죠."

"....."

"혹시 마음이 바뀌면, 시간표야 나중에 언제라도 조정할 수 있을 거예요."

"감사합니다."

"어쨌든 충고 하나 해도 된다면, 소설을 쓴다고 하세요."

"무슨 말씀인지요?"

"사람들은 늘 호기심이 많죠. 당신은 딱 봐도 독특한 유형 같으니 질문을 해댈 거예요. 그럴 때는 소설을 쓴다고 하세요. 언제나 잘 통하거든요. 어떤 상황에도 잘 먹히는 완벽한 구실이죠."

조금은 아리송한 조언을 마지막으로 면접은 끝났다. 마틴은 이 여성이 자신에게 매우 자상하게 대한다고 여겼다. 그 이유를 알게 되는 건 한참 후다. 일단 그는 의자에 앉아 전시실을 지키는 관리인이 될 예정이었다. 초보자는 대개 외풍이 드는 복도에 배치되고, 화장실 옆으로 가는 경우도 있었다. 그런 일에 아랑곳하지 않고 마틴은 박물관에서 가장 재미없는 곳에서 처음 며칠을 보냈다. 그리고 서열이 높아질수록 〈모나리자〉에 가까워졌다. 신입 직원의 성실함은 금세 눈에 띄었고 그는 이집트관에 배치됐다. 분명 마틴의 자리는 여전히 한구석이었지만, 의자 끄트머리에 앉아 안간힘을 쓰면 미라나 항아리의 그림자가 눈에 들어왔다. 이번에도 그는 직업의식을 인정받아, 투탕카멘의 석관에서 나온 직물 앞에 고정적으로 자리 잡게 됐다.

*

어느 날, 그는 쉬는 시간에 〈모나리자〉를 보러 갔다. 예상했던 대로 세계에서 가장 유명한 그림 주변은 열광의 도가니였다. 그 광경을 바라보며 마틴은 생각했다.

'〈모나리자〉는 그림의 《해리 포터》야.'

그 자그마한 액자 주변엔 아무것도 존재하지 않는 듯 보였다. 그는 전시실의 다른 작품들을 훑었다. 모나리자 주변에 있던 관람객들의 눈에는 전혀 들어올 리 없는 작품들이었다. 마틴은 그것들과 자신을 동일시했다. 그 역시 꿈에 한없이 가까이 갔다가 무명으로 묻히고 말았다. 그의 운명은 〈모나리자〉 옆에 걸린 그림의 운명과 같았다. 그는 한 작품에 다가갔다. 파리스 보르도네(1500~1571)의 〈토마스 스타엘의 초상〉, 16세기의 유화였다. 화가는 그가 모르는 이였고, 토마스 스타엘이라는 인물은 나중에 찾아봤지만 어떤 정보도 나오지 않았다. 누구도 쳐다보지 않는 이 작품 때문에 마음이 뒤흔들려, 그는 이 토마스 스타엘과 감정적 유대를 느꼈다.

*

루브르가 도피처라 해도, 곤란한 순간들은 있었다. 마틴은 먼발치에서 해리 포터 티셔츠를 입은 10대 소년을 본 적 있었다. 관련 상품, 그건 정말 골칫거리였다. 해리 포터 얼굴이 그려진 의류 외에도 마틴은 가령 오가는 길에 있는 맥도날드에서 갑자기 퀴디치 메뉴를 내거나, 동네 자라(Zara)에서 호그와트 상징색 컬렉션을 선보일까 두려웠다. J. K. 롤링은 언제라도 다시 나타날 수 있었다.

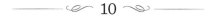

10

잔은 아들이 학업을 계속하지 않는 게 아쉬웠지만, 이건 그의 선택이었다. 이제 그는 성인이었다. 그리고 나중에도 얼마든지 생각을 바꿀 수 있었다. 어쨌든 그들의 역사는 새로운 단계를 맞았다. 이제 마틴이 직장에 다니게 됐으므로 어머니는 생각했다.

'떠날 때가 됐어.'

이따금 잔은 자신이 아이를 과잉보호한다고 느꼈다. 어쩌면 아이가 신경증 상태에서 적극적으로 벗어나지 않으려는 것은 자기의 그런 태도에도 책임이 있을지 모른다는 생각이 들었다. 하지만 달리 어떻게 할 수 있었겠는가? 그녀는 아들이 사회적인 약점이 있어도 살아가도록 도우려 했을 뿐이었다. 하지만 그 결과가 신통찮다는 부분은 인정해야 했다. 그는 그녀에게 의지했고, 일상생활은 여전히 어려웠다. 그러니 그를 내버려두는 것도 한 방법이었다. 마틴은 독립적으로 살아야 했고, 어쩌면 그렇게 해서 두려움에서 해방될 수도 있었다.

벌써 몇 달 전, 잔은 《르푸앙》의 워싱턴 특파원이 돼달라는 제안을 받았다. 미국의 정치 상황은 흥미진진했다. 전혀 예상치 못했던 인물이 부상했다. 카리스마 있는 아웃사이더가 2월 10일 민주당 경

선에 나서겠다고 선언했고, 이후 줄곧 힐러리 클린턴과의 격차를
줄여갔다. 그는 많은 이들에게 커다란 희망의 열기를 불러일으키기
시작했다. 더 이상 의심의 여지는 없었다. 이 남자를, 버락 오바마
를 지켜봐야 했다.

　일은 신속하게 진행됐다. 그들은 집을 내놓았고, 마틴은 작은 셋
방을 구했다. 짐은 별로 없었다. 책, 영화 디브이디, 옷가지가 전부
였다. 금세 정리되는 물질생활이었다. 잔도 마찬가지였다. 그녀는
상자 몇 개를 미리 대서양 반대편으로 보냈다. 출발이 머지않았다.
이별로 말미암아 크게 달라질 서로의 생활에 대해, 그들은 처음에
는 가볍게 이야기했다. 마치 실제 이별 따윈 남의 일인 것처럼 말이
다. 하지만 때로는 우리가 하는 말의 현실을 믿어야 한다. 출발하
는 날, 마틴은 공항까지 어머니를 배웅했다.
　"알지? 무슨 일 있으면 전화해. 그러면 당장 돌아올 테니까."
　출국하기 전 잔은 말했다.
　"네, 엄마. 알아요. 벌써 말씀하셨잖아요."
　"그래, 그래."
　"자, 가세요. 이러다 비행기 놓치겠어요."
　"내 사랑, 나 갈게. 네가 정말 보고 싶을 거야."
　"저도 그래요, 엄마."
　"도착하자마자 전화할게."
　"네."
　"아, 아니다. 도착하면 너는 밤이겠구나. 깨우고 싶지 않아."

"좋아요, 그러면 나중에 통화해요."

"그보다 네가 아침 시간일 때까지 기다려야겠다… 그러면 내 쪽 시간이 너무 늦어지긴 하겠지만….."

"엄마! 진짜 비행기 놓치겠어요."

"갈게, 괜찮아."

"사랑해요."

"나도 사랑한다."

둘은 한참 동안 부둥켜안았다. 그런 후 잔은 세관을 지났다. 탑승구로 가는 길에 그녀는 계속해서 뒤돌아보았다. 되풀이하고 또 되풀이해서, 그들은 작별의 손짓을 주고받았다. 마틴이 시야에서 사라지기 직전, 잔은 그가 정말로 제 아버지를 닮았다고 생각했다.

11

마틴이 앉아있는 전시실 반대편 끝에서, 스무 살쯤 된 동료 직원이 이따금 그에게 눈길을 주었다. 이 아가씨는 그와 시간표가 같은 게 분명했다. 사람과의 교류에 익숙지 않았기에, 아니 솔직히 말해 사람만 보면 저 멀리 도망치고 싶었기에 마틴은 고개를 돌렸다. 그녀의 눈에 이런 태도는 가슴 뭉클하게 비쳤다. 그가 들끓는 내면을 지녔지만 심한 수줍음쟁이일 거라 상상했다. 마틸드라는 이름의 이 아가씨는 결국 그에게 다가가 이곳이 마음에 드느냐고 가볍게 물었다. 마틴은 깜짝 놀란 채 한참이 지나서야 이 별것 아닌 질문에 대꾸할 말을 찾아냈다. 단순한 대화를 나누는 법조차 이제는 잘 몰라서이기도 했지만, 명확히 해두어야 할 다른 점도 있었다. 그가 보기에 그녀는 매력적이었다. 고독의 왕국에서 헤매며, 자신을 사랑하고 이해해 줄 여자를 만나는 꿈을 몇 번이나 꾸었다. 하지만 지금은 시작이 그리 좋지 않아 보였다. 여전히 그녀를 쳐다볼 엄두조차 나지 않았기 때문이다. 그녀가 왜 사람을 앞에 두고 시선을 피하냐고 지적하자, 그는 결국 상당한 노력을 들여 고개를 들었다. 그녀는 그의 앞에, 두려울 정도로 가까이 서 있었다.

그 순간부터 그녀는 빈번히 그를 보러 왔다. 둘은 차차 서로를 알아갔다. 마틸드는 브르타뉴에서 왔고, 브르타뉴 출신임을 몹시 자랑스럽게 여기는 듯했다. 미술대학 학생인 그녀는 파리에서 거주하는 생활비를 대기 위해 박물관에서 일했다. 하루는 그녀가 카미유 클로델을 숭배한다고 말했다. 그녀는 영화에서 카미유 클로델을 연기했던 이자벨 아자니에 대해 열띠고 동경 가득한 기나긴 독백을 늘어놓았다. 그들의 대화는 이렇게 이뤄지기 시작했다. 마틴이 경비원 일과 학업을 병행하지 않는다는 사실을 알고 마틸드는 이유를 물었다. 뭐라 말할지 몰랐던 그는 끝내 "소설을 쓰는 중이거든"이라 중얼거렸다. 확실히 이 대답은 엄청난 효과가 있었다. 그녀는 그의 선택을 완전히 이해할 테고 질문은 해결될 것이다. 유일한 문제점은, 마틸드가 그 소설에 대해 더 알고 싶어 했다는 점이다. 그렇게 그는 쓰지 않는 소설 얘기를 하기 위해 소설을 써야 하는 처지가 됐다. 한 가지 분명한 것, 문학보다 훨씬 더 확실한 것은, 그녀가 점점 더 마음에 든다는 사실이었다. 어째서 그렇게 아름다움을 멀리하며 살았을까? 물론 스스로를 지키기 위해서였다. 그러나 지금 마틴은 통증 없는 고독 속에서 계속 살기보다 이 여자와 함께 고통스러워하는 편이 좋았다.

사실 이 만남은 마틴에게 큰 도움이 됐다. 마틸드가 자신을 좋아한다는 것을 느끼면서, 그는 자신의 가장 좋은 모습을 가꿔나가기 시작했다. 그는 재미있고, 굉장히 매력적이고, 진정한 교양을 갖춘 청년이었다. 어느 날 밤 산책하던 중 둘은 드디어 키스했다. 마틴은 그 키스를 자기 셋방까지 가져갔다. 살아보니 너무 작은 방이었다. 다음 날, 둘은 토요일 밤을 함께 보내기로 했다. 아마 사랑을 나누게 될 것 같았다. 마틴은 불안에 사로잡혔다. 당연했다. 그에겐 첫 경험이었다. 마틸드는 좀 더 경험이 있었다. 그녀는 크로종에서 이웃에 살던 로익과 3년을 사귀었다. 하지만 파리로 오게 되면서 헤어짐을 택했다. 그녀는 장거리 연애를 믿지 않기 때문이라고 이유를 밝혔다. 진실은, 보티첼리가 파스타 상표인 줄 아는 남자와 인생을 함께할 수 없었기 때문이었다.

그래서 그들은 마틸드의 원룸에서 만났다. 이케아 카탈로그에서 곧장 나온 듯한 방이었다. 배경음악으로 재즈가 깔린 은은한 분위기 속에서 그들은 목제 침대의 가장자리에 앉아 맥주를 한 캔씩 마셨다. 마틸드는 가끔 일어나 창가에서 담배를 피웠고, 연기의 소용돌이는 움직이지 않고 잠깐 머물렀다. 얼마 후 키스가 두 사람이 나누는 최고의 대화가 됐다. 마틴의 심장은 미친 듯이 뛰기 시작했다. 믿어지지 않을 정도로 행복했다. 그러나 침대에 누우려던 바로 그 순간, 그의 눈에 책 무더기가 들어왔다. 왜 진작 눈치채지 못했을까? 그러나 지금은 눈에 확 들어오고야 말았다.

그리고
그랬다.
그에게 보인 건 《해리 포터》 한 권이었다.
이럴 수는 없었다.

그 책은 《비밀의 방》으로, 이 순간에 특히 어울리는 제목이었다. 마틴은 온몸을 엄습하는 불안을 억누르려 애썼지만 그럴 수 없었다. 너무나 커다란 행복을 경험하던 순간 가해진 불의의 기습에 완전히 비틀거렸다. 결국 그는 몸을 뒤로 물렀다.
"괜찮아?"
"응…, 응….."
"그럴 수도 있지 뭐. 긴장하는 것도 당연해. 나도 그런걸…."
마틸드는 그를 안심시키려 했다.

어쩔 도리 없이, 마틴의 정신은 완전히 두서없이 흩어졌다. 실패가 되돌아와 그를 비웃고, 행복의 귀중하고 은밀한 구석까지 그를 쫓아왔다. 그는 그 감정을 물리치고 싶었다. 그런 기분은 터무니없었다. 집에 《해리 포터》 책이 있는 건 지극히 자연스러운 일이었다. 하지만 뇌리에서 떠나지를 않았다. 마틸드가 뭐라고 말했지만 그의 귀에는 더 이상 그녀의 목소리가 들리지 않았다. 데이비드 헤이먼의 말이 다시금 머릿속에 울리며 그가 선택받지 못했음을 알렸다. 어린 시절 겪은 수모의 이미지가 계속, 계속 현재와 뒤섞였다. 뇌에 무한한 윙윙거림이 가득 차고, 시야가 흐려졌다. 몸이 너무나 뜨거워지기 시작했다. 마틸드가 도와주려 했지만, 그는 가야겠다고 웅얼거렸다.

"뭐라고? 말도 안 돼⋯."

그녀는 한숨을 쉬었다. 마틴은 대꾸조차 할 수 없었다. 그는 일어서서 그 집을 떠났다.

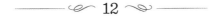

—— ❧ 12 ❧ ——

일요일 하루 종일 마틴은 생각에 잠겼다. 그 정도로 동요했다는 게 믿어지지 않았다. 모든 게 최악의 순간에, 음흉한 연출로 되돌아와 그를 괴롭혔다. '이럴 수는 없어', '절대 날 놔주지 않을 거야'라며 그는 줄곧 되풀이했다. 그렇게 행동한 게 수치스러웠다. 마틸드가 여러 차례 연락하려 했으나 헛수고였다. 그녀는 해명을 듣길 원했고, 이는 당연한 일이었다. 그는 얼이 빠진 채 전화는 받지 않고 휴대전화 화면에 나타난 이름만 보고 있었다. 다음 날 아침, 마틴은 마틸드가 출근하길 기다렸다. 그리고 그녀를 보자마자 다가가 곧장 자기 행동을 사과했다. 그날 저녁 한잔하기로 약속해 준다면 전부 설명하겠다고 맹세했다. 하지만 그녀는 고개를 저었다. 토요일 밤 그가 당황했던 일이라면 용서할 수 있었겠지만, 일요일의 침묵은 그럴 수 없었다. 아무것도 모르는 상태로 자신을 그렇게 내버려둔 짓을 참을 수 없었다. 며칠 후 마틸드는 베르뇌유 거리의 어느 미술상에서 수습 직원으로 일하게 됐다. 그녀는 루브르를 떠났고, 둘은 다시는 만나지 않았다. 마틴이 모든 걸 망쳐버렸다.

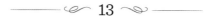

13

어머니와 통화할 때 그는 "네, 잘 지내요", "네, 정말이에요", "엄마, 다 잘 되어간다니까요"라고 대답하며 삶의 긍정적인 면만 얘기했다. 하지만 진실은 전혀 달랐다. 마틸드 사건은 충격이었다. 두 번 다시 그런 순간을 경험하고 싶지 않았다. 물론, 중요한 순간 실패의 상징이 나타난 건 견디기 힘든 일이었다. 하지만 그렇게 사소한 일로 무너져서는 절대로 정상적인 삶을 살 수 없다는 걸, 그는 잘 알고 있었다. 정면으로 적을 마주 봐야 했다. 그는 서점에 가서 《해리 포터》 한 권을 살 작정이었다. 더 이상 이런 혹은 저런 상황에 부닥치리라는 두려움, 이런 혹은 저런 장소에 가야 한다는 두려움 속에서 살 수는 없었다. 보이지 않는 울타리 안에 갇힌 듯한 삶을 더는 참을 수 없었다.

어느 토요일, 아침 10시쯤 그는 집을 나섰다. 가는 길에 여기저기 멈추며, 짐짓 태연한 척 산책을 했다. 마침내 목표물이 눈에 보였다. 리볼리 거리의 갈리냐니 서점이었다. 그는 아무렇지 않은 척

들어갔다. 첫걸음부터 자부심을 느낄 수 있었다. 신간 매대의 책들을 눈으로 훑어보니 친숙한 이름은 하나도 없었다. 그는 현대와 너무나 동떨어져 있었다. 다음 매대에서는 《투쟁 영역의 확장》이라는 제목의 소설이 눈에 들어왔다. 마치 자기 행동의 슬로건처럼 들리는 그 제목이 무척 마음에 들었다. 마틴은 마음을 정하지 못하고 잠깐 책 더미 앞에 서 있었다. 청소년 문학 서가를 찾아 서점을 돌아다녀야 하나? 아니면 도움을 청해볼까? 도저히 어떻게 진행해야 할지 몰랐다. 마침내 직원 한 명이 그에게 다가왔다.

"도와드릴까요?"

'아뇨, 감사한 말씀이지만, 아무도 절 도와줄 수 없어요…'라고 속으로 생각했지만, 결국 《해리 포터》 책들이 어디 있냐고 물었다. 직원은 종종 되풀이했을 게 틀림없는 동작으로 즉시 서가를 가리키며, "영어판도 있답니다"라고 덧붙였다. 왜 그런 말을 했을까? 그가 이중언어 사용자라는 걸 이 직원이 어떻게 안 것일까? 마틴은 가벼운 피해망상 성향도 고쳐야 했다. 직원은 그저 습관적으로 그 정보를 알려줬을 뿐이었다.

책 무더기에서 마틴은 최근에 나온 책을 골랐다. 《해리 포터와 죽음의 성물》. 어쩌면 거기엔 앞으로 이뤄질 부활의 상징 같은 게 있을지 몰랐다. 그의 목적은 책을 읽는 게 아니라 구입하고, 손에 쥐고, 집에 두는 것이었다. 마틸드의 집에서 겪었던 공황 이후, 그는 지금부터 하려는 대면이 더 어려우리라 짐작했다. 하지만 그렇지 않았다. 마틴은 제법 평온하게 이겨냈고, 무사히 계산을 마친 뒤

서점을 나왔다. 임무 완료였다.

—— ❧ 14 ❧ ——

하지만 예민함에서 벗어나는 과정이 거기서 멈출 순 없었다. 오는 7월 15일이면 시리즈의 여섯 번째 영화, 〈해리 포터와 혼혈 왕자〉가 개봉했다. 그에겐 거쳐야 할 단계가 남아있었다. 영화였다. 그래도 늑대 아가리에 바로 몸을 던지기 전에 연습을 해두는 게 나았다. 마틴은 예술영화나 실험적인 영화를 틀어주는 상영관은 종종 다녔지만, 대형 멀티플렉스에는 10년 이상 발을 들이지 않았다. 집 근처에 포럼 데 알 UGC가 있었다. 로비에는 거대한 광고지가 현재 흥행작을 자랑하고 있었다. 〈행오버〉였다. 포스터가 재미있어 보여 마틴은 그 영화로 정했다. 자리에 앉자, 그는 상영 시작을 애타게 기다리는 주변의 젊고 명랑한 사람들을 관찰했다. 심장이 조여드는 느낌이었다. 지금 해내려는 일 때문이 아니라, 자기가 청춘을 얼마나 비껴갔는지를 눈으로 직접 보아서였다. 남들 인생과의 비교는 고통스러웠다. 다행히 상영관은 어둠에 잠겼다. 영화 앞에 예고편이 있다는 걸 까맣게 잊었기에, 크나큰 걱정 속에 15분을 보냈다. 기적적으로 〈해리 포터〉 영상은 하나도 없었다. 마침내 영화가 시작됐다.

간단한 예행연습에 불과한 상영시간은 아무 탈 없이 흘러갔다. 그럼에도 영화에는 중대한 계시가 담겨있었다. 영화 첫 장면에서,

주요 인물들은 라스베이거스의 어느 호텔 스위트룸에서 깨어난다. 그들은 주변 상황을 전혀 이해하지 못하는 듯하다. 수탉이 돌아다니고, 욕실에는 호랑이가 있고, 옷장에는 아기가 있다. 무슨 일이 있었던 걸까? 그들은 만취한 밤에 무엇을 했는지 전혀 기억이 없다. 완전한 기억상실이다. 마틴은 어쩌면 자기 문제의 해결책이 거기 있을 수 있다고 생각했다. 여러 해 전부터 그는 해리 포터와 관련 있는 모든 것을 피하려 애썼다. 하지만 '영화에서처럼 할 수 있지 않을까?' 하는 생각이 들었다. 나가서 취하고, 현재에는 아무것도 담아두지 않는 거다. 게다가 "잊으려고 마신다"는 말도 흔히들 했다. 만일 알코올의존증이 그의 해결책이라면? 어떤 대화가 그를 괴롭게 해도 상관없었다. 기억상실로 날아갈 테니까.

이런 식의 논리는 이상해 보일 수 있었다. 하지만 사실 마틴은 그저 자신에게서 벗어날 수 있는 공간을 찾고 있었다. 기억하지 않고 산다는 생각이 마음에 들었다. 게다가 사람들은 종종 명석함이 감퇴한 상태를 일종의 낙원에 비유했다. 어쨌든, 이 선택지를 시험해 봐야 했다. 몇 년 동안이나 마틴은 벗어날 방법을 찾았다. 그리고 누구도 그를 도와줄 수 없었다. 그의 병은 외톨이였기 때문이다. 그는 해리 포터가 될뻔한 유일한 인간이었다. 한 나라에 단 한 명 남은 주민인 셈이었다. 그는 집으로 돌아가, 자기가 생각하기에 밤에 어울리는 복장을 하려고 재킷을 걸쳤다. 하지만 어디로 간다? 인터넷에서 잠시 찾아본 후, 마틴은 피갈 구역에 있는 클럽 '버스 팔라디움'으로 향했다. 그리하여 그는 토요일인 그날, 오후 7시 32

분에 거기 도착했다. 경비원이 아직은 시간이 좀 이르다고 설명했다. 기다리는 동안 그는 근처 바에서 맥주 몇 잔을 주문했다. 술을 마셔본 적이 거의 없었기에, 클럽에 들어갈 때 그는 비틀대는 상태였다. 춤을 안 춘 지 너무나 오래됐으면서도 곧장 댄스플로어로 향했다. 춤추는 다른 이들을 따라 하려 애쓰면서 몸을 흔들었다. 그가 움직이는 방식은 꼭 니체에 대한 언급에서 무사카 요리법으로 옮겨가는 대화 같았다. 재미있어하는 시선들이 그에게 꽂혔으나, 그는 알아채지 못했다. 계획은 놀라울 정도로 효과가 좋았다. 술 덕분에 그는 억제가 완전히 풀렸다. 원대한 예술적 계획을 품은 앙조라는 남자와 토론을 벌이기까지 했다.

"역사적인 공연을 벌릴 거야! 레지스탕스에 대해! 그러면서 카바레도 나오고… 그래, 춤이 있고 여자들이 나오는 거지!"

"…."

"제목은 이렇게 할 거야, 〈장 물랭-루주〉!"

"…."

"그럴싸한 제목이지? 엉? 안 그래?"

물론 그 대화는 한 마디도 기억하지 못한다. 몇 시간이 지나자 속이 울렁거리기 시작했다. 종업원 한 명이 다가와 택시를 불러주겠다고 했다. 그리고 마틴은 자기 침대에서, 숙취를 안고 깨어났다. 천장이 머리 위에서 빙빙 돌았다. 그는 화장실로 달려가 토했다. 당찬 시도는 장렬한 분출로 마무리됐다. 다음 날은 지옥 같은 일요일이었다. 나아지기 위해서라기엔 정말 이상한 생각이었다. 대체 무슨 생각으로 그랬던 걸까? 괴로워하는 사람들 부류에 남아있으면서 맨정신을 유지하는 게 더 낫다는 건 분명했다.

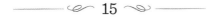

15

최근의 시도들로 크게 달라진 건 없었다. 확실히 그는 책을 사는 일까지는 해냈다. 그러나 그건 간절히 소망하는 회복의 길에서 아주 작은 한 걸음에 해당했다. 당분간은 지금까지 살아온 것처럼 지내야만 했다. 잠깐이라도 대니얼 래드클리프를 생각하지 않고 지나가는 날은 하루도 없었다. 자신의 실패가 계속해서 마틴을 이겼다.

그렇게 몇 달이 지나갔다. 마틴은 박물관 일에 점점 더 몰두했고, 제안을 받으면 초과근무도 망설이지 않았다. 거의 기적에 가까운 일이 벌어진 시점은 그때였다. 자클린 자냉은 은퇴할 예정이었다. 채용 면접 이후, 그녀는 가끔 그를 불러 안부를 묻곤 했다. 하지만 둘의 관계는 예의상 관계에 머물렀다. 박물관에서는 15년 전, 자클린이 외아들을 교통사고로 잃었다는 사실을 아무도 몰랐다. 이후 그녀는 줄곧 자기 몸이 도려내진 사람처럼 살아왔다. 성실하면서도 몽상가인 젊은이 마틴에게서, 그녀는 자기 아들을 겹쳐 보았던 것일까? 어쨌든 그녀가 보기에는 의심의 여지가 없었다. 그야말로 자신의 후임으로 이상적인 후보였다. 이제 관장을 설득하는 일만 남았고, 그는 당연히 이 선택에 놀랐다.

"이거 참, 마틴 힐은 스무 살입니다. 물론 자클린의 선택을 믿고 싶지만, 그건 좀…. 그런 직위를 맡기기엔 시기상조라고 보는데요."

"30년간 일하면서 제가 뭔가를 요청한 적은 한 번도 없었습니다. 잘 아시지요? 절 믿어주세요. 그 친구는 이 자리에 타고났습니다. 아주 출중한 젊은이예요."

"그건 저도 잘 압니다. 이력서를 보니 바칼로레아에서 최우수 성적을 획득했더군요. 그건 그렇고, 마틴이 왜 학업을 계속하지 않았는지 아시나요?"

"소설을 쓴다는 것 같던데요…."

"아, 그렇군요…. 그래도 달라질 건 없습니다. 경험이 부족해요."

"루아레트 관장님, 충분히 이해합니다. 물론 결정하는 분은 관장님이시지만, 시험 삼아 써보실 수 있잖아요. 잘 해내지 못하면 다른 사람을 택하시면 되고요."

"…."

"호의를 베풀어 달라고 부탁드리는 겁니다."

"좋아요, 좋아… 잘 알겠습니다, 그렇게 해보죠."

"감사합니다. 후회하시지 않을 거예요."

*

일은 정말로 그렇게 됐다. 자클린 자냉은 마틴을 위해 투쟁했다. 지원하지 않고, 심지어 면접도 보지 않고, 그는 윗선의 제안을 받아 관리직에 발탁됐다. 관장은 곧 이 선택이 합당했음을 알게 됐다. 적합한 사람을 뽑고 이끄는 능력이 굉장하다고 칭찬이 자자했다. 마틴

힐은 그 누구보다도 그림자에 가려진 힘을 알아볼 줄 알았다.

*

마틴은 자클린에게 점심 식사를 대접하며 감사하고 싶었지만, 그녀는 곧바로 남부로 떠나 살게 됐다. 그때부터 그들은 생일 축하나 새해 인사 같은 친근한 메시지를 주고받았지만, 그게 전부였다. 그녀는 그의 인생에 나타난 자비로운 존재, 지나가던 천사 같은 인물이었다. 그리고 마틴에게 자신을 그렇게 지켜봐 주는 이가 있다는 느낌은 어마어마한 도움이 됐다. 박물관을 떠나기 전 그녀는 이렇게 말하기까지 했다.

"내가 당신을 믿고 있다는 걸 잊지 말아요."

그 말은 힘을 약속하는 소리처럼 들렸다. 마틴은 오랫동안 '다른 쪽'의 승리 때문에 괴로워한다고 생각했지만 그를 괴롭히는 건 자신의 패배였다. 그는 스스로를 낮잡아 보고, 자기가 낙오자라 인생을 망쳤다고 생각하며 10년을 보냈다. 자클린 자넹의 놀라운 후의가 그를 격려해 자신감을 들게 했다. 물론 그는 부모님에게 큰 사랑을 받았다. 하지만 자클린은 외부인이었다. 어떻게 보면 마틴에게 잘해줘야 할 의무라곤 전혀 없는 사람이었다.

16

만일 사랑이 해결책이라면? 누군가가 나를 원하고, 소중히 여겨지고, 사랑받는다고 느끼는 것. 어쩌면 그게 마틴에게 있는 실패에 대한 강박의 해독제일지 몰랐다. 하지만 그러려면 그의 심장을 치유해 줄 여자를 만나야 했다. 그는 그런 여자를 찾아 나섰다. 당연히 마틸드에게 다시 연락했었지만 그녀는 그의 이름조차 듣고 싶어 하지 않았다. 그래서 그는 박물관을 찾는 사람들을 노리고, 데이팅 사이트에 등록하고, 천천히 거리를 거닐기 시작했다. 하지만 아무것도 소용없었다. 만남이 일어날 기미라곤 보이지 않았다. 마틴이 잊고 있는 사실이 있었다. 잘 알려진 사실이지만 사랑을 찾아내려면 애써 찾으려는 노력을 그만둬야 한다. 그러던 중 어느 점쟁이의 광고를 보고, 그는 상담을 받아보기로 했다. 여자는 내면 깊은 곳에서 앞날을 엿보려면 무호흡 상태에 빠져야 하는 양, 숨을 아주 깊게 쉬더니 마침내 말했다.

"부엌에서 그 여인을 만나게 될 거예요."

마틴은 더 자세히 알고 싶었지만 그녀에게 보이는 건 그게 다였다. 불가사의하고 짤막한 정보였지만 그럼에도 백 유로를 지불해야 했다.

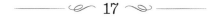

17

마치 루브르의 캐스팅 감독처럼, 그의 새 직위는 전시실 경비원을 선발하는 일이었다. 탈락했던 일로 그토록 괴로워하는 이에겐 참으로 아이러니였다. 물론 중요성은 훨씬 덜했다. 세계적으로 유명한 영화의 주인공 역과는 거리가 멀었으니까. 여러 지원자, 특히 대학생들이 돈을 조금 벌려고 부수입을 찾았다. 하지만 마틴은 이내 짐작조차 못 했던 놀라운 사실을 알게 됐다. 피난처를 찾아 박물관에 오는 건 그 혼자가 아니었다. 그와 마찬가지로, 사람들은 현대의 고통에서 도피할 수 있으리라는 희망을 품고 이곳에 왔다. 더구나 그는 아깝게 탈락했던 이들을, 그야말로 무더기로 마주하고 있음을 알게 됐다.

마틴은 지원자 중, 1978년 공쿠르문학상 최종 후보를 만났다. 그해에는 파트리크 모디아노가 33세의 나이에 여섯 번째 소설, 《어두운 상점들의 거리》로 공쿠르를 수상했다. 그 이후 파트리크는 성공을 거듭했고, 베르나르 피보가 진행하는 텔레비전 프로그램에 출연해 대중을 매혹했다. '다른 쪽'의 영광은 낙선자를 자기 실패의 끝없는 장기화로 이끌었다.[5] 한순간 경쟁자였던 이의 성공을 사방에서 보는 데 진이 빠져, 그는 결국 글쓰기를 그만두었다. 그리고 이제 박물관에 몸을 숨기고 싶어 했다. 자신과 비슷한 이 남자의 인생 역정에 마틴은 울컥했다. 그리고 곧바로 그를 고용했다.

이렇듯 미디어에서 대대적으로 보도하는 경쟁에서의 탈락자들은 모두 같은 고통을 겪었다. 승리자가 취하는 기쁨의 이미지가 영원히 떠돌면서 실패를 강조한다. "거기까지 간 것만 해도 대단하잖

---

5 그리고 그는 고문의 극치라 할만한 일은 아직 겪지 않았다. 2014년 파트리크 모디아노의 노벨문학상 수상 말이다.

아!"라고 말할 수도 있다. 하지만 그렇지 않다. 그렇게 목표와 가까운 곳까지 이뤄낸 여정에 기뻐할 수 있는 사람은 아무도 없었다. 빛을 스치기만 하느니 차라리 어둠 속에 남아있는 게 나았다. 그로 인한 참담함은 더욱 컸다. 거부당한 자는 모두의 무관심이라는 심연으로 돌아갔지만, 수상자는 모두의 관심에 눈이 멀었다. 관심의 정도라는 면에서 공쿠르는 해리 포터에 못 미치지만 그래도 그 시련은 비견할 만했다.

몇 주 후, 그는 미스 프랑스 2위였던 사람을 고용했다. 1987년, 그녀는 나탈리 마르케와의 경쟁에서 패배했고, 후에 나탈리는 유명한 텔레비전 뉴스 진행자와 결혼했다. 대개 수상자가 주목받는 시기는 1년뿐이다. 미디어가 조명하는 이 기간만 지나면 패배자의 고통도 짧게 끝난다. 하지만 이 경우는 거기서 멈추지 않았다. 나탈리는 리얼리티 쇼에도 출연했다. 그런 이유에서, 수상하지 못한 작가와 마찬가지로, 1987년의 미스 프랑스 2위는 그림들의 그늘에 파묻히길 원했다.

마틴은 믿을 수가 없었다. 그는 고통받는 자신의 형제자매들을 고용했다. 그들의 행동에는 뒤틀린 구석은 없고, 다만 하루에 몇 시간이라도 최신 뉴스의 습격에서 보호받고 싶은 바람뿐이었다. 이 순간 그의 사무실에 들어오는 지원자도 새로운 예시가 된다. 카림은 조마조마한 마음으로 앉기 전에 방 안을 둘러보았다. 언제나 경계하고 있는 사람임이 느껴졌다. 그의 이력서를 훑어본 후 마틴은 물었다.

"배우이신가요?"

"어떻게 아시죠?"

"쓰여있는데요…."

"아 젠장, 옛날 이력서를 보냈나 봅니다. 그만두기로 결심했습니다."

"그래도 영화 몇 편에서 연기하셨네요. 장래가 유망해 보이는데…."

"네, 하지만 다 끝이에요."

"그리고 경비원이 되고 싶으신 거고요?"

"네. 제가 있고 싶은 건 이런 장소… 뭐랄까… 잘 모르겠네요. 여기선 모든 걸 잊잖아요."

"그 마음 이해합니다. 하지만 그렇게 간단한 일은 아니에요. 사람이 많고, 계속 집중해야 하고…."

"그렇겠죠…."

"질문 하나 해도 될까요?"

"처음부터 그러고 계시잖아요."

"네, 그야 그렇지만… 제 말은 더 개인적인 질문요…."

"하세요."

"누가 당신 자리를 차지했죠?"

"뭐라고요?"

"누가 당신 자리를 차지했냐고요."

"그런데… 왜… 왜 그런 말씀을 하시죠?"

"배역 말이에요. 누가 됐어요?"

"대체⋯."

"무슨 영화였죠?"

"⋯."

"저한테는 다 말씀하셔도 됩니다."

"왜 그렇게⋯ 그런 말씀을 하시는지⋯ 모르겠네요."

카림은 말을 더듬었다.

대화는 잠시 끊겼고, 그동안 카림은 어떻게 생각해야 할지 몰랐다. 한순간 그는 몰래카메라 같은 건가 생각했다. 하지만 그럴 리 없었다. 그는 제 발로 여기 왔다. 누구도 그런 일을 사전에 계획할 수 없었다. 마틴은 아주 친밀한 어조로 다 말해도 된다고, 둘만의 비밀로 담아두겠다고 되풀이했다. 카림은 결국 솔직히 말했다.

"〈예언자〉. 〈예언자〉였어요⋯. 자크 오디아르 감독의."

"최종 후보까지 갔었죠?"

"예⋯. 그런데⋯ 어떻게⋯."

"난 알아요."

"솔직히 이 얘기는 별로 하고 싶지 않은데요."

"이해해요."

"⋯."

"우리 말 편하게 할까? 나이도 거의 비슷한데."

마틴이 말했다.

"그러죠."

"그 역 맡은 배우, 이름이 뭐더라?"

"타… 하르…. 그 이름 말하고 싶지 않은데….'

"그래, 그것도 이해해."

"게다가 세자르 2관왕이야. 정말 신물이 나…."

한참 후, 마틴은 카림에게 자신의 경험담을 이야기했고, 카림은
믿을 수 없어 했다. 해리 포터 역에서 밀려난 건 그의 실패보다 훨
씬 가혹하게 여겨졌다. 갑자기 자기가 걸린 병을 맨 처음 걸린 환자
를 만난 기분이 들었다. 하지만 일단 지금, 마틴은 카림에게 이야
기를 계속하도록 했다. 그와 똑같이 카림도 처음에는 아무것도 바
라지 않았다. 자크 오디아르가 다른 영화에서 그의 연기를 보고,
만나자고 했다. 첫 만남에서 그들은 이야기만 나눴다. 둘은 생각이
잘 통했고, 카림은 흥분을 자제하려 애쓰면서 헤어졌다. 자크 오디
아르의 명성은 엄청났다. 그는 이미 〈위선적 영웅〉, 〈내 심장이 건
너뛴 박동〉 같은 걸작을 감독했다. 그와 함께 작업한다는 건 모든
배우의 꿈일 뿐 아니라, 경력을, 어쩌면 인생의 방향까지 바꿀 수
있었다.

자크 오디아르에게 새 영화의 연기자를 찾는 건 험난한 과제였
다. 새로운 얼굴이 필요하다는 사실은 분명했다. 몇 주 후 그는 두
장의 선택지 앞에 놓였다. 그는 망설였고, 한 배우, 또 다음 배우
를 여러 차례 테스트했다. 카림에게는 행복하면서도 불안한 시기였
다. 그는 창살 속 세계에 대해 철저하게 자료를 조사했고, 연기 방

식과 말투도 연구했다. 배역을 맡기 위해 뭐든 할 각오였다. 자크는 젊은 배우의 의욕에 감동받은 듯했고, 카림은 진지하게 믿기 시작했다. 인생의 기회였다. 작품은 그를 위해 쓰였고, 그는 그렇게 믿어 의심치 않았다. 그럼에도 결국 자크는 타하르 라힘을 선택했다. 누구지? 아무도 들어본 적 없는 이름이었다. 이 무명의 신인이 그의 꿈을 훔쳐갔다. 나중에야 인정하게 되지만 카림은 우울증에 빠졌다. 몇 주 동안 침대에서 뒹굴며 나쁜 쪽으로 꺾어진 운명을 곱씹었다. 가족과 친구들은 기운을 북돋우려고 애썼다. 멀리 보면 큰일도 아니었다. 자크가 그를 눈여겨보았으니까. 다음번 영화에선 그를 선택할 게 분명했다. 주변의 모든 관심과 모든 노력은 고마웠지만, 카림에게 도움이 될 말은 하나도 없었다. 그는 혼자서 나락에서 기어올랐고, 차차 기분이 나아지기 시작했다. 다시 여기저기 캐스팅에 나가고 의욕을 냈다. 하지만 마틴의 경우와 똑같이 그에게도 두 번째 파도라고 할만한 것이 밀려왔다. 한층 더 거세질 실패의 여파가 말이다.

2009년 5월, 〈예언자〉는 칸영화제에 파문을 일으켰다. 다들 〈예언자〉에서 혜성처럼 나타난 젊은 연기자 얘기뿐이었다. 몇 달 후그는 세자르상 시상식에서 남우주연상과 신인남우상을 거머쥐었다. 경이적이었다. 그렇게 만장일치로 처음부터 눈부시게 출발하는 이력은 드물었다. 타하르 라힘의 성공 한 조각 한 조각이 카림을 조금씩 때려눕혔다. 그는 분노와 반감에서 생기를 얻는 기분이었다. 설상가상으로, 그는 어머니가 거실에 아무렇게나 놓아둔 연예

잡지에서 젊은 여성과 함께 만면에 미소를 띤 배우 사진을 보았다. 사진 아래 적힌 설명은 이랬다.

"타하르 라힘은 촬영장에서의 승리만 아니라 사랑도 얻었다. 레일라와 그는 앞으로 떨어지지 않을 것이다…."

카림은 그 사진을, 특히 여배우의 얼굴을 물끄러미 바라보았다. 그녀는 너무나 아름다웠고 그건 결정적인 타격이 됐다.

그의 독백은 20분 가까이 이어졌다. 마틴의 눈에는 눈물이 어렸다. 한 마디 한 마디가 살을 파고들었다. 그는 일어서서 절망의 파트너를 얼싸안았다. 그런 다음 더듬더듬 말했다.

"좋아, 넌 채용됐어…."

카림은 별안간 현실을 깨달은 듯 1미터 물러섰다. 이렇게 어이없는 면접은 처음이었다.

18

마틴은 이제 혼자라는 기분이 아니었고, 그로 인해 많은 게 바뀌었다. 카림과 그는 서로 도와가며 한쪽은 대니얼 래드클리프를, 한쪽은 타하르 라힘을 피하는 전략을 모색했다. 하지만 여전히 힘든 일이었다. 해리 포터의 모험담이 끝나고 나니 언론은 지칠 줄 모르고 주연배우의 아주 사소한 사실이나 일거수일투족을 주시했다. 백여 개의 기사가 대니얼의 차후 행보를 거론했다.

'이제 그는 무엇을 할까?'

이 질문은 미디어 세상을 사로잡았다. 그러니까 영원히 끝나지 않는 거였다. 일단 그는 공포영화 〈우먼 인 블랙〉을 촬영 중이었다. 마틴은 그의 다음 작품들이 실패하고, 차차 망각에 묻히길 바라는 수밖에 없었다. 그가 〈나 홀로 집에〉의 성공에서 헤어나지 못한 매콜리 컬킨의 전철을 밟길 바랐다. 게다가 대니얼 래드클리프가 알코올의존증에 빠졌다는 소문이 있으니, 어쩌면 거기 희망이 있을지도 몰랐지만… 그 희망은 금세 사라졌다. 그는 주기적으로 인터뷰를 하며 자기 인생이라는 놀라운 모험담을 언제까지고 떠벌였다.

마틴은 스스로를 대견스러워할 수 있었다. 그는 소설 일곱 권과 영화 여덟 편을 버티고 살아남았다. 하지만 대장정이 끝났음에도 열기는 수그러들지 않았다. 오히려 정반대였다. J. K. 롤링에게 등장인물들이 나오는 새 책을 써달라는 청이 끝없이 밀려들었다. 사람들은 추측하고, 억지를 쓰고, 환상을 품었다. 사방에서 기념식과 축하연이 열렸다. 그것으로도 모자라 〈해리 포터〉의 파생작에 해당하는 새 영화 시리즈, 〈신비한 동물 사전〉 제작이 발표됐다. 마틴은 벌써부터 진이 다 빠졌다.

19

이런 양면적인 분위기에서 몇 달이 흘렀다. 마틴은 직장에서 잘나가는 순간과 절대 정상적인 삶을 살 수 없을 거라 근심하는 순간을 넘나들었다. 그러던 어느 날 잔은 그를 깜짝 놀라게 해주겠다고 결

심했다. 아들이 너무나 그리웠다. 화면 너머로만 아들을 보는 건
이제 견딜 수 없었다. 그녀는 예고 없이 파리행 비행기에 올라타,
공항을 나서자마자 곧장 루브르로 향했다. 그리고 작품 사진 하나
를 찍어 아들에게 전송했다. 어머니가 왜 그림 사진을 자기에게 보
냈는지 의아해할 수도 있었지만, 그는 직감적으로 깨달았다.

'엄마가 여기 계셔.'

그는 황급히 사무실을 나서, 관람객들 틈을 이리저리 누비며 셀
수 없이 많은 전시실을 통과해 마침내 티치아노의 〈거울을 보는 여
인〉 근처에 당도했다. 그랬다, 어머니는 거기 있었다. 어머니가 한
행동은 너무나 아름다웠다. 그녀 역시 그를 보았고, 둘은 천천히
서로에게 다가섰다. 그런 다음 너무나 거리낌 없이 서로를 안았다.
일본인 관광객 몇 명이 그 순간을 사진에 담았다.

20

단순한 방문이 아니었다. 잔은 프랑스로 돌아오기로 결심했다. 물
론 아들을 다시 만나기 위해서였지만, 미국에서의 삶에 지쳤기 때
문이기도 했다. 그녀는 미국에서 거의 인간관계를 맺지 않았다. 사
랑이든 우정이든, 그곳은 가벼운 장난의 영역에 불과했다. 게다가
정치적 상황도 덜 흥미로워졌다. 오바마의 임기가 반쯤 지났고 재
선은 벌써 확정적인 듯했다. 반면 그녀는 워싱턴에서 도미니크 스
트로스칸을 여러 차례 만났고, 그가 엘리제궁의 다음번 주인이 되
리라고 확신했다. 그래서 그에 관한 논설, 〈도미니크 스트로스칸,

미국에서 만들어진 프랑스 대통령〉을 쓰려고 계획했다. 하지만 몇 달 후 그녀는 기획을 포기해야만 한다.

그들은 예전의 습관을 다시 찾아, 산책과 레스토랑을 번갈아 가며 즐겼다. 잔은 여전히 금기시되는 주제를 피했지만, 아들과 나누고 싶은 생각이 하나 있었다. "악은 악으로 물리친다"는 말과 통하는 생각이었다. 솔직히 말하면 그 생각이 난데없이 떠오른 건 아니었다. 잔은 폴란드의 어느 성에다 호그와트를 똑같이 재현했다는 사실을 알게 됐다. 팬들을 대상으로 한 체류 프로그램도 있었다. 비행기 공포증 환자들을 위한 조종석 체험이 있는 것처럼, 그녀가 보기엔 분명했다. 아들은 거기 꼭 참가해야 했다.

"진담이세요?"

"그럼, 진담이고말고."

"그게 어떻게 제 마음에 안정이 된다는 건지 모르겠는데요."

"책을 사거나 영화관에 갈 수 있었던 게 도움이 됐다고 했잖니. 이건 최고 단계가 될 거야. 이 시련을 거치고 나면 전부 해결될 거라고 난 확신해."

"말도 안 되는 소리예요."

"애야, 애초부터 말이 안 되는 일이잖니."

그 점은 어머니가 옳다고 할 수밖에 없었다. 그의 인생은 다른 어떤 이의 인생과도 닮지 않았다. 그는 세상에서 가장 유명한 작품 때문에 겁을 먹었다. 어쩌면 잔의 말이 옳을지도 모른다. 기적이 일어나고, 그는 마침내 행복해지는 것이다. 진심으로 그렇게 믿은 건 아니지만, 한번 해볼 가치는 있었다. 최악의 경우 너무 괴로우면 언제든지 돌아올 수 있을 테니까.

21

폴란드의 시골 마을 몇 군데를 거치며, 그는 잠시 여기 '정착할 수 있을까' 하는 생각을 했다. '새로운 생활을 한다'는 건 전형적인 현대의 슬로건이다. 생 자체를 송두리째 뒤집어엎어야 할 필요성이 이토록 생의 강력한 자양분이 됐던 시기는 없었다. 이전까지 운명은 거의 대체로 직선처럼 흘러갔다. 지금은 전기공이 요가 강사가 되고 교사가 치즈 가게를 여는 모습을 볼 수 있다. 머나먼 과거 속에 굳어진 듯한 옝지호비체라는 마을에서, 마틴은 새로운 운명을 개척할 수 있었다. 《해리 포터》와 아주 멀리 떨어져, 토마스 만의 《마의 산》과 아이작 바셰비스 싱어의 《루블린의 마술사》 사이에 파묻히는 것이다.

초하(Czocha)까지 남은 몇 킬로미터 동안 그는 심심풀이 삼아 다시 프로그램 이모저모를 들여다보았다. 안내 책자에는 특히 머무르는 동안 반드시 영어를 사용해야 한다고 나와있었다. 도착하면 환영 파티가 열리고 그 자리에서 참가자들은 숙소를 안내받는다. 《해리 포터》 속 내용과 마찬가지로 기숙사 배정식이었다. 패키지에는 숙박과 더불어 마법사 의상 대여도 포함됐다. 의상은 기본형이고, 각자 액세서리를 구해 멋지게 꾸미는 건 자유였다. 그러려면 '그린

고츠'(《해리 포터》속 은행)에 가서 유로를 '갈레온 금화', '시클 은화', '크넛 동화'로 바꾸면 됐다. 행사 시작 전에 '다이애건 앨리'에서의 짧은 쇼핑 시간이 잡혀있었다. 이 회사는 놀이의 탈을 쓰고 꿈 한 조각 한 조각에서 돈을 벌어들이고 있었다.

그토록 가까이에서 진짜에 손댔던 그가 이제는 모조품의 소굴에 들어갈 채비를 하고 있었다. 추락했다는 씁쓸한 느낌이 밀려왔다. 버스에서 내려 성이 있는 곳을 안내받았다. 1킬로미터 정도 걸어야 했다. 참가자 대부분이 자동차로 왔지만, 그와 함께 걸어가는 이들도 있었다. 빨강 머리 여자, 낡은 프록코트를 입은 남자, 갓길의 곤충들과 이야기하는 척하며 폴짝폴짝 뛰어가는 남자가 눈에 들어왔다. 한마디로 다들 사이비 종교에 입회하러 가는 행렬 같았다. 게다가 마을 주민들이 집 앞에 죽치고 서서 그들이 지나가는 걸 구경했다. 서투른 마법사처럼 차려입은 덜떨어진 젊은이들이 돌아다니는 꼴은 틀림없이 웃음거리였다. 마틴은 곧 마음을 놓게 된다. 도보로 온 참가자들이 제일 별종이었다. 대부분은 재미로, 어린 시절의 꿈을 가까이서 맛보려고 왔다.

22

마침내 성이 보였다. 정문으로 이어지는 긴 길에서 존 윌리엄스가 작곡한 신비로운 영화 주제곡이 들렸다. 머릿속에 한 번 들어오면 절대 떨쳐낼 수 없는 힘이 있는 그런 곡이다. 현관 층계에 폴란드인 해그리드가 틀림없는 거인이 활짝 웃으며 도착한 이들을 맞았고, 사람들은 그에게 입학통지서를 제출했다. 홀은 연회장으로 바뀌어 있었다. 호그와트 연회장보다 덜 웅장한 건 분명했지만, 복제품은 인상적이었다. 다들 감탄한 듯했다. 확실히 그곳은 팬들의 왕국이었다. 기묘한 단어로 말하는 이들이 있는가 하면, 벌써 마법 주문을 시도하는 이들도 있었다. 마틴은 제일 먼저 앉은 축에 속했다. 훨씬 더 불안한 기분을 느끼게 될 거라 예상했는데, 그럭저럭 버틸 만했다. 마침내 그는 이유를 깨달았다. 평소 그는 끊임없는 경계 상태였다. 하지만 원자로 한복판인 여기서는 갑작스러운 침입을 두려워할 이유가 없었다. 적대적인 상황이 너무 눈에 잘 보이게 자리 잡고 있다 보니 오히려 참을만해졌다.

폴란드인 해그리드에 이어 폴란드인 덤블도어가 나타났다. 그의 길고 하얀 수염은 싸구려 가짜 수염 티가 났다. 아무리 열성적인 팬이라 해도, 비정규직 공연 예술가인 이들에게 워너 사만 한 예산은 없었다. 식탁에서 마틴은 소심해 보이는 청년, 어찌나 수다스러운지 자기 자신과도 대화할 수 있을 것만 같은 아가씨와 함께 앉았다. 그녀는 제 생각을 시시콜콜 늘어놓더니, 마지막으로 외쳤다.

"난 그리핀도르에 갔으면 해, 거기가 최고의 기숙사거든!"

그 선언에 미묘한 속뜻은 전혀 없었고, 단지 인생을 즐기는 것 같았다. 제시카라는 이름의 이 미국 아가씨는 헤르미온느와 판박이였다. 그리고 그녀의 선택은 그대로 이루어졌다. 긍정적인 생각의 힘을 믿으라는 말 그대로였다. 몇 분 후 폴란드인 덤블도어는 마법 모자를 쳐다보고는 알렸다.

"마틴 힐… 그리핀도르!"

무슨 일인지 얼떨떨한 채 그는 모두의 박수갈채를 받았다. 제시카가 속삭였다.

"멋지다, 같은 기숙사네."

이 이인조에 같은 식탁에 있던 머리털이 붉은, 파벨이라는 이름의 체코 소년이 합류했다. 그 역시 같은 기숙사로 배정받았다. 일종의 삼인조가 형성됐고, 마틴은 소설과 비슷하다고 여기지 않을 수 없었다. 두 조수가 헤르미온느와 론이라면, 그가 해리 포터라는 얘기였다.

기숙사에 짐을 푸는데 제시카가 마틴에게 말했다.

"너 해리 포터랑 정말 닮았다. 헷갈릴 정도야."

"그런가?"

"모르는 척하지 마. 분명 이런 소리 많이 들을 텐데."

"…."

"안 그러니?"

그녀가 파벨에게 물었다.

"정말 그래…."

체코 억양이 강한 말투로 그가 대답했지만, 무엇보다도 제시카의 말에 반박하고 싶지 않은 눈치였다.

얼마 후 기숙사 전체가 마틴의 얼굴을 뜯어보며 놀라워했다.

"굉장해, 이렇게 똑같다니…."

결국 한 참가자가 이렇게 말하기에 이르렀다.

"아, 알겠다! 너도 주최측이지!"

"아니야."

마틴은 열없이 대답했다.

"아냐, 분명 그거야···."

마틴은 입을 다물고, 흥분한 이들이 이 엉뚱한 가설에 열을 올리도록 놔두었다.

23

다음 날 오전 일정은 마법 결투였다. 처음은 마법 주문을 외우는 일부터였다. 참가자 대부분이 주문을 다 알고 있었다. "퍼넌큘러스!"[6], "리디큘러스!"[7], "레비코르푸스!"[8] 하는 외침이 들렸다. 저마다 마법 지팡이를 휘둘렀지만, 아무 일도 일어나지 않았다. 호그와트 배경 속으로 들어왔다고 아무 여행자나 단숨에 두꺼비를 나타나게 할 수는 없었다. 모두의 성화가 자자한 가운데 마틴도 그 놀이에 참여해야 했다. 하지만 지친 기분이었다. 기숙사에 익숙하지 않아 두세 시간밖에 자지 못했다. 이제 그는 기적을 일으키라고 종용받고 있었다. 참가자들은 손뼉을 치며 그를 격려했다. 그러고는 점점 흥분이 격해지는 소리로 "해리!"를 연호했다. 그러니까 그는 마틴이 아니라고 결론이 난 거였다. 점차 온전한 정신을 잃어가며, 그

---

6 부스럼이 돋게 하는 주문.

7 우스꽝스러운 존재로 변하게 하는 주문.

8 발목을 잡아 공중에 거꾸로 매다는 주문.

는 지팡이를 들고 목표물을 찾았다. 자코메티가 스케치한 것처럼, 키가 무척 크고 굉장히 마른 여자를 점찍었다. 그는 그녀에게 천천히 다가갔다. 다들 숨을 삼켰다. 목표물은 떨기 시작했다. 벌써 관자놀이에 땀이 방울방울 맺혔다. 열성팬인 그녀는 진짜 해리 포터와 마주하고 있는 기분이었다. 어쩌면 그 생각이 옳았을까? 마틴은 신들린 사람 같았다. 일종의 트랜스 상태에서 그는 주문을 기억해내려고 머릿속을 뒤졌다. 마침내 계시가 내렸다. 그는 희생양을 쏘아보며 느닷없이 "옵스큐로!"라 외쳤다. 분명 땀 때문이겠지만, 곧바로 여자의 폭 넓은 검은 머리띠가 눈 위로 흘러내렸다. 효과는 압도적이었다. 웅성거림은 침묵으로 변했다. 놀라움의 음악이었다. 초자연적이라고는 할 수 없어도, 뭔가 마술적인 일이 방금 일어난 것이다.

  점심 식사 동안 모든 식탁에서 그 얘기뿐이었다. 프로그램 책임자인 가짜 덤블도어가 마틴에게 다가왔다.
  "우리 중에 해리 포터가 있는 것 같구나."
  "…."
  "정말 기가 막히게 닮았어…."
  그는 갑자기 흥분해 중얼거렸다. 그 역시 J. K. 롤링의 세계에 광적으로 심취해 있었고, 팬으로서 이곳을 만들었다. 그는 말을 붙이려 들고, 이것저것 질문했지만 마틴은 단답이나 알아들을 수 없는

---

9   상대에게 검은 눈가리개를 씌우는 주문.

대꾸로 회피했다. 여기서 시간을 보낼 때마다 갈수록 더 이상해졌다. 반면 모두가 그에게 더없이 상냥했다. 그는 호감을 산다는 기분, 심지어 인기 있다는 기분을 느꼈다. 그냥 즐길 수도 있었겠지만, 정반대였다. 이 가짜 호그와트에서 가는 곳마다 흥분을 일으키는 경험을 하니 진짜는 어느 지경이었을지 상상할 수 있었다. 이곳에 머무름으로써 그는 자기 것이 아닌 동화의 조각을 구경하게 됐다.

그때 제시카가 그의 등을 두드렸다.
"서둘러, 퀴디치 시합이 곧 시작이야."
몇 분 후 모두가 성의 넓은 정원에 모였다. 폴란드인 해그리드가 승리자는 명성 높은 퀴디치 기숙사 대항전 우승컵을 획득할 거라고 알렸다. 마틴은 이런 행사를 기획하다니 배짱도 좋다고 여겼다. 참가자들은 곧 그들의 빗자루가 날지 못한다는 사실을 깨달을 테니 말이다. 마틴은 해리 포터였으므로, 다들 그가 퀴디치 실력을 타고 났으리라 단정 지었다. 그리하여 모두 그에게 팀 주장을 맡으라고 부추겼고, 마틴은 수락할 수밖에 없었다. 제시카와 파벨은 챔피언이 같은 팀에 있으니 승리를 자부하며 격하게 들떴다. 마틴은 두 사람의 강한 확신에 어이가 없어 잠시 그들을 쳐다보았다. 자신을 믿다니 머리가 돌아버린 게 분명했다.

경기가 시작됐다. 알고 보니 시합은 피구랑 비슷했다. 중대한 차이는 엉덩이 사이에 빗자루를 끼고 행동한다는 점이었다. 왜 그런지는 잘 몰라도 마틴은 당황스러울 정도로 수월하게 움직일 수 있었다. 그리고 누구보다 뛰어나게 상대편 선수 뒤로 가, 그를 실격시킬 수 있었다. 마틴이 점수를 올릴 때마다 그를 둘러싼 열광은 심해졌다. 응원의 함성이 끊이지 않았다.

"해리! 해리! 해리!"

더 이상 자신이 누구인지, 이 멍청한 경기의 목적이 무엇인지도 모른 채 마틴은 사방으로 뛰어다녔다. 그는 폴란드 오지에서 갈피를 잃고, 땀을 흘리며 녹초가 된 채 순전한 광기에 빠져있었다. 다들 그가 승점을 내길 기대했다(실상 마틴은 그제서야 경기 규칙을 이해하고 있었다). 마틴이 별안간 빗자루를 땅에 집어 던진 건 그때였다. 그 태도에 모두가 질겁했다. 왜 저렇게 행동하는 걸까? 결정적인 경기가 한창인데, 그는 들도 보도 못한 행위를 시도했다. 몇몇은 그를 믿어야 한다고 소곤거렸다. 그 동작에는 반드시 전략이 숨어있을 거라고 말이다. 어쨌든 해리 포터 본인 아닌가. 마틴은 제자리에서 한 바퀴 빙 돌아 경기장을 둘러싼, 하던 동작을 중단한 채 굳어버린 군중을 바라보았다. 그는 얼어붙은 듯한 광경 가운데 잠시 가만히 서 있다가, 크게 웃음을 터뜨리며 갑자기 떠났다. 누구도 그를 이해하지 못했다. 이처럼 심각한 상황에서 어떻게 웃을 수 있단 말인가?

그는 망연자실한 시선들을 받으며 경기장을 떠났다. 마지막 점수를 따내지 못하면서 마틴은 팀에 패배를 안겼다.

"아마 다른 전략일 거야."

몇몇 꺾이지 않는 낙천주의자들은 그렇게 믿고 싶어 했다. 하지만 진실을 받아들여야 했다. 그는 달아난 거였다. 팬 두세 명이 서둘러 그를 붙들러 갔다. 마틴은 자신이 가는 길을 막는 자는 누구든 주문을 걸겠다며 위협했다. 광신자들은 겁을 먹고 즉시 길을 비켰다. 그는 혼자 걸음을 계속해 기숙사까지 가서 가방을 챙기고 성을 떠났다. 돌아오는 여행길에 그는 이 기묘한 모험에는 원래부터 알고 있던 바를 확인시켜 줬다는 장점이 있다고 생각했다. 그가 해리 포터가 돼야 한다는 사실이었다.

24

그는 어머니에게 모험담을 이야기했다. 이번에도 어머니를 기쁘게 하려고 자신에게 도움이 됐다고 말했다. 그러나 사실 크게 달라진 건 없었다. J. K. 롤링의 세계에 가까이 갈 수 있었다는 건 큰 발전이지만, 실패의 쓴맛은 꺾이지 않고 입에 남아있었다. 거기서 그를 해방해 줄 수 있는 것은 아무것도 없어 보였다. 해결책을 찾기까지는 아직 좀 더 기다려야 했다.

마틴은 카림에게도 여행 이야기를 했다. 카림은 빗자루를 다리 사이에 끼고 땅에 붙어 다니던 마법사들의 얼굴을 상상하며 재미있어했다.

"나도 그렇게 한번 해볼까?"

"뭘?"

"악은 악으로 물리친다는 거."

"아, 그거."

"하지만 참… 그렇게 하려면 난 감옥에 가야겠구나….."

그가 미소를 지으며 말했다.

그들은 여전히 '다른 쪽'을 잊는 전략을 이것저것 생각했지만, 그래도 이제는 한결 가벼워진 마음이었다. 함께 있으며 그들은 둘 다 극적인 과장에서 벗어났다. 이해받는다는 기분은 마틴을 진정시켰다. 마음 깊은 곳에서 카림은 친구 이상의 존재, 그의 '예언자'였다.

25

그날 밤 카림은 같이 파티에 가자고 마틴을 불렀다. 그가 사는 건물 로비에 주최자들이 초대 안내문을 붙여놨었다. 순전히 예의상 그리고 폐를 끼쳐 기분 상할 일을 방지하려는 차원에서 이웃들에게 한잔하러 오라고 권하는 내용이었다. 배짱 좋게 와서 눌러앉을 사람이 있으리라는 생각은 하지도 않고 쓰는 그런 말이었다. 하지만 그건 카림을 몰라서 하는 행동이었다. 아는 얼굴을 마주칠 일 없고, 아무도 그가 오리라 기대하지 않는 장소들에 가는 건 카림의 인생에서 되풀이되는 낙이 됐다. 운명적인 캐스팅 이후 그는 친구들을 만나는 걸 견딜 수 없었다. 다들 본의 아니게 그의 과거를 상기시켰기 때문이다. 그래서 마틴은 친구를 따라 모르는 젊은 커플, 정상적인 삶의 본보기인 두 사람의 집으로 향했다.

카림은 취기가 빨리 오르도록 독한 술을 가져갔다. 마틴은 그냥 슈웹스 한 병을 챙겼다. 처음에 그들은 서먹서먹하게 부엌 구석에 처박혀 있었다. 그러다 카림은 술기운이 올랐고, 거실로 춤추러 갔다. 마틴은 맥락 없는 대화들을 이어갔고, 생각을 조각조각 부수듯 여기저기 쪼개진 문장을 내뱉었다. 밤이 되고, 정확히 어느 순간에 그가 소피와 가까워졌는지는 알기 힘들다. 밤이 되면 시간이 더는 존재하지 않는 시점이 찾아온다. 소피가 냉장고의 맥주를 집으러 갈 때마다, 파티의 등대처럼 여전히 그 자리에 있는 마틴이 보였다. 그녀는 결국 그에게 말을 걸었으나, 마틴은 말을 받아치는 데 딱히 소질이 없었기에 결국 독백이 되고 말았다. 말 없는 사람에게는 속을 털어놓기가 더 쉬운 걸까? 소피의 경우는 그렇다고 봐야겠다. 그녀는 자신이 의대를 마치는 중이고 첫 대체 근무를 앞두고 있다고 설명했다. 어릴 때 그녀는 남동생과 병원놀이를 하길 좋아했다. 네 살인가 다섯 살 때, 플라스틱 의료 기구로 동생을 청진하고, 말도 안 되는 처방을 내리면서 기적의 특효약이라는 음료를 마시게 했다. 이 공상의 치료를 받은 동생은 한 번도 아팠던 적이 없었다. 소피는 이를 자신에게 재능이 있다는 확신으로 삼았다. 어린아이의 놀이가 어른의 직업이 될 수 있다는 생각은 아름답다. 그녀는 마틴에게 이런 이야기들을 늘어놓았지만, 사실 그녀가 원하는 건 하나뿐이었다. 바로 눈앞에 있는 과묵한 상대에 대해 좀 더 아는 것. 어떤 사람일까?

마틴은 자신에게 마음을 털어놓는 이 낯선 여자의 말을 듣는 게 좋았다. 이야기의 상세한 부분 하나하나에 집중하느라, 술을 집거나 창밖으로 담뱃재를 떨려고 그를 밀치며 오가는 손님들에게 더 이상 신경 쓰지 않았다. 이 여자의 이야기를 듣는 일은 군중에서 빠져나오는 거였다. 그녀와 함께 있으면 기분이 좋았고, 그건 본능적이었다. 이건 에티오피아에 비가 얼마나 자주 오는지 따위에나 열중하는 존재에게는 정말 드문 일이었다. 이제 그가 말할 차례였다. 소피는 "그럼 너는? 넌 무슨 일을 해?"라고 물었다. 그러니까 언제나 스스로를 규정해야 하고, 자신에 대해 할 말이 있어야 하고, 현재를 받으려면 과거를 내밀어야 하는 것이다. 그는 아무런 구체적인 문제에도 좌우되지 않는 만남을 꿈꿨다. 플로베르가 루이즈 콜레에게 했던 말을 떠올리게 하는 만남이었다.

"내게 아름답게 보이는 것, 내가 쓰고 싶은 것은, 그 문체의 내면적 힘으로 유지되는 아무 주제도 없는 책입니다."

그거야말로 그의 바람이었다. 자기 이야기를 할 필요가 없는 만남, 오직 자기 스타일의 내면적 힘으로 유지되는 만남을 경험하는 것.

완전히 취한 카림이 돌아오는 바람에 그는 고백할 필요가 없어졌다.

"어디 있었어? 사방을 다 뒤졌잖아!"

방 두 개짜리 아파트에서는 완전 말도 안 되는 소리였다. 카림의 출현은 주의를 잠시 빼앗았을 뿐이었다. 그는 금세 다시 가버렸고, 마틴은 그날 다시는 그를 보지 못했다. 그래도 그의 등장을 기회 삼아 자신을 설명할 수 있었다.

"우린 루브르에서 함께 일하는 동료야⋯."

그 몇 마디 말은 상대를 사로잡은 것 같았다. 애정 면접 도중에 명망 높은 박물관을 언급하는 건 굉장한 효력이 있었다. 마틴은 그렇게 자기가 살아온 이야기를 시작했으나, 말할수록 목소리는 점점 작아졌다. 자기 말에 자신이 없었기에 그의 얘기는 쇼펜하우어가 쓴 자기 계발서 같은 모양새가 됐다. 소피는 그가 정말 특이하다고 생각했고 그래서 한층 더 끌렸다. 그렇지만 그녀가 더 알고 싶어 할 때마다 그는 회피했다. 마치 그녀가 자기의 일대기를 쓰려고 귀찮게 따라다니며, 일거수일투족을 기록하는 작가나 되는 것처럼 말이다.

마틴은 갑자기 마틸드를, 그날 밤 함께 나눴던 대화를, 서로의 몸을 보았던 순간의 아름다움을 떠올렸다. 그리고 자기가 어떻게 일을 망쳤는지도 생각해 냈다. 이제는 수치심으로부터 달라진 남자가 될 수 있는 힘을 끌어와야 했다. 그러고는 그렇게 했다. 그는 어조를 완전히 바꿔 이야기를 시작했다. 소피는 자기 앞의 남자가 마치 납치당하는 비행기처럼 경로를 변경하고 있다는 인상을 받았다. 그는 방금 목적지를 바꿨다. 지금 그의 입에서는 말이 술술 나왔고, 구름에 대한 이론에서부터 데이비드 린치의 초기작들까지 다양한 주제를 넘나들었다. 소피는 이렇게 특이하고, 또 우스운 사람은 처음이었다. 동이 터올 때 그녀는 밤이 지나가 버렸는지도 몰랐다. 그들은 함께 파티장을 나섰지만, 서로를 원하는 마음이 분명한데도 그걸 눈치채는 재능은 둘 중 누구에게도 없어 보였다. 마틴이 연애에 관해 숙맥이라는 상상조차 못 한 채, 소피는 마틴이 먼저 적극적으로 나오길 기다려야 했다. 사랑이 바로바로 연락을 통해 불타오르는 시대에, 마음을 읽는 데 서툰 두 사람이 자연스러운 흐름에 몸을 맡기는 모습은 어떤 매력이 있었다. 둘은 번호를 교환하고 헤어졌다. 각자 집에 도착하자, 둘 다 자기가 바보 같다고 여겼다. 잠들기 전 소피는 몇 시간 전 자기 태도를 떠올렸다. 그녀는 이 파티에 가고 싶지 않았다. 친구 한 명이 고집을 부려 온 것이었다. 언제나 이렇지 않은가? 중대한 만남은 우리 의지의 그늘에서 이뤄진다. 그걸 알면 우리는 늘 계획했던 것과 반대로 행동해야 한다. 마틴은 어떤가 하면, 침대에 들고서야 번쩍 깨달았다.

"맞아, 부엌! 부엌에서 그녀를 만났어!"

26

며칠 후, 그들은 점심 식사를 함께했다. 마틴은 첫 만남부터 자기 이야기를 하고 싶지 않았다. 언젠가는 다 밝히리라는 걸 알았지만, 지금은 소피가 백지처럼 깨끗한 시선으로 자신을 보는 게 좋았다. 누군가를 만난다는 건 과거 없이 새로이 살아갈 자신에게 허용하는 거다. 하고 싶은 대로 말하고, 페이지를 건너뛸 수도 있고, 끝에서부터 시작하는 것도 가능하다. 소피가 그를 저녁 식사에 초대하면서 이런 서사의 자유도 끝을 맞았다. 마틴은 무슨 꽃을 들고 갈지 고민하다가, 결국 꽃집 주인에게 부탁했다.

"종류별로 하나씩 주세요."

완전히 바로크적인 그 꽃다발은 기묘한 통일성이 있었다. 소피는 손님에게 고맙다고 말하고 꽃을 꽃병에 꽂았다. 마틴은 아담하고 예쁜 거실에 들어갔다. 소파 위에 존 캐서비티즈의 〈오프닝 나이트〉 포스터가 붙어있었다. 소피는 앉아서 식사 전에 가볍게 한잔하자고 했지만, 마틴은 기다리라는 손짓을 했다. 그는 방 반대편의 작은 책꽂이로 향했다. 무슨 문학적 사이코패스 같은 남자한테 걸린 건가? 그랬다, 집에 오자마자 그는 그녀의 책들을 꼼꼼히 살펴보는 듯했다. 결국 소피는 물었다.

"도와줄까? 뭐 찾는 거 있어?"

"미안, 그냥 보는 거야…."

"그런 악취미가 있는 거야? 내 책들이 마음에 들지 않으면 저녁도 안 먹고 가려고?"

의미를 알 수 없는 이 상황에 당황해, 그녀는 분위기를 누그러뜨리려고 말했다.

잠시 후 마틴은 활짝 웃으며 돌아섰다.

소피에겐《해리 포터》가 없었다.

NUMÉRO

4부

DEUX

1

마틴의 직감은 옳았다. 사랑만이 고통을 끝내주었다. 소피 덕분에 그는 자신감을 온전히 되찾았다. 실패에 굴복하는 대신 받아들일 수 있다고 느꼈다. 사랑받고 있기에 그는 더 이상 취약하지 않았다. 감미롭고 기적에 가까운 느낌이었다. 해리 포터가 불쑥 나타나면, 그저 시선을 돌리는 걸로 충분했다. 그 모든 비극적인 이야기는 완전히 끝난 것 같았다.

2

마틴은 여전히 루브르에서 일했고 소피는 병원을 개원했다. 한쪽이 배탈이 나면 다른 한쪽을 보러 갔고, 한쪽이 영혼을 치유하고 싶으면 또 다른 한쪽을 보러 갔다. 그리고 일요일이면 둘이 함께 키우는 개, 잭을 데리고 튀일리 정원을 오래오래 산책했다.

그들이 함께한 나날 초반에 있었던 한 장면을 꼭 이야기하고 넘어가야겠다. 둘의 만남이 운명적이라는 믿음을 한층 굳건히 한 장면이었다. 저녁 식사거리를 사려고 장을 보던 중, 소피는 이렇게 말했다.

"자기가 좋아하는 요구르트 사는 거 잊지 마."

바로 아버지가 쓰러지기 전에 했던 말, 정상적인 삶의 마지막 말이었다. 마틴은 한순간 얼어붙었고, 마치 소피가 현실을 깨뜨려 틈을 내기라도 한 듯 쳐다보았다. 이 믿기 어려운 우연을, 그는 아버지가 보낸 신호라고까지 여기게 됐다. 저세상에서 온 축복인 셈이다.

그즈음 잔은 니콜라와 막 결혼했다. 니콜라는 형사였고 3년 전 좀 특이한 상황에서 만나게 됐다. 마르크가 그녀와의 관계 회복을 도모하고 있을 때였다. 그는 《르푸앙》을 읽고 그녀가 프랑스에 돌아왔음을 알게 됐다. 그래서 매일 저녁, 직장 앞에서 그녀를 기다렸다. 그녀는 얘기를 들어보겠다고 했다. 그는 자기가 달라졌다고 맹세했고, 마틴에게 꼭 사과하고 싶다고 했다. 마르크는 새사람이 된 것 같았고 신실해 보였으며, 과거의 행동에 대해 낯을 들지 못하는 것 같았다. 하지만 잔은 사람을 조종하는 그의 술책에 또 넘어갈까 두려워 경계를 늦추지 않았다. 그녀가 계속 둘 사이에 거리를 유지하자, 그는 점점 강압적으로 변했다. 잔으로서는 괴롭힘으로 고소할 수밖에 없었다. 그리고 경찰서로 가던 길에 말 안 듣는 자판기에서 커피를 뽑으려고 씨름하던 중, 니콜라가 나타나 그녀를 곤경에서 구해주었다. 삶에서 기묘한 연관으로 일어난 일들이었다.

한편 카림은 여전히 마틴의 삶에 중요한 존재였다. 그의 운명은 매우 교훈적이었다. 마틴이 소피를 만난 파티로부터 몇 주 후, 그는 자크 오디아르에게서 연락을 받았다. 처음에 카림은 망설였지만 (상태가 도로 악화될까 두려웠다) 호기심을 이길 수는 없었다. 그래서 그는 거장을 다시 만났고, 자크는 자신의 '예언자'가 될뻔한 이를 다시 만나 진심으로 기뻐 보였다. 곧장 본론으로 들어가, 그는 새 작품에서 마리옹 코티야르의 동료 중 한 명으로 카림을 점찍었다고 설명했다. 〈러스트 앤 본〉이었다. 영화의 배경은 돌고래와 범고래가 있는 수족관이었다. 배역을 준비하기 위해 그는 진짜 조련사 팀에 들어가야 했다. 젊은 배우를 이보다 더 혹하게 하는 일도 없을 것이다. 그럼에도 카림은 곧바로 생각해 봐야겠다고 말했다. 자크는 처음에 얼빠진 표정을 지었다. 자기가 제안하는데 머뭇거리는 배우는 오랜만이었다. 입장을 밝히기 위해 카림은 〈예언자〉 캐스팅 이후 연기를 그만두었다고 설명했다. 자크는 그를 설득하려 했다. 그만한 재능이 있으면서 포기하는 건 말도 안 된다. 그런 경우 흔히 하는, "말에서 떨어지면 바로 다시 올라타야 한다"는 말도 있지 않은가. 자크는 심지어 가벼운 농담까지 덧붙였다.

"말에서 떨어지면 돌고래에 다시 올라타야지."

카림은 미소를 지었지만 생각은 다른 곳에 가 있었다. 몇 년 전에 이런 대화를 나눴다면 얼마나 행복했을까, 생각했다. 하지만 이제는 더 이상 그럴 수 없었다. 그는 너무, 지나치게 많은 고통을 받았다. 그래서 그는 일어서서, 커피값을 자기가 내겠다고 하고, 침착하게 말했다.

"오디아르 감독님, 배역 제안 진심으로 감사드립니다. 하지만 거절하겠습니다."

그리고 카림은 떠났다.

그날 밤, 그는 마틴에게 모든 걸 얘기했다. 친구가 해낸 일로 자신의 사정은 전혀 달라지지 않았지만 그래도 마음에 위안이 됐다. 실패에서 견디기 힘든 부분은 자기 운명의 주도권을 잃었다는 느낌이다. 그건 타인의 결정에 복종하는 거다. 그렇게 행동함으로써, 카림은 아무것도 바로잡지는 못했지만 주도권을 되찾았다는 기분을 느꼈다. 그 자신의 운명을 결정한 건 그였고, 이 용기 있는 행동에 마틴은 가슴이 뭉클했다. 카림의 그런 태도는 모든 2위의 명예를 회복시켰다.

3

어떤 고통에는 출구가 없는 것 같다. 잠잠했던 몇 년이 지나고 마틴은 실패의 고통에 다시 빠져드는 걸 느꼈다. 우울증은 언제나 느림을 통해 자신이 찾아왔음을 알린다. 일어나는 것, 씻는 것, 먹는 것, 생각하는 것까지, 그의 모든 행동이 느려졌다. 소피는 어찌할 바를 몰랐다. 그녀는 동반자의 침체기를 한 번도 겪어본 적 없었다. 그는 또다시 원한에 잠겼고 외출하는 일도 드물어졌다. 그는 쉼 없이 생각했다.

'대체 왜 또 이러는 거지? 왜?'

스스로를 이해할 수 없었다. 〈해리 포터〉 영화를 보게 될까 두려워 전처럼 텔레비전 보기를 피했다. 과거의 고난이 경고도 없이 되돌아왔다.

소피는 잔에게 도움을 청했고 잔은 아들의 병이 도진 걸 알고 크게 당황했다. 뭐든 노력해 보고 뭐든 시도했던 세월이 기억났다. 하지만 마틴이 사랑을 찾기까지 진짜 효과가 있던 건 아무것도 없었다. 그래서 잔은 실례를 무릅쓰고 물었다.

"너희 둘은 여전히 아무 문제 없이 사이좋니?"

"왜 그런 질문을 하세요? 당연하죠. 전 누구보다 마틴을 사랑해요. 그런 상태인 그이를 보는 게 괴롭고요…."

"…."

"전 정말 돕고 싶어요. 해결책을 찾고 싶어요…."

정말로 소피의 머릿속에서는 한시도 마틴 생각이 떠나지 않았다. 그녀는 의사답게 상황을 합리적으로 설명하려 했다.

"내 사랑, 증상을 일으킨 요소가 반드시 있을 거야. 이유 없이 재발하진 않아."

"모르겠어."

"직장 스트레스? 새로운 실패에 대한 두려움이라거나…."

아니, 그게 아니었다. 오히려 루브르에서는 더 중책을 맡을 예정이었다. 최근 기억을 열심히 뒤적였지만 짚이는 건 없었다. 상세한 부분 하나까지 파헤쳤지만 아무것도 나오지 않았다. 지하철에서 J. K. 롤링 책을 읽는 사람을 본 일조차 없었다. 마틴은 절망에 빠졌다. 모든 게 되돌아왔다. '다른 쪽'의 인생을 회피하려는 시도들, 세상과 단절되고 싶은 욕구, 단지 책 한 권을 사거나 영화관에 가려고 쏟아야 했던 초인적인 노력, 그 모든 게 돌아오고 있었다. 어째서? 소피와 그는 멋진 커플이었다. 그런데 왜? 무슨 일이 일어나든 그는 불행해져야 하는 운명일까?

4

몇 주 전, 커플은 아이를 가질까 의논했다. 벌써 이름도 지어두었다. 남자아이면 사샤(Sacha), 여자아이면 사샤(Sasha)였다. 재발의 원인은 이 대화였다. 아버지로서의 미래를 상상하면서, 그는 어린 시절의 세계에 다시 빠져들었다. 그리고 아들이나 딸이 〈해리 포터〉를 보거나 읽는 모습을 그렸다. 세월은 흘렀지만 열정은 사그라지지 않았다. 플로리다의 올랜도, 일본의 오사카에서는 아예 해리 포터 테마파크까지 생겼다. 아이가 생긴다는 건 반드시 이 세계와 다시 마주해야 한다는 의미였다. 마약중독을 극복한 이에게 "큰 대접에 코카인을 가득 채우고 집에 계속 보관하세요"라고 말하는 거나 마찬가지였다. 과도한 비유로 보일지 모른다. 하지만 해리 포터 때문에 힘들어하는데 아버지가 된다는 건 불편한 상황에 뛰어드는 일이 분명하다.

실패가 남기는 최악의 영향은 삶의 나머지 부분도 영원히 실패로 바꿔놓는다는 것이다. 마틴은 자신이 평생 벗어날 수 없음을 깨달 았다. 그러나 한 가지는 확실했다. 미래의 자녀들에게 이 한없는 취약함을 견디게 하고 싶지 않았고, 사랑하는 여자에게는 더더욱 그랬다. 그래서 그는 소피에게 헤어지자 얘기했고, 마틴의 말에 소 피는 들고일어났다.

"내 사랑, 자기가 아픈 건 잘 알겠어. 그렇다고 말도 안 되는 소 리는 하지 마. 우린 안 헤어져. 우린 함께 싸울 거야….."

"자기에게 짐이 되고 싶지 않아."

"그럴 일 절대 없어."

"더 이상 견딜 수가 없어. 20년이나 날 괴롭혀 왔어….."

"알아. 하지만 최근 몇 년은 멀쩡했잖아. 다시 그렇게 건강해지 지 않을 이유가 없어."

"나도 정말, 완전히 끝내고 싶어. 몇 번이나 이성적으로 생각하 려 해봤어. 배역을 따지 못했다, 그게 뭐 어쨌다고? 그런데 그렇게 되지 않아."

"알아, 자기야. 그렇지만 당신은 서른 살인데, 자기 생각만 해. 나 는 그런 일로 당신 인생을 망치게 놔두지 않을 거야. 우리 인생을."

"…….."

"약속할게, 우린 해결책을 찾아낼 거야….."

5

소피는 조사를 시작했다. 그녀는 페일콘에 대한 기사들을 찾아냈다. 페일콘은 실패가 주제인 콘퍼런스였다. 미국에서 시작됐으며 세계 곳곳에서 열렸다. 여기저기서 대규모 연설 행사를 열었고 참석자들은 각자의 실패 경험담을 이야기했다. 2015년에 열린 대규모 집회 때, 《렉스프레스》는 〈루저들 모두 툴루즈에 모였다〉라는 제목을 붙였다. 영어를 안다면 개최 도시를 툴루즈로 선정한 이유도 계획의 일부임을 이해할 수 있었다.['툴루즈'라는 발음이 프랑스어의 tout(모두, 전부)와 영어의 lose(지다)를 붙여 읽은 것과 유사하기 때문—옮긴이] 거기서는 "실패는 성공의 일부다!" 같은 슬로건도 들렸으나, 동기부여가 될만한 인생 역정을 듣는 게 주목적이었다. 파산한 사업가, 흥행 참패를 겪은 예술가, 사회당 당원들까지 있었다. 소피는 그 영상들을 마틴에게 보여주었다. 마틴에게 그건 먼 옛날, 닥터 제나키스와의 상담을 상기시켰다. 기분이 나아지려고 남들의 실패담을 듣는 것, 그에게는 진부했다.

6

다음으로 소피는 정골요법(손으로 뼈나 근육 등에 물리적인 힘을 가해 신체의 기능적 문제를 해소하는 치료법. 우리나라의 '접골'과 비슷—옮긴이)에서 발병원인진단요법(고통의 원인이 되는 부위를 진단하고 분석하는 데 초점을 두고 수기로 치료하는 것—옮긴이)까지, 정신집중효과학

(긴장완화법, 우리나라에서는 '소프롤로지 분만'이라는 명칭으로 분만 시 통증을 줄이는 호흡법으로 알려져 있음—옮긴이)에서 침술까지 각종 의학과 대체의학요법을 물색했다. 그녀는 마틴이 그 무엇도 내켜 하지 않는다는 걸 금세 깨달았다. 조용한 진료 시간일 때라도, 자신이 겪는 증세를 남에게 이야기한다는 게 편하지 않았다. 마지막으로 그녀는 글쓰기의 힘에 생각이 미쳤다. 사람들은 말에 고통을 누그러뜨리는 효력이 있다고 찬양한다. 그림이나 다른 예술적 표현, '예술요법'이라고 뭉뚱그려 칭하는 것 모두 마찬가지다. 하지만 마틴에게 가장 친근한 건 글쓰기였다.

그는 과거에 이미 몇 장을 끼적여 본 적이 있었다. 일종의 내면 기록이나 성찰 노트였다. 그러고는 다 버렸는데, 고백의 흔적을 남겨두고 싶지 않아서였다. 소피는 자전적 이야기를 새로 써보라고 독려했다. 요컨대 차분한 투로 살아온 이야기를 하는 거다. 안 될 것 있나? 여행을 가지 않는데 행장을 꾸리는 사람처럼, 혼자만을 위한 글이 될 거였다. 숨통을 좀 틔우기 위해, 그는 이야기를 삼인칭으로 쓰기로 했다.
처음 며칠은 소강상태가 찾아왔다. 루브르에서 돌아오면 그는 책상에 앉았다. 소피는 방해하지 않으려고 저녁에 약속을 잡아 친구들을 만났다. 그리고 집에 있을 때면 침실에서 나오지 않았다. 이따금 그녀는 잘되어 가는지 보려고 마틴에게 다가갔지만, 그는 곧장 그녀를 쫓아냈다. 그는 깊이 몰두한 것 같았다. 어린 시절의 추억들을 불러내며, 그는 어머니와 점심 식사를 함께하며 질문했다.

어머니와 아버지가 더 큐어 콘서트에서 만났다는 걸 그는 까맣게 잊고 있었다. 잔에게도 그 사건은 너무 먼 옛날 같았다. 그녀의 청춘은 이제 라디오에서도 나오지 않았다.

이 문학적 계획이 시작되고 약 한 달이 지난 어느 토요일 오후, 소피는 원고에 다가갔다. 마틴은 처음 부분을 인쇄해 두었는데, 그 편이 다시 읽기 편했기 때문이었다. 제목이 눈에 들어왔다. 〈나는 어떻게 인생을 망쳤는가〉. 그녀가 보기에 그 제목은 매력적이지 않았을뿐더러, 왜 그렇게 생각했는지 이해할 수 없었다. 그가 이뤄낸 성취를 떠올리면 어이없는 말이었다. 더군다나 두 사람의 사랑이 지닌 가치를 깎아내리는 짓이었다. 그가 방에 돌아오자 그녀는 조금 차갑게 말했다.

"제목 봤어."

"….."

"좀 기운 빠진다, 안 그래? 어쨌든 나는 그런 제목의 책은 읽고 싶은 마음이 안 들어."

"….."

"솔직히, 난 글쓰기가 당신에게 유익할 거라 생각했어. 그런데 이건… 엄청나게 암울한 제목을 붙였네…. 나 때문에….."

"….."

"내가 무슨 말을 하길 바라? 당신이 인생을 망쳤다면….."

소피는 거실을 나가 침실에 틀어박혔다. 마틴은 이런 일은 전혀 예상하지 못했다. 제목을 통해 그는 자신의 주된 감정을 강조하고 싶었다. 이후에 무엇을 하든 인생을 실패의 에너지로 내던지는, 그런 실패의 느낌을 말하고자 했었다. 당연히 그녀를 두고 한 말이 아니었다. 게다가 그는 사랑이 자신에게 얼마나 도움이 됐는지 이야기할 작정이었다. 심지어 사랑이 자신을 살리기까지 했다고 말이다.

그는 스스로가 어리석다고 느끼며 침실로 갔다. 침대 곁에 무릎을 꿇고 중얼거렸다.

"용서해 줘. 절대 당신에 대한 말이 아니었어. 그 반대로 자기는 내게 일어났던 가장 아름다운 일인걸. 알잖아….'"

"…."

"자기야, 부탁이야….'"

그 순간 소피는 돌아서서 마틴의 손을 잡았다. 그는 사과의 말 몇 마디를 더 하다가, 말을 이었다.

"책은 그만둘래. 처음에는 자기 말대로 내게 도움이 됐어. 머릿속을 정리하는 기분이 들었지. 그런데 캐스팅 부분까지 갔고… 난 그걸 다시 겪고 싶진 않아. 날 괴롭게 하는 걸 전부 이야기하는 일은.'"

"이해해.'"

"당신이 내가 너무 유난스럽다고 여길까 봐 너무 두려워. 내가 너무 과장한다는 생각이 들 때가 당신도 있을 거야….'"

"그렇지 않아. 진심으로 자기의 괴로움이 느껴져. 그것도 그럴만하다고 생각해. 그냥 자기를 도울 수 없는 게 미칠 지경이야.'"

"…."

"난 언제나 자기에게 위안이 될만한 말을 찾고 있어. 저기, 당신이 겪은 일과는 비교도 안 되지만, 정말이지 이건 우리 시대의 징후야."

"뭐가?"

"인스타그램에 들어가서 사람들의 근사한 인생을 보면, 나도 내 인생은 하찮다거나 망했다는 기분이 들어."

"…."

"오늘날 우리는 남들이 누리는 행복의 독재 아래 살고 있어. 아니면, 어쨌든, 남들이 내세우는 행복…."

마틴은 '남들이 지닌 행복의 독재'라는 표현에 주목했다. 괜찮은 제목이 될 것 같았다. 하지만 결심은 변치 않았고, 그는 글쓰기를 그만두었다. 그는 말을 통해 마음 깊이 묻어둔 감정을 해방할 수 있다는 사실을 깨달았고, 그 감정을 다시 느끼기까지 했다. 일종의 쉼표에 의한 요법이었다. 하지만 결국 그에겐 맞지 않았다. 자신이 겪은 고통의 유적들을 찾아다니다 보니, 그 고통이 새롭게 생생히 살아나는 것 같았다. 그리하여 마틴은 완전한 불확실 속에서, 처음부터 다시 시작하게 됐다.

7

다툼과 화해의 순간들이 있었다. 미래에 대한 두려움과 아름다웠던 순간으로의 도피가 있었다. 행복과 안정을 누리기에 무엇 하나 부족함이 없었던 이 커플은 비극에 빠져들고 있었다. 마틴은 인생을 나락에 빠뜨렸고, 그건 그가 혼자 괴로워하는 편을 택했기 때문이었다.

모두 시도해 보았고, 아무것도 효과가 없었다.

그때였다.

어느 날 저녁 소피가 마틴에게 다가온 시점은 그때였다. 아주 가까이, 그래, 지나치게 가까이. 그녀의 얼굴은 달라 보였다. 열쇠 구멍에 열쇠를 넣고 돌리는 방식마저 전과 다르게 느껴졌다. 마틴은 그녀 쪽으로 고개를 들고 미소를 지어 보였지만, 애정을 표현하는 것조차 엄청난 노력이 필요했다. 소피를 향한 그의 사랑은 더 이상 자신을 향한 경멸을 압도하지 못했다. 그녀는 그의 귀에 입을 대고 속삭였다.

"해답을 찾은 것 같아…."

8

마틴은 물었지만, 소피는 아무 말도 하려 들지 않았다. 다음 날 저녁, 그녀는 그에게 외출할 차림을 하라고만 했다. 지나치게 차려입을 필요는 없고, 셔츠와 재킷만 챙겨 입으라고 했다. 그녀는 그를 데리고… 어디론가 갈 예정이었다. 그는 뜻밖의 일을 싫어했고, 예기치 못한 일과 마주치리라는 두려움 때문에 거동 하나까지 계획하는 사람이었다. 그녀는 기껏해야 10분만 걸으면 목적지에 도달한다고, 멀리 가지 않는다고 약속했다.

바깥의 분위기는 이상하게 조용했다. 도시는 마치 자기도 앞으로 일어날 일을 기다리는 듯 잠깐 멈춰 선 것 같았다. 그들은 방돔 광장의 리츠 호텔 앞에 도착했다. 본능적으로 마틴은 소피가 커플 사이를 돈독하게 해준다는 로맨틱한 저녁을 준비했다고 생각했다. 고상한 배경에서 촛불을 켜고 즐기는 저녁 식사. 아름다움은 언제나 불안에 대한 방책이 되어준다. 하지만 아닌 것 같았다. 소피는 선언했다.

"여기서부터 우린 따로 가는 거야."

"…."

그녀는 그 말에 장난스러운 어조를 실었다. 마틴은 무슨 일이 일어날지 모른 채 혼자 호텔에 들어가야 했다. 심장이 몸에서 달아나려는 것처럼 거세게 뛰었다. 이 모든 일이 당혹스럽게 돌아갔다. 그는 돌아서서 집에 가고 싶은 마음뿐이었다. 그러나 선택의 여지가 없었다. 소피의 눈빛은 제안이 아니라 명령이었다.

그를 보내기 전, 그녀는 이렇게만 덧붙였다.

"헤밍웨이 바로 가."

그는 호텔에 들어갔다. 안내판에 바 위치가 나와있었다. 붉은 융단이 깔린 긴 복도를 따라가야 했다. 파리 시내가 거의 텅 비어있더니, 여기서도 아무도 마주치지 않았다. 현실에서 빠져나오는 순간을 겪는 듯했다. 그는 작은 팻말을 읽었다. 헤밍웨이가 파리 해방을 기념해 여기서 드라이 마티니 쉰 한 잔을 마셨다는 이야기가 쓰여있었다. 분명 재미있는 이야기였지만, 거기서 지체할 기분이 아니었다. 그는 알고 싶었다. 이해하고 싶었다.

마틴은 배경을 잠 깨우고 싶지 않다는 듯 매우 조심스레 바에 들어갔다. 웨이터가 고개를 들었으나 딱히 아무런 신호도 하지 않았다. 병을 정리하던 일을 세심하게, 계속했을 뿐이었다. 방은 이상할 정도로 사람이 없었다. 사업가도, 불륜 커플도 보이지 않았다. 단 한 사람만이 바에 앉아, 뭔지 모를 칵테일을 앞에 두고 있었다. 마틴이 직감적으로 의자 하나를 향해 다가가는데, 그 유일한 손님이 마틴을 향해 사뿐히 돌았다.

대니얼 래드클리프였다.

9

전날, 소피는 대니얼 래드클리프가 파리에서 클레르 드니의 신작을 촬영 중이라는 사실을 알았다. 로버트 패틴슨과 마찬가지로 대니얼 래드클리프도 한 인터뷰에서 이 여성 감독과 함께 일하는 게 꿈이라고 밝힌 적 있었다. 그래서 감독은 소설가 크리스틴 앙고와 함께 그를 위한 각본을 썼다. 〈밀크 시티〉는 적대적인 파리에서 영국인 젊은이의 방황을 다룬 작품이었다. 〈해리 포터〉와는 몇 광년 떨어진 이 분위기에서 대니얼은 행복했다.

소피는 환자들에게 말을 거는 걸 좋아했다. 그녀 안에는 분명 욕구불만인 심리학자가 잠들어 있었다. 정기검진을 마치고 옷을 도로 입는 젊은 여성 환자에게 소피가 물었다.

"요즘은 무슨 일 하세요?"

비정규직 공연 예술인인 그녀는 대답했다.

"별거 없어요, 가끔가다 엑스트라 일을 좀 해요. 어제는 클레르드니 영화를 했어요. 대니얼 래드클리프가 나오는 거요….."

소피는 손에 들고 있던 펜을 놓쳤다. 다음 예약을 취소하고, 환자가 알려준 주소로 말 그대로 뛰어갔다. 운 좋게도 촬영은 아직 진행하고 있었다. 야외 거리 촬영을 마친 뒤, 제작팀은 주인공의 아파트 실내 장면을 찍으려고 11구에 있는 작은 건물을 구했다. 저예산 촬영에서는 드물게도 경호원 두 명이 입구를 지키고 있었다. 대니얼 래드클리프의 팬들이 한 번이라도 우상을 보려고 하루 종일 죽치고 있었다. 소피는 스타와 접촉하는 일이 쉽지 않으리라는 걸 깨달았다. 그녀 역시 열성팬으로 오해받을 것이다. 잠시 후 그녀는 차량을 통제하는 일을 맡은 여자 스태프를 발견했다. 촬영 동안 지나친 소음을 막기 위해서였다. 잠시 한산한 틈을 타, 소피는 그녀에게 다가갔다.

"제가 대니얼 래드클리프에게 보내는 편지를 드리면, 그분에게 전해주실 수 있을까요?"

그녀는 친절하게 대답했다.

"전할 수는 있어요. 꼭 읽는다고 약속드릴 수는 없지만요….."

그래서 소피는 근처 카페에 앉아 영어로 편지를 쓰기 시작했다.
간단한 몇 마디 말로, 짧게 써야 했다. 그녀는 배우가 집요한 유혹에
시달릴 거라 짐작했다. 눈길을 끌기 위해 큰 글씨로 봉투에 썼다.

'또 한 명의 해리 포터, 마틴 힐로부터.'

여자는 약속을 지켰고, 편지를 대니얼 래드클리프의 휴게실에 놓
아두었다. 두 시간 후, 배우로부터 문자 메시지를 받은 소피는 그
만 기절하는 줄 알았다.

10

그러니까 둘은, 처음으로 만나는 거였다. 굳어버린 마틴은 긴장을
풀려고 와인 한 잔을 주문했다. 그럼에도 대니얼은 활짝 웃는 얼굴
로 그를 맞이했다. 그를 편하게 해주려고 노력하는 게 분명했다.
20년 동안, 대니얼을 완전히 평범하게 대했던 사람은 아무도 없었
다. 하지만 오늘은 대니얼 역시 흥분해 있었다. 자기 것이었을지도
모르는 인생이 눈앞에 있었다.

마틴은 오랫동안 영어를 쓰지 않았다. 비극이 연달아 일어난 이
후 영어는 그에게 죽은 언어가 됐다. 거기에 만남의 스트레스와 충
격까지 더해져, 어린 시절에 쓰던 단어들을 뒤적여야 했다. 다행히
도 대니얼이 대화를 주도했다.

"그거 아니? 난 종종 널 생각했어. 그때, 내가 배역을 따냈을
때… 난 행복에 젖었지만, 최종 후보가 둘이라는 사실을 잘 알고

있었지. 네게 전화하고도 싶었지만 하지 않았어. 뻔한 말만 하거나, 네가 날 원망할까 봐 두려웠던 거야….”

“….”

“그렇지만 나보다 널 더 잘 이해할 수 있었던 사람은 없었을 거야. 결과가 나오기까지의 무서운 기다림이 생각나. 몇 번이나 난 내가 아닐 거라고 되뇌었지. 전부 여기서 끝이라고 생각했어….”

“그렇지 않았잖아….”

“그래. 아 참, 제작자에게 네 테스트 영상을 볼 수 있냐고 물어봤던 게 생각나.”

“그랬어? 왜?”

“모르겠어. 아마 왜 나를 선택했는지 알고 싶어서였겠지. 우리 둘을 놓고 고민했다는 걸 알았거든. 그래서 차이가 뭐였는지 알고 싶었어.”

“난 그 영상 한 번도 못 봤어.”

“나도 결국은 못 봤어.”

“내가 테스트를 받았을 때, 다들 몹시 흥분한 기색이었어.”

마틴은 대니얼의 솔직함에 자신감을 얻어 말했다.

“제일 힘들었던 건 그거였어. 그 모든 일을 겪게 하느니, 곧바로 난 꽝이라고 말해주는 게 나았을 텐데….”

“알아, 알아…. 하지만 난 그들이 널 원했다고 생각해. 오랫동안 그러다가, 생각을 바꾼 거지.”

대화는 명쾌하게 흘렀다. 그들은 동전의 양면과 같았고, 그 점이 둘을 이어주었다. 둘은 결국 레드와인 한 병을 주문하고 바 깊숙이, 거의 어둠에 파묻혀 앉았다. 한 커플이 대니얼을 알아보지 못하고 멀찍이 떨어져 자리를 잡았다. 알아보았다면 즉시 사진을 찍자고 요청했을 것이다.

"나나 〈해리 포터〉에 눈곱만큼도 관심 없는 사람들조차 그저 모두에게 보여줄 목적으로 같이 사진을 찍자고 청해. 한번은 큰맘 먹고 내가 등장한 사진 수를 세어봤어. 백만 장은 넘더라. 20년 동안 웃는 데 쓴 시간을 합치면 기록을 깼을걸…."

말을 잇던 대니얼은 다시 캐스팅 이야기로 돌아갔다.

"처음에는 널 생각하면 마음이 아팠어. 어떻게 보면 동정심까지 들었지. 왜냐하면… 얼마나 힘들지 상상이 갔으니까…."

"…."

"너무도 묘했어. 난 정말 자주 그 부당함을 생각했어. 그리고 이유를 깨달았지…."

"왜?"

"난 과도하고, 광적이고, 고달픈 속도로 나아갔어. 널 떠올릴 때면, 그건 〈해리 포터〉가 없었다면 내 삶은 어떨지 생각해 보기 위해서였지. 다 끝난 일이란 걸, 난 앞으로 절대 평범한 삶을 살 수 없으리란 걸 금세 깨달았어."

"…."

"그리고…."

"뭔데?"

"네겐 아마 이상하게 들리겠지만, 가끔은 너무 힘들었어…. 그래서… 난 네가 부러웠던 것 같아. 정말이야. 내 인생은 이 모든 게 없는 편이 더 나으리라고 생각했어. 물론 스트레스가 심하거나 피로한 순간에 그랬던 거였지. 어쨌든 내가 생각했던 건 너였어. 그건 거의 강박이 됐어….″

　마틴은 멍하니 있었다. 특별한 생에서 비껴갔다는 생각에 그토록 고통스러워했던 그가, 지금 대니얼 래드클리프가 같은 종류의 아쉬움을 표하는 걸 듣고 있었다. 아직 이해할 수는 없었지만, 그렇다는 생각만으로도 운명의 균형을 조금 바로잡을 수 있었다. 더 이상 승자도 패자도 없었다. 물론 대니얼이 그렇게 느낀 건 힘든 순간뿐이었지만 그래도 마찬가지였다. 그도 그런 기분을 느꼈다.
　″난 놀라운 일들을 경험했지, 잘 알고 있어. 하지만 그 대가로 다른 모든 걸 희생했어.″
　그는 말을 이었다.
　″….″
　″처음부터, 아무것도 전과 같지 않았어. 우리 동네에서는 모두가 내 제일 친한 친구가 되려고 했지. 옛날 반 친구들은 주먹다짐까지 벌였어. 견딜 수 없어졌지. 아무것도 더 이상 현실이 아니었어. 난 이제 대니얼이 아니라 해리였어….″
　″….″
　″게다가 나보다 심한 경우도 있었어. 악역 드레이코 말포이를 연기했던 톰이야. 아이들은 톰에게 침을 뱉었어. 영화와 현실을 구분하지 못했지. 몇 달 전 어느 인터뷰에서 톰이 자살을 생각했다는 걸 읽었어. 충격이었어…. 하지만 얼마나 이해가 가던지….″

"…."

"그러니까, 우린 점점 폐쇄적으로 변해갔어. 우리끼리 다니는 학교가 있었지. 시간표를 조정해서 말이야. 나머지 시간엔 촬영을 했어. 우린 함께 살 수밖에 없었어."

"내가 본 몇몇 방송에선 굉장히 신난 것 같던데."

"물론, 우린 절친한 단짝 패거리였지. 하지만 난 더 이상 아무것도 할 수 없었어. 영화관에 갈 수도, 거리를 거닐 수도 없었어. 불평하는 건 아냐. 그냥 이쪽 인생이 때로는 무척 힘들다고 말하는 거야."

"…."

"정상적인 태도로 나를 대하는 사람은 이제 아무도 없어. 한번은 링고 스타가 얘기한 일화를 읽었는데 딱 그런 얘기였어."

"뭐라고 했는데?"

"이모 집에 있다가 그가 찻잔을 엎었어."

"그래서?"

"다들 앞다투어 그걸 치우려고 했대. 그가 한 입이라도 마시기 전에…. 어떻게 링고 스타에게 난장판에 손대게 하겠냐는 듯 말이야. 사실 소름 끼치는 일이지."

"저기 대니얼, 네가 무슨 말 하려는지 이해가 가. 정말 고마워. 내 쓰라린 심정을 달래주려는 거지. 그리고 정말로, 네 말을 들으니 도움이 돼…."

"난 배역을 따냈던 일을 속죄하는 의미로 이러는 게 아냐. 그 일은 내가 어떻게도 할 수 없었다는 거 잘 알아. 그리고 너도 짐작하듯 내 인생은 근사하기도 했어. 게다가 난 연기를 정말 사랑하고.

사실은 이 모든 얘길 하는 게 너를 위해서인지 아닌지도 확실히 모르겠어. 내가 담아두고 있기에도 너무 힘든 얘기들이었고 그래서 말하게 돼 기분이 좋아. 내가 모르는 줄 아니? 해리 포터에겐 불평할 권리가 없다는 거…. 그래, 내 인생은 끝내줘. 맞아, 모두들 나처럼 됐으면 하는 꿈을 꾸지. 하지만 난, 가끔은 하루만이라도 내가 아닐 수 있다면 뭐든 할 거야….”

“….”

“일상이 지옥 같을 때가 많아. 분장엔 몇 시간이나 걸리지. 그리고 난 스키를 타거나 햇볕을 쬐러 갈 수도 없어. 그래, 이렇게 말하면 별것 아닌 거 같지. 하지만 자유를 빼앗기면, 그건 강박이 돼.”

“….”

“어느 순간, 정말로 더는 견딜 수 없었어. 다 내던질 뻔했지. 다들 알고 있는 사실이야. 내게 알코올의존증 문제가 있었다는 거. 어쨌거나 내가 아프기라도 하면, 다들 그걸 알아. 내가 오줌을 비뚤게 누기라도 하면 다음 날 《데일리메일》에 실리지. 난 한시도 쉴새 없이 추적당해. 그게 재미있을 거 같니?”

“아니, 당연히 아니겠지.”

“내 개들조차 경호원이 있어, 상상이 가?”

“설마.”

“알아둬, 녀석들에게도 팬이 있어… 선물을 잔뜩 받지. 이런 미친 세상이 상상이 가?”

“….”

“〈해리 포터〉가 끝났을 때, 난 드디어 숨 쉴 수 있겠다고 생각했

어. 조금 숨통이 트이겠다고. 그리고 난 어느 연극에 출연하기로
했어. 그런데… 끔찍했지. 매일 밤 사진사들이 떼로 몰려왔어. 난
그냥 연기를 하고 싶었는데 말이야. 어느 순간 좋은 수가 떠올랐
어. 매일 똑같은 옷을 입는 거였지. 그러면 파파라치들이 찍은 사
진 가치가 떨어지는데, 왠지 아니? 날짜를 알 수가 없기 때문이
야… 매일 똑같은 사진을 팔 수는 없는 거지."

"…."

"그리고 나에 대해 쓰이는 온갖 헛소리는 말도 말자. 내가 날 본
뜬 조각상을 주문했다지 뭐야! 그런 말은 어디서 나왔는지 모르겠
어. 무엇보다도 난 더 이상 내 얼굴을 볼 수도 없는데, 정말 말도
안 되는 소리야…."

대니얼은 감정을 말로 털어놓을 필요가 있었던 게 분명했다. 듣
고 있으니 그 역시 〈나는 어떻게 인생을 망쳤는가〉를 쓸 수 있을 정
도였다. 그의 얘기가 지나쳤을 수도 있지만, 마틴은 새로운 관점에
서 개념들을 재정립할 수 있었다. 결국 성공이란 무엇인가? 실패
는? 그의 좌절은 더 나아 보이는 타인의 운명에 대한 환상에서 기
인했다. 하지만 '다른 쪽'의 일상에 대해 그가 실제로 무엇을 알았
었나? 미디어와 꿈의 산업이 이야기하는 것 말고는 거의 없었다.

대니얼은 우울한 푸념을 계속 늘어놓았지만, 이번에는 유머와 자
조가 어려있었다.

"게다가 제일 끔찍한 건, 아무도 내 이름을 모른다는 거야!"

"…."

"거리에 나가면 모두가 나를 해리라고 불러! 여기서 해리, 저기서 해리! 하루 종일 듣는 소리가 '와 해리다! 이리 와, 해리한테 사진 한 장 부탁하자!', 이거야. 아마 그 꼬리표는 평생 날 따라다닐 거야. 내가 지금 영화 찍고 있는 거 너도 알지? 그런데 다들 거기엔 관심도 없어. 아니면 '아 맞다, 그거 해리 포터를 연기했던 애가 나오는 거지!' 하고 말하지. 아무리 노력하고 의욕을 내도, 난 언제까지나 이 역에 갇혀있을 거야. 그래, 그것만으로도 굉장할 수는 있겠지. 하지만 황금으로 지은 감옥일 뿐이야."

"…."

"과장된 소리로 들리겠지만, 이따금 난 내 어린 시절을 악마에게 판 듯한 기분이야."

대니얼은 여기서 말을 멈추고, 마틴을 알게 되어 얼마나 기쁜지 덧붙였다. 그리고 이제는 그에 대해 더 알고 싶다고 했다. 그간 무얼 하며 지냈는지 말이다.

"나…? 뭐 별로…."

처음에 마틴은 그렇게만 대꾸했다. 그러다가 말을 바꿨다. 사실이 아니었다. 그에겐 진심으로 좋아하는 직업이 있고, 경이로운 여인이 곁에 있었다. 인생을 바꿔놓은 이 순간을 겪게 해준 여인 말이다. 최근 우울함이 다시 도지긴 했지만, 지난 몇 년의 인생에 대해 무척 기쁘게 말할 수 있었다. 힘겨웠던 순간들도 이야기했다. 계속 틀어박혀 있어야 했던 일이나 인생이 해리 포터의 삶과 비슷하게 흘러가는 것 같던 이상한 느낌을. 그는 오래도록 이야기를 계속했다. 힘들게 책을 샀던 일부터 폴란드에 있는 호그와트에 다녀왔던 일까지, 아무것도 숨기지 않고 말했다. 대니얼은 매우 놀랐다. 그 이야기는 그의 이야기가 될 수도 있었다. 대니얼은 마틴에게 엄청나게 공감했다. 이렇게 자신과 반대되는 운명을 접하는 일은 흔치 않다. 일직선인 우리의 길은 가지 않은 길에 조금도 접근을 허용하지 않으니까.

*

어떤 면에서는 각자가 다른 쪽의 인생을 꿈꿨다. 각자 자기에게 없는 것을 원했다. 한쪽의 빛은 다른 쪽의 그림자였다. 서로를 만나면서, 그들은 서로의 마음을 달래주었다. 그리고 어떤 면에서는 운명의 부족한 부분을 채워주었다. 하지만 거기서 끝나진 않을 거였다. 둘은 다시 만나기로 다짐했을 뿐 아니라, 실제로 '다른 쪽의 삶'을 공유하게 된다. 대니얼은 마틴을 골든 글로브 시상식에 데려가고, 마틴은 대니얼에게 루브르 전시실에서 하루 종일을 보내라고 권한다. 사람들은 전시실 경비원을 쳐다보지 않는다. 제복을 입으면 알아보지 못할 것이다. "플래시 터뜨리지 마세요"라고 말한 이가 다름 아닌 해리 포터라고는 아무도 상상하지 못하리라.

*

그들이 처음 만난 밤, 헤어지기 직전 대니얼은 마틴에게 물었다.
"내가 너에게 해줄 수 있는 게 있을까?"
마틴은 잠시 생각에 잠겼다가 대답했다.
"응."[10]

———— ⁓ **11** ⁓ ————

마틴이 파리의 밤거리를 걸어 집에 돌아왔을 때는 몹시 늦은 시각
이었다. 아주 오랜만에 가뿐한 기분이었다. 어린아이였던 자신을,
캐스팅 이전의 아이를 되찾은 것 같았다. 하지만 무엇보다도 그는
소피를 생각했다. 그녀는 경이로웠다. 대니얼을 만남으로써 마음이
편해지리라고, 그는 결코 믿지 못했을 것이다. 반대로 그는 계속해
서 대니얼을 피하고, 질투하고, 미워했다. 마틴은 마침내 선택되지
않은 것의 가치를 깨달았다. 아파트 문을 열며, 그는 아무 소리도 내
지 않으려 조심했다. 거실에서 그의 시선은 쓰다 만 원고에 이끌렸
다. 어쩌면 다시 쓸지도 몰랐다. 침실에서는 소피가 평화롭게 자고
있었다. 그는 잠시 우뚝 서서, 어둠 속을 바라보며, 이불에서 삐져
나온 소피의 어깨에 감탄했다. 그의 인생은 시작될 수 있었다.

---

10 몇 달 후, 어느 시사회에서 대니얼 래드클리프는 넥타이 우산을 착용한다. 이 액세서
리는 호기심을, 후에는 열광을 불러일으키고, 대성공을 거둔다.

옮긴이 **김희진**

성균관대학교에서 프랑스어문학과 영어영문학을 전공하고 같은 학교 대학원 박사과정
을 수료했다. 현재 프랑스어문화권연구소 연구원으로 있으며, 출판·기획·번역 네트워
크 '사이에'의 위원으로 활동하고 있다. 《오리들》, 《말하기 위한 말》, 《7월 14일》, 《무인도
의 이상적 도서관》 등 영어와 불어로 된 다수의 책을 옮겼다.

두 번째 아이
우리가 몰랐던 또 한 명의 '해리 포터' 이야기

초판 1쇄 인쇄 2024년 6월 17일
초판 1쇄 발행 2024년 7월 4일

지은이 | 다비드 포앙키노스
옮긴이 | 김희진
발행인 | 강봉자, 김은경

펴낸곳 | (주)문학수첩
주소 | 경기도 파주시 회동길 503-1(문발동633-4) 출판문화단지
전화 | 031-955-9088(대표번호), 9530(편집부)
팩스 | 031-955-9066
등록 | 1991년 11월 27일 제16-482호

홈페이지 | www.moonhak.co.kr
블로그 | blog.naver.com/moonhak91
이메일 | moonhak@moonhak.co.kr

ISBN 979-11-93790-18-2 03860